妖怪 奇谭

狐雨

张云

著

人民东方出版传媒
People's Oriental Publishing & Media
东方出版社
The Oriental Press

图书在版编目（CIP）数据

妖怪奇谭.狐雨/张云著.—北京：东方出版社，2023.1
ISBN 978-7-5207-2907-9

Ⅰ.①妖… Ⅱ.①张… Ⅲ.①长篇小说—中国—当代
Ⅳ.①I247.5

中国版本图书馆CIP数据核字（2022）第135858号

妖怪奇谭·狐雨
（YAOGUAI QITAN · HUYU）

作　　者：	张　云
策 划 人：	王莉莉
责任编辑：	王　林
产品经理：	王　林
内文插画：	吕秋梅
封面插画：	喵　9
出　　版：	东方出版社
发　　行：	人民东方出版传媒有限公司
地　　址：	北京市东城区朝阳门内大街166号
邮　　编：	100010
印　　刷：	北京联兴盛业印刷股份有限公司
版　　次：	2023年1月第1版
印　　次：	2023年1月第1次印刷
印　　数：	1—8000
开　　本：	880毫米×1230毫米　1/32
印　　张：	10
字　　数：	230千字
书　　号：	ISBN 978-7-5207-2907-9
定　　价：	69.80元

发行电话：（010）85924663　85924644　85924641

版权所有，违者必究
如有印装质量问题，我社负责调换，请拨打电话：（010）85924602　85924603

写给我的儿子多吉：

珍惜这世界。

因为，

万物有灵，且美。

奔跑吧！

| 目 录 |

001 鲶之味

043 松之烟

083 钟之声

127 骰之目

165 空之衣

231 山之藏

201 庭之照

287 狐之雨

263 车之翳

鲩鱼,状如鳢,其文赤斑,长者尺馀,豫章界有之。多居污泥池中,或至数百,能为魑鬼幻惑妖怪,亦能魅人。其污池侧近,所有田地,人不敢犯。或告而奠之,厚其租值,田即倍丰,但匿己姓名佃之。三年而后舍去,必免其害。其或为人患者,能捼人面目,反人手足,祈谢之而后免。亦能夜间行于陆地,所经之处,有泥踪迹;所到之处,闻喋喋之声。

——五代·杜光庭《录异记》

"这应该是天底下最好吃的美味了!"

我轻轻咬一口柳串上的鳗鱼肉,闭上眼睛,感觉身体在微微颤抖。

游弋在清澈溪流中的鳗鱼被捕捞上来,养在装着清水的木桶里,清理完内脏,用柳条穿上,放在炭火边小心地烘烤。

火既不能太大,也不能太小,更不能有烟。用那种带着松香的炭块最好。

小心地转动柳串,让火的炙热慢慢浸透鲜肥的鱼肉,脂油便会慢慢流溢出来,吱吱作响。

趁热取下来,刷上调制好的酱料,放在嘴边,吹上几口气,轻轻一咬!

我的天!

软软弹弹的鱼肉在舌齿之间滑动,肥而不腻,香气顺着鼻腔往上顶,全身汗毛孔都不由自主打开来!

绝对的美味！

烤鳗鱼，本少爷百吃不厌！

"慢点儿吃，还有哦！"满头大汗的老板笑着说。

身为一个少爷，能混到我这地步，实在是……幸福！

我所在的地方，名为黑蟾镇，乃是一个位于群山之中的乡下小镇，这里有山有河有湖，虽说风光秀美，但偏僻闭塞。

所谓的家，其实是我爷爷的家。我们方相一族很久以前便扎根在黑蟾镇，拥有周围大片的土地，是名副其实的豪族。

到了我爷爷这一代，家里人丁不旺，只生下了我爸一个儿子。我爸年轻时就外出闯荡，在千里之外的城里安家立业，生下了三个儿子和一个女儿。我是最小的一个，和哥哥姐姐们没法儿比，我自小体弱多病，因此备受呵护。

哥哥姐姐们早已经长大成人，只有我，因为严重的哮喘，不得不向学校请假，休学一年。后来爸妈一商量，决定把我送到黑蟾镇来，表面上说是这里空气新鲜，有利于我的病情恢复，实际上则是把我当作累赘一样扔了下来。

我住的地方是家族的大宅，年代古老，占地广阔，后面是两进的房屋、院落，前头则开设了一个小小的店铺，名曰"百货店"，里头的商品琳琅满目，锅碗瓢盆、针头线脑、皮毛纸张、镰刀斧头……反正只要你能想到的，全都有。

从我到家开始，就没见过爷爷。据仆人滕六说，他在我来的前一天，连夜背着鼓鼓囊囊的包裹出门了，说是去旅行，估计也是不想我给他添堵吧。

所以，家里除了我，就只剩下了滕六。

不，准确地说，还有一帮奇奇怪怪的朋友。

其实……其实就是妖怪啦。

在黑蟾镇的这段日子里,我结识了一帮好朋友,虽说其中有人,但大部分是山林、河流里的妖怪。

从去年开始,黑蟾镇一带迁进来了很多人,一二十个新的村镇在群山之中被建造起来,那段时间机械轰鸣,人来人往。

邮局、学校、公路、医院都在按部就班地修建,将来还会有铁路、影院、工厂以及城市里该有的所有东西。

说不定,这里将来会发展成为一座新兴的城市。

上个月,名为"云麓学校"的新学校开学,各个镇子的孩子们都被招收入学,我也放弃了回城上学的想法,在那里就读。

迁徙过来的这些人来自五湖四海,我的同学们更是说什么方言的都有。

跟这帮人混在一起,大部分的时间很是无聊,所以我经常偷偷溜出来。

学校出来不远,是一条溪流,名为鳗溪。顾名思义,长久以来,这里是鳗鱼洄游之地,也是这一带捞鳗鱼的好地方。

此处是个十字路口,南北的道路连着黑蟾镇和云麓村,东边通向我们的学校,向西经过社凫,绵延到远方。

原本这里荒无人烟,后来许多人搬迁进来,建起了云麓村和学校,出现了许多小摊。这几个月,甚至有人搭建起了简陋的木屋店面。

不过位置最好的,还是弥豆的小饭馆。

说是小饭馆,和黑蟾镇的饭馆没法儿比,不过是杉木搭建起的小小房舍,勉强能摆上四五张桌子,前头插着招揽客人的幌子,后头则是厨房。

弥豆并非本地人，而是云麓村的外来户，四十来岁，面容憨厚，一条腿长一条腿短。或许因为身体的原因，他干不了重活，又要照顾女儿，就想方设法做点儿小生意。

他头脑聪明，在这里抢先占了好位置，刚开始卖些小吃，后来开始卖些饭菜。

他没什么本钱，所有的食材都是取自山林河流，有什么就做什么，几乎没成本，加上性格又好，所以生意兴隆，很多人都乐意光顾。

弥豆的小饭馆距离我们学校不远，学生们成了主要的客源。别人不说，本少爷每日都要光顾一回。

虽说弥豆的菜品不少，但我最爱吃的还是烤鳗鱼。

"真是无法言说的美味呀！"坐在我旁边的家伙一边感慨着，一边伸手又取了一串鳗鱼。

"这还用你说吗？笨蛋五郎。"我白了他一眼。

坐在我旁边的，是个十来岁、矮矮胖胖的家伙，圆滚滚的脑袋，圆滚滚的身子，圆滚滚的眼睛，圆滚滚的鼻子……总之，一切都是圆滚滚的。他上身穿着件鼓鼓囊囊的红色小褂，下身是红色的裤兜，光光的两条腿，脚上穿着一双高高的木屐。

这家伙看着挺可爱的，实际上是咚咚山上的狸妖首领团五郎，大名鼎鼎的妖怪。

不过弥豆发现不了他的身份。这家伙堂而皇之地跟着我品尝美味的鳗鱼，一边吃一边不停地吧唧嘴："如果每天都能吃到，那就太好啦！"

"本少爷可招待不起。"我拍了拍瘪瘪的钱包，"你这大肚皮就是个无底洞。"

"钱不是问题，明天我给你带金豆子。"团五郎哼道。

狸妖一族善于从山溪之中淘取金粒，先前团五郎送过我几颗，的确值钱。

"老板，明天多准备些鳗鱼！"我大声冲着在忙活的弥豆说。

弥豆过来，将刚烤好的三四串鳗鱼放在我和团五郎面前，笑着说："文太少爷，所有的鳗鱼都在这里了哦。"

我望了望旁边放置鳗鱼的木桶，里头空空如也。

"我是说，明天我们还来吃鳗鱼。"我觉得弥豆似乎没听懂我的话，拍了拍团五郎，"这位老板请客。"

"明天，没有鳗鱼了。"弥豆依然满脸堆笑。

"你不是天天都卖烤鳗鱼吗？"

眼下正是鳗鱼洄游的时节，弥豆白天开饭馆，晚上背着鱼篓去溪里捉鳗鱼，风雨无阻。饭馆的木桶里，始终都有鳗鱼。

"明天不卖了。"弥豆说。

"为什么？"我和团五郎同时抬起头。

不卖鳗鱼，那就意味着我们吃不到美味的烤鳗鱼串了！

本少爷的心情，很不好！

"因为我晚上有更重要的事做。"

"什么事？"

"文太少爷，这事情我要是告诉你，你可得给我保密。"

"放心吧，本少爷一向守口如瓶。"

弥豆犹豫了一下，看了看四周，探过身子，低声道："我要去抓鲶鱼啦。"

"鲶鱼？！"我大叫起来。

弥豆恨不得端起桌上的盘子卡我脸上："小声点儿，我的少爷！"

"哦，哦。"我看了看周围的食客，压低声音，"鲶鱼是什么东西？"

"应该是一种鱼吧。"弥豆坐下来说。

"这不废话嘛！"

"文太少爷，我是外来户，对这里不熟悉，没见过鲶鱼，只知道是种鱼。"

"见都没见过，你就要去抓？简直蠢到家了！"我鄙视道。

"文太少爷，你知道吗？"弥豆诚恳地看着我，"鲶鱼，到底是什么鱼？"

"那个……"我一时语塞。

我哪里知道！本少爷虽然七八岁之前在这里生活过，但也没见过呀。

嘎嘎嘎。团五郎在旁边如同一只公鸭般笑起来。

"两个连鲶鱼都不知道的家伙，说得热火朝天，真是……笨蛋啦！"团五郎气焰嚣张地讽刺我们。

"你知道？"我不服气地问。

"当然啦！"团五郎抹着油乎乎的嘴巴，"我对这里的事情可是一清二楚。"

他扔掉手中的柳条串，又取了一串烤鳗鱼，咬了一口，道："鲶鱼，长得像鳢鱼，不过身上的斑纹是红色的，也比鳢鱼要大些……"

"鳢鱼又是什么鬼东西？"我问。

"苍鳢，没听过？"

我和弥豆连连摇头。

"哦。这个是很久很久以前人们的叫法了。用现在的说法，就是……黑鱼啦。"

"黑鱼就是黑鱼，叫什么苍鳢呀！"我气得圈起中指，狠狠敲了一下团五郎的脑壳，然后问弥豆，"好好的鳗鱼不捉，你去捉什么鳡鱼？"

"那东西，可是天地难寻的美味，比鳗鱼好吃多了！"团五郎捂着脑袋说。

"比鳗鱼还好吃？真的？"我不敢相信。

世界上怎么可能还会有比烤鳗鱼更好吃的东西？！

"别的地方的鳡鱼我不知道，咱们这一带的鳡鱼，肉质远比鳗鱼鲜美、劲道，还散发出一股奇香，只要咬上一口，保准你终生难忘。"团五郎得意扬扬地说。

"是了，是了。"弥豆点头道，"而且价格也比鳗鱼要高。"

"真的吗？"我问。

"前几天，有人过来收鳡鱼，一条鳡鱼一块银圆呢！"弥豆低声说。

"一条鱼一块银圆？这么贵？！"

"是呀，平时我忙上一天，也挣不了一块银圆。"弥豆说，"那哪里是鳡鱼，分明就是游在河里的银子！如果捉到一两百条，我就能在这里盖家气派的酒馆！"

这家伙满眼放光，口水都要流下来了。

"鳡鱼哪里去捉？"我已经无心吃鳗鱼了。

如此美味的东西，本少爷说什么也要尝上一尝！还有，我现在很缺零花钱，剩下来的鱼，可以卖给鱼贩嘛。

"南川。"团五郎又取了一串烤鳗鱼，"鳡鱼群会从大湖里游入南川,然后一直向上,翻越几处高高的河滩,到云蒙山中的雾沼里交配产卵。那是一片阔大的沼泽,周围都是淤泥,不用担心鸟兽吃掉鱼卵和幼鱼,十分安全。等幼鱼长大些,就会顺流而下,重新回到大湖中。"

"南川……不近呢。"我皱起眉头。

那是黑蟾镇西边的一条河流,不知道为什么取名南川,虽然不宽,但很深,水流湍急。

从黑蟾镇过去,需要翻越两座山,走几十里山路才能到达。

"鱼贩也是这么说的。"弥豆冲团五郎竖起大拇指,道,"他说沿南川往上走二十多里,进入云蒙山中,有片又密又大的柏树林,让我在那里抓。而且他还说,他只收在柏树林里抓的鲶鱼,别处的不要。"

"弥豆,你逗我玩呢?"我顿时火了。

"此话怎讲?"

"鱼生活在什么地方?"

"自然是水里了。"

"是呀!那你为何刚才说在柏树林里抓鲶鱼?难道这玩意儿还能在树林里走不成?"

"哎呀,真不愧是文太少爷!"弥豆又竖起大拇指,"鲶鱼的确会走着穿过那片柏树林!"

"哈?"我已经有些晕了,"鱼!河里的鱼!竟然能走着穿过柏树林?!"

"是呀!走着!"弥豆迈开他那两条长短不一的腿,在我面前晃了一圈,"就这样,走着!"

"团五郎,这家伙脑袋没问题吧?"我说。

"他说的是真的。"没想到团五郎也如此说。

"到底是怎么回事?"我无比好奇。

团五郎将鳗鱼吃完,心满意足地拍了拍圆滚滚的肚皮,说道:"咱们这一带的鳝鱼,和别的地方不一样。"

"这个你已经说过了。"

"为什么不一样呢?"他看着我和弥豆。

我俩同时摇头。

"因为他们是一对鳝鱼夫妇的后代。"团五郎认真地说道,"那是一对慈祥的老夫妇,就住在雾沼那边,开着小酒馆……"

"等等!"我粗暴地打断了团五郎的话,"鳝鱼夫妇,开着小酒馆?"

"是呀。"

"鱼怎么能开酒馆呢?"

"因为他们是妖怪呀。"团五郎说,"没人知道那对鳝鱼夫妇的年岁,反正很老很老了。这一带所有的鳝鱼都是他们的后代。他们守护着雾沼,照顾着鳝鱼们,而且对周围的人也不错。"

团五郎呵呵一笑,继续说:"雾沼那一带,土壤肥沃,庄稼收成是一般田地的三四倍。就是经常发大水,说不准庄稼就被淹了。因此谁要想去那边种庄稼,就会带上丰厚的礼品去鳝鱼夫妇的小酒馆,认真地拜托,只要鳝鱼夫妇答应了,当年绝对会迎来大丰收。因为他们,雾沼那边的村子富裕得很,当然啦,人人都很爱护鳝鱼,更没人吃。"

我似乎明白了。

"你这么一解释,鳝鱼夫妇开酒馆,我能理解了,毕竟是妖怪嘛。但是,一般的鳝鱼,怎么可能会像人一样行走在山林之中呢?"我问。

团五郎道:"可能因为是妖怪的后代,所以会有一些特别的本领吧。鳌鱼洄游的南川,水流湍急,有不少危险的地方,需要穿过乱石滩、飞岩、水潭,沿途还有很多天敌,所以最终只有一半的鳌鱼能够顺利抵达雾沼。"

"这些还好说。"团五郎道,"最难过去的,是途中的一道水梁。这道水梁高十几米,近乎直立,水流呼啸而下,鳌鱼需要费力跃起,用尽全力,才能一点点越过。即便如此,也有相当一部分鳌鱼无法通过,因为体力衰竭,死在水梁之下。"

"所谓的优胜劣汰,指的就是这个吧。"我说。

团五郎点点头:"不过听说鳌鱼中有一些特殊的存在,他们可以变成人的模样出水上岸,行走于陆地、密林。这样一来,他们也不用费力翻越水梁,只要绕过那段路,再次进入水中就可以了。"

团五郎说得头头是道:"他们变化的法术很厉害,但和狸妖的变化没法儿比,知道底细的人,只需要仔细观察就能辨别鳌鱼变化出来的人。"

"如何发现?"我对此十分感兴趣。

"鳌鱼变成的人,行走的时候,会在走过的路上留下湿漉漉的带有黏液的痕迹,和蜗牛爬过的痕迹很像,微微散发出一股腥气。此外,他们经过的时候,能听到'嗾嗾'的声响。还有,他们的眼睛特别大,一副死鱼眼,一看就知道了。"团五郎说,"因为这个原因,每次鳌鱼洄游的时候,都会有人去抓这些能够幻化成人的家伙。"

"为什么抓他们?"我问。

"一方面，能够幻化成人的鳗鱼都是上了年月的，肉质更鲜美，而且据说吃了之后还能延年益寿，所以那些达官显贵就特别喜欢；另一方面，这种鳗鱼修行多年，带有灵气，是妖怪的美味，吃了可以增长修为。"

"要抓他们，恐怕不太容易吧？"我问。

怎么说也是妖怪。

"恰恰相反。"团五郎摇摇头，"很简单！如果发现对方是鳗鱼变的，只要悄悄走上去，用力抓住他的脖子，对方就会瞬间身体发软，变成一条活蹦乱跳的鳗鱼。"

弥豆在旁边补充道："是了！那个鱼贩就是这么教我的。"

"不过，弥豆，我劝你还是别去抓。"团五郎打了个饱嗝，道，"会遭受惩罚的。"

"为什么？"

"那些鳗鱼固然很好抓，也没法儿反抗你，但他们是鳗鱼夫妇的后代，他们可不好惹！"团五郎道。

"这个……知道了。"弥豆点了点头。

吃到了烤鳗鱼，还听了这么好玩的故事，我心满意足地拍拍屁股，起身和团五郎一起回家。

一路上免不了问东问西，对于传说中比烤鳗鱼还美味的鳗之味，我真是充满幻想。

那到底是一种怎样的美味呢？

哎呀呀，口水又要流出来了。

那天晚上，我辗转反侧，想着此时的深夜，在南川，在密林之中，鳗鱼们一条条从水中爬出来，变成人，排列着赶路——多么迷幻的场景！这样的场景，令人心生向往。

能看一眼，就好了。

带着这样的胡思乱想，我进入了梦乡。

第二天一早，带着黑眼圈醒来的我，毫不意外地起晚了。

背上书包，一路小跑到学校门口，发现校门紧闭，这才想起来今日休息不上课。

滕六说我是笨蛋少爷，一点儿没错！

肚子饿得咕咕叫，那就去弥豆的小饭馆吃点儿东西吧。

我顺着学校前方的坡道下来，走了一会儿，来到饭馆。

那里很奇怪——并没有像之前那样，摆放着桌子，坐着吃饭的客人，而是围了一堆人，还能听到惨叫声。

是弥豆的叫声，听起来十分痛苦。

"怎么回事？"我费力扒开人群，问。

"弥豆变成妖怪了。"有人说。

"变成妖怪？好好的一个人，怎么能变成妖怪？"听起来好笑，我走进屋子，看到弥豆，也吓了一跳。

这家伙，怎么变成这副鬼样子！

弥豆倒在地上，因为痛苦，叫得声嘶力竭，面如死灰，满头大汗。

他的双臂向后直直绷着，痉挛扭曲，至于双脚，更是吓人——原本向前的脚掌，竟然反了过来，青筋暴突，紫黑一片！

"昨天还好好的，怎么了这是？"我问。

"不知道，早晨听到叫声赶过来，就看到这样了。"有人说。

"赶紧去找大夫呀！"我说。

"已经找过了，检查了下，说治不了。"

弥豆此刻痛苦不堪，两眼一翻，昏死过去。

"把他抬到里面小隔间的床上吧。"我说。

大家七手八脚将手脚反转的怪物一样的弥豆抬到床上，很多人摇着头离开了。

"这样下去，会死掉的哦。"我自言自语。

"这家伙，活该！"有人在背后如此说。

转过脸，见团五郎进来了。

"笨蛋五郎，你来得正好。"我把团五郎拉过来，"弥豆怎么会这样？"

"昨天已经告诫他了，他非不听。"团五郎生气地说。

我立刻明白过来："你是说，他昨晚偷偷去抓鳋鱼了？"

"肯定的呀！"团五郎指着弥豆，"不然怎么能变成这副鬼样子！"

"这是……"

"哎呀，笨蛋少爷，这就是鳋鱼夫妇的惩罚呀！对于试图捕捉他们后代的人，鳋鱼夫妇就会降下这样的惩罚，让对方手足反转。这还是轻的呢，严重的，当场就会死掉。"

"哇！那弥豆岂不是……"

"应该死不了，不过一辈子都要这样了。"

"那岂不是比死还难受！咱们得想想办法。"

"少爷，我劝你还是别管闲事。弥豆罪有应得，谁让他去抓鳋鱼的？我已经提醒他了。"

"应该是为了钱吧。他一直想扩张小饭馆，挣钱让女儿过上幸福的生活。人之常情。"我虽然不喜欢弥豆偷偷去抓鳋鱼，但对他充满同情，"他这样，女儿怎么办？听说她才七八岁，只有他这么一个亲人。"

"你真的要帮他?"

"自然了!"

"这可不是简单的事,甚至会发生危险哦。"

"什么危险?"

"有可能你也会变成这副模样。"

"哎呀。"我吓得差点儿跳起来,"这么严重吗?"

"当然了,鲶鱼夫妇现在脾气很大的。"

我坐下来,想了一会儿,还是决定救弥豆。

"团五郎,我意已决,快点儿说说要怎么做吧。"

"唉。"团五郎白了我一眼,说,"要破解这样的惩罚,只有去雾沼找鲶鱼夫妇了。"

"找他们?"

"对,谢罪,请他们原谅,如果他们答应,弥豆就会没事。如果他们不答应,不但弥豆救不了,你也会变成这样。"

"即便如此,我也想试一试!"

"真是笨蛋少爷!"团五郎拗不过我,只好顺从了。

自从上学之后,好久没有在深山中远行了。

顺着羊肠小道,一路向西。

天气很好,阳光从高处落下,流溢于丛林之间,光影熙和。

草木葱绿,空气潮湿。花香、泥土的味道、山石以及流水的气息交织在一起,深吸一口气,让人全身通透。

树木的枝叶在头顶铺盖,不少地方抬头看不到天空,行走其中,仿佛在海底漫游。

高大的云杉、黝黑的柳树、扎根于碎石中的古柏、香樟、椴树、山毛榉、黑松……随着大风摇摆,林莽涛声阵阵。

各色鸟儿穿梭飞舞,鸣叫婉转悠扬,偶尔能看到小动物攀爬跳跃。

当然,时不时也能碰到熟悉的小妖怪,或形单影只或成群结队,礼貌地向我们问好。

虽然团五郎看起来心事重重,可本少爷却如同旅行一般身心愉悦。

我们翻山越岭,一路走走停停,中午的时候,来到香樟川。

之所以叫香樟川,是因为这条河流两岸遍布香樟树。

河是小河,但美景如画,一座轻便的木桥连通两岸,可以看到白色的长脚鹭鸟站在桥下打盹儿。

"歇息下,肚子饿了。"我说。

桥头那边,挨着路边,是家小小的旅店,不大,可供南来北往的行人歇脚、住宿。

"那家店味道不错。"团五郎似乎也饿了。

走到跟前,见有个六十多岁的老太太坐在藤椅上打盹儿。

"打扰啦!"我大声说。

老太太浑身上下收拾得干净利索,头发整齐地梳在脑后,插着一支白玉簪子,笑容可掬。

"只有些家常便饭,可以吗?"她说。

"可以可以,添麻烦啦。"

一通忙活后,她端出来三四道小菜,都是山间的野味,颜色碧绿,加上辣椒,淋上香油,色香味俱佳。

主食是米饭,每一粒都十分饱满,带着柴火的清香。

我和团五郎风卷残云,将饭菜一扫而空。

"喝杯茶水吧。"老太太给我们倒茶。

刚煮好的大麦茶,很是解渴。

吃饱喝足,坐在椅子上,吹着山风,看着山景,全身酥软,一时真不想走。

"你们从哪里来?"老太太问。

"黑蟾镇。"我说。

"离这里不近呢,要去哪儿?"或许见我们两个并没有带着行李,老太太有些好奇。

"雾沼啦。"我说。

"去那里干什么?"老太太笑了起来,"那里不光山高路远,而且一路上行人稀少,景色也并不出众。"

"找鳑鱼夫妇啦。"我说。

团五郎暗中踢了我一脚,对我翻了个白眼。

这家伙估计对我随随便便就向陌生人暴露自己的底细很不满。

没料到老太太乐了起来:"找他们呀?哈哈哈,他们可不好找。"

"哦?您和他们认识?"

"我年轻的时候,在他们酒馆里面帮过工。"老太太开心地说,"那时候我才十二三岁吧。我们是外来户,听说雾沼那一带土壤肥沃,只要向鳑鱼夫妇祈祷,就能获得丰收,又不用交租,就过去了。哪知道到了那里,根本找不到合适的地方,围绕着雾沼的两个村子早将土地都占了。父亲和母亲愁眉苦脸地带着我在一家小酒馆里吃饭,老板娘听到了我们的遭遇之后,哈哈大笑,说:'原来为这样的小事发愁呀,你们去西北湾那边,那边有块好地。'西北湾那边我们去过，一片大水。老板娘说：'明天你们再去就会看到啦。'结果我们第二天去的时候，果然发现大水奇迹般地退下去一截，露出七八亩田地。父母高兴坏了，赶紧请人搭好了窝棚，然后买了供品去向鳡鱼夫妇祈祷，保佑我们大丰收。可去哪儿找呢？帮忙搭窝棚的人说，我们先前的那家小酒馆，就是鳡鱼夫妇开的。"

老太太咯咯咯地笑出声来："其实那七八亩地，也是鳡鱼夫妇可怜我们，特意赐予的。父母带着我赶去小酒馆。他们十分热情地招待了我们，但说什么也不愿意收下礼品。后来父亲急了，说实在不行，让女儿在这里帮忙吧。就这样，我成了小酒馆的帮工，一直干到十八岁嫁人。"

"我家老头子，也是鳡鱼夫妇介绍的。"老太太说，"虽说长得丑了些，可心肠好，踏踏实实。出嫁那天，鳡鱼夫妇还特意给我们备了一份大礼。现在想想，那时候真是幸福呢。"

"原来如此，我以为鳡鱼夫妇很凶呢。"我说。

"那可不是。"老太太摇头道，"他们热情善良，对待周围的村民很好，与村民相处得十分融洽。实际上，雾沼一带的村民也从来没有把他们当作妖怪看待，和自己的邻居一样，家长里短，婚丧嫁娶，都会请他们帮忙，其乐融融。"

"他们也会惩罚人呀。"我说。

"那倒是。"老太太说，"被惩罚的那些家伙，都是作奸犯科之徒。我看过不少次，有砍伐树木的，有偷盗的，有抢劫的，全都被鳡鱼夫妇收拾了。这些都还好，只是稍微惩罚一下。鳡鱼夫妇最讨厌的就是抓鳡鱼的家伙。这种事，他们特别在意。"

我心里咯噔一下。

"让手足反转都是轻的,有一次,我还看到他们将一个抓鲵鱼的坏蛋变成了一条鱼。"

"变成……鱼?!"

"是的,那家伙太过分了,在雾沼里布下绝户网,害了好几百条鲵鱼。"

"是太过分了。"

"你们去找鲵鱼夫妇做什么?"老太太问。

"我的一个朋友,不小心去抓鲵鱼,手足反转了。这家伙很老实,第一次做,并不太清楚。所以……我们去找鲵鱼夫妇道歉,请求原谅。"

"这个,可有些难办呢。"老太太皱起眉头。

"需要做什么?"我向老太太请教。

老太太想了想:"掌柜的脾气不好,男人嘛,都这样,整天很少看到笑容,发起火来那张脸真是吓人。老板娘嘛,倒是好说话,不仅漂亮而且热情如火。"

老太太压低声音:"掌柜的天不怕地不怕,就怕老板娘,所以如果你们能讨得老板娘的欢心,那应该是没问题。"

"怎么才能讨得老板娘的欢心呢?"我问。

"老板娘喜欢看人跳舞。"老太太说。

"看人……跳舞?"

"是,舞蹈跳得越欢快越搞笑,老板娘就越开心,她一开心,什么事情都可以谈。"老太太看了看我和团五郎,"你们舞姿如何?"

舞姿……

团五郎这个胖西瓜就别说了,本少爷这方面……也是个白痴呢!

完了完了。

"老太婆,我回来了!"不远处的林子里,传来一声喊,背着柴火的老头儿回家了。

"哎呀,让你不要打这么多柴嘛!要是累坏了,我多心疼!"老太太丢下我们,迎老板去了。

我和团五郎站起来,将饭钱放在桌上,告辞上路。

走了四五里山路,终于来到云蒙山下。

一座巍峨耸立的大山,顶上云雾缭绕。

旁边是条水流湍急的河,正是鳇鱼们逆流而上的南川。

我和团五郎鼓起勇气,踏上了登山之路。

越往上走,山势越陡峭。

这里人烟稀少,刚开始还有窄窄的小路,到后来干脆连路都没有了。

碎石林立,荆棘丛生,林子里密不透风,又闷又热,走上一会儿便汗流浃背。

我咬牙坚持,甚至有些后悔了。

"少爷,前面就是柏树林了。"团五郎朝前指了指,"鳇鱼们幻化成人的柏树林。"

"哦!"我顿时来了精神。

一口气攀上一个陡坡,眼前的景色让我震撼不已。

左边是南川。河流在这里狠狠撞上了山峰,经过长年累月的冲刷,夺路而出,硬生生地在山岩之中冲开了一条路!

巨大的青色山体,近乎直立,水流轰隆而下,激荡出漫天的水雾。

"这就是鳡鱼洄游时最难越过的那道关卡吧？"我问团五郎。

"正是。"

"那上面是什么东西？"我指了指山岩上方。

在山体之上，有一段石墙，有两三米高，用黑色的玄武岩垒砌而成，坚固异常，原本此处水流就急，因为这段加高的石墙，河道变得更窄、更险。

团五郎观察了一下，道："我记得先前是没有的。应该是最近有人建造的分水渠吧。"

"分水渠？"

"嗯。通过石墙，让水位上涨，然后在旁边开凿渠道，将水分流一些到下方的田地里。"团五郎道。

一边说，我和团五郎一边往上走。

这片柏树林，年代久远。里面的柏树密密麻麻，很多需要几人才能合抱，枝干扭曲盘旋。

树林之中，有条窄窄的道路。泥土濡湿，隐隐泛着腥味。

想到鳡鱼在这里变成了人，我变得激动起来。

"真想看到那一刻呀。"我说。

"其实也没什么好看的。"团五郎说，"从水里跳出来，等落到地上，就成了人，整个过程不过一眨眼的工夫。"

"变成了人，他们会说话吗？"

"会。"团五郎说，"但是说话并不流利，大舌头。"

我们费了一番功夫，穿过柏树林，费力向上爬，满头大汗地来到岩体上。

"应该不是分水渠。"我说。

那道石墙旁边没有开凿的沟渠。

"这么费力在此处建段高墙,却没有任何用处,奇怪了!"团五郎直挠头。

我凑过去仔细观察了一下,发现石墙足有两三米厚,而且用上了水泥。

"新建的。"我说。

团五郎点了点头:"别管这些了,少爷,我们得加快脚步,不然没到雾沼天就黑了。"

"争取天黑的时候到,正好在鳄鱼夫妇的小酒馆里投宿。"

"想得美。"团五郎说,"找他们的小酒馆可需要花费不少时间。"

"小酒馆很好找吧,又不会跑。"

"少爷,鳄鱼夫妇的小酒馆,真的会跑。"

"啊?"

"并不是固定在一个地方,今天在这里,明天可能在那里,全看鳄鱼夫妇的心情。"

"怎么会这样?"

"就是这样呀。他们不喜欢固定在一处。"

"像蜗牛那样,背着家跑?"

"差不多吧。所以,加快脚步吧。"

我痛苦地叹了口气,硬着头皮跟上团五郎。

我俩在山中跌跌撞撞,走了两三个小时,就在我快坚持不下去的时候,团五郎说:"少爷,雾沼到了。"

爬上一个小小坡地,下方豁然开朗!

那一刻,我真是佩服大自然的鬼斧神工。

在这巍峨的高山之上，竟然出现了一片阔大的盆地，草木葱茏，河道交织。

山顶流下来的水在这里汇聚，造就了一片广袤的沼泽，然后形成一条河流，顺流而下，便是南川。

多了。

墨精

，终于走上了平坦的土路。

问团五郎。

各个岔口连接一些村庄。雾沼说，"我们顺着土路找。"

开在村子旁边吗？"

赚钱。"团五郎白了我一眼。

我们走了很远的路，也只碰到

大青石旁。"询问之后，得到

根本没有。

他们的店。"

等赶到了蚌滩，依然没有店的影子。

我一屁股坐下来，叫苦不迭："简直就是胡来嘛！哪有这么开酒馆的！天天换地方！"

"这就是鳘鱼夫妇的风格。"

天已经彻底黑了。虽然月亮和星星出来了,但周围水汽弥漫,模糊不清。

风从沼泽里吹来,凉飕飕的。

"咱们得找个地方过夜。如果少爷你着凉发烧,滕六大人会把我打死的。"团五郎说。

阿嚏!我打了个喷嚏,无比想念我的那个温暖、柔软的被窝!

摇摇晃晃往前走了一段路,又累又饿的我,眼皮开始打架。

"少爷,清醒点儿,看,前方有灯光!"团五郎推了推我。

"有人家啦!能吃饭睡觉啦!"我顿时兴奋起来。

的确有灯光。遥遥的。灼灼的。

团五郎扶着我,一路小跑,一炷香的工夫,一家小小的酒馆出现在眼前。

是用松、杉之类的木头搭建的房屋,茅草做顶,门前插着幌子,建在沼泽边,周围生长着茂盛的菖蒲。

来到门前,我迫不及待地迈进去,坐在椅子上:"老板,来客人喽!"

酒馆小厅里只摆放了三张桌子,放着碗筷,干干净净。

旁边是小小的柜台,堆着酒坛。

柜台旁边是一块白布做的窗帘,后方应该就是起居室了。

"来了。"老板娘从里头出来。

她看上去三十多岁,皮肤雪白,黑色上衣,白色短裙,挽起的头发上插着一朵洁白的山茶花,真是好看!

"这么晚了,还以为没客人了呢。"她来到跟前,微笑着看着我和团五郎,"吃什么?"

"饿死了,有什么上什么。我感觉我能吃一头牛。"我说。

咯咯咯咯。

老板娘笑声如同银铃一样清脆:"那好,等一下,马上好。"

很快,饭菜端上来——辣椒炒地衣、鸡蛋炒蘑菇、烧仔鸡、醋熘排骨外加一盆野菜汤。

"喝酒吗?"老板娘笑着问。

我举起手。

"少爷,你可不能喝酒!"团五郎急了起来,"你还在读书!再说你那哮喘病,喝了酒之后会犯的。"

"一点点,总没有关系吧!"

"那也不行。"

"我们这里有酸梅汤,可以吗?"老板娘善解人意。

"好好好!"我连连答应。

酸梅汤,又酸又甜。一边喝一边吃,我觉得自己总算活了过来。

将那壶酸梅汤喝完,我打了个响亮的嗝,对老板娘道:"老板娘,你在这里开店,我能不能请教一件事。"

"请说。"老板娘扯了个板凳,挨着我坐下来。

"请问鳑鱼夫妇开的小酒馆,你知道在哪里吗?"

老板娘笑了一声:"你们找他们干吗?听说他们是妖怪哦。"

"没办法。"我挠着头,"一个朋友需要帮忙呢。"

"既然需要帮忙,为什么不亲自来呢?"

"来不了了。"团五郎比画了一下,"手脚反转,哎哟哟躺在床上鬼哭狼嚎呢。"

老板娘又从柜台取了一壶酸梅汤，斟上，说道："那应该是做了遭受惩罚的事。这种事，即便是鳄鱼夫妇，恐怕也是没法儿原谅的。"

"那糟糕了。"我说。

"笨蛋少爷，之前我就跟你说过，鳄鱼夫妇很难被说服的。"团五郎道。

老板娘盯着团五郎，目不转睛。

"怎么这么看我？"团五郎被看得发毛。

"咚咚山狸妖首领团九郎，你认识吗？"老板娘问。

团五郎愣了一下："那是……我老爹啦！不过他现在已经不做首领了。怎么，你见过？"

老板娘笑了一声："你是他的那个笨得出奇的'毛团崽'？"

"哎！"团五郎跳起来，"不对！我现在可是新任的狸妖一族的首领！你怎么知道我的小名？"

老板娘笑道："你小时候，我可经常抱你呢。"

看来是遇到熟人了。

团五郎一对圆滚滚的眼睛看着女人，恍然大悟，扯了扯我的袖子："少爷，别喝酒了，赶紧起来！"

"干什么？"

"笨蛋呀！少爷，咱们找到了！"

"找到什么了？"

"鳄鱼夫妇呀！你面前的这位，便是老板娘！"

哎呀！我赶紧将嘴里的酸梅汤咽下去："真是……失礼了！"

"老板娘，这是文太少爷，一向都这么笨，别跟他一般计较。"团五郎说。

老板娘看着我，有些吃惊："方相家的那个小时候爱流鼻涕、经常伤风感冒的胆小鬼少爷？"

"应该是我了。"我说。

小时候，我的确是这样。三天两头生病，搞得爷爷焦头烂额，经常三更半夜带我去看医生。

"小时候，你爷爷还带着你到我这里来讨过药呢。"

既然是老熟人。那事情就好办了。我想。

"当家的，过来，看看谁来啦！"老板娘十分兴奋，冲里头大喊。

布帘掀起，从里头出来一个人。

我抬起头，吓了一跳。

这人，身高足有两米，铁塔一般。皮肤黝黑，国字脸，一双剑眉，双目如同铜铃一般，嘴巴很大，嘴唇很厚，胡子拉碴。

他穿着一身黑衣，似乎受了伤，半边脸用白布裹着，右胳膊缠着绷带，上面还有隐隐的血迹斑点，拄着根拐杖。

他嘭的一声坐下来，斜着眼睛看着我："你爷爷还没死？"

哈？！

"应该没有。我到黑蟾镇之前，他就借口溜掉了。"

"正常。家里有你这样的小鬼，太烦人。"他说。

还能不能愉快地聊天了？

"我要是有你这样的孙子，早一把掐死了。"他从兜里摸出一把银酒壶，灌了一口酒。

酒是烈酒，闻着就上头。

"当家的，文太和团五郎找咱们有事。"老板娘说。

"是。当家的，我们的一个朋友，手足反转了，还请多多原

谅。"我说。

"活该!"当家的啪地拍了一下桌子,"亏你们还有脸来求情!"

我差点儿哭出来。

这也太不给面子,太野蛮了!

老板娘见我这样子,忙说:"哎呀,文太少爷,别跟他一般见识,他刚和别人打了一架,受了伤,窝了火,正在气头上。"

"一条鱼也能和人打架?"团五郎说。

啪。

当家的一使劲儿,捏断了手里的拐杖。

团五郎吓得吐了吐舌头。

"怎么回事？"我问。

"还不是为了那些子孙。"老板娘叹了一口气。

所谓的子孙，指的是那些洄游的鳌鱼吧。

"我们在这里生活了许多许多年。"老板娘说着，转脸看向外面。

窗户外，雾沼上起了雾，浩渺朦胧。

"真是许多许多年了。"老板娘说，"那时候，天地还很苍茫，自由自在。后来才有了人。"

"多年来，我们两口子与世无争，生活在这里，望云戏水，赏花做工，优哉游哉。唯一放不下的，就是那帮崽子们。毕竟是自己的后代。"老板娘说，"无数的年月里，我们鳌鱼和人类相处得很好。我们两个庇佑着这里的人们，对他们的请求有求必应。因为我们，雾沼周边的田地年年丰收，他们也保护着那些鳌鱼，让它们能够一年年顺利洄游到这里，繁衍生息。但是这些年，情况越来越糟。"

"怎么了？"我问。

"世界变化太大了。"老板娘说，"以前没这么多人，更没有这么多肆无忌惮的举动。"

"什么举动？"我问。

"大片大片的森林被砍伐，原本草木葱茏的地方，在一片机器轰鸣里转眼之间就成了空地；湖里、水里到处都是那种隆隆作响的机械船；人们拼命开垦耕地，修建铁路、公路、村镇，拼命挤压原本的自然。这些年，因为过度的捕捞，鳌鱼的数量在急剧下降——过去人们会捕捞长大的鳌鱼，将幼小的放走；现在是用那种密不透风的'绝户网',不管大的小的,一网打尽!"

"还有更过分的!"当家的鼻子里喷出一股气,"对于鳊鱼来说,最重要的就是洄游!要拼命回到雾沼,产卵生子,繁衍后代。没有洄游,就不会有新的鳊鱼。现在,洄游越来越难!"

老板娘点点头,道:"南川原本河道宽阔,水又大又深,现在几乎成了一条小溪。水越少,洄游就会越困难。原来能够顺利完成洄游的鳊鱼,占十之六七,现在,十之一二。"

"那玩意儿建起来,十之一二都没有了!我们鳊鱼,要绝种了!"当家的一拳头擂在桌子上,碗碟翻飞。

我和团五郎面面相觑。

"因为洄游越来越难。之前,为了让鳊鱼们繁衍,我们不得不赐予它们一些能力。"老板娘说,"就是能够化身成人,上岸。这是迫不得已的事。"

"但问题也随之而来了。"当家的说,"在水里如果要抓住我的那些崽子们,是很不容易的。鳊鱼很聪明,而且游得很快。但是岸上抓它们,就太容易了。这些年,很多崽子就中了那些混账东西的圈套!我绝对不会放过他们!"

"之所以抓鳊鱼,一方面是因为味道鲜美,另一方面,则是因为能够延年益寿。"老板娘解释说。

"听说妖怪吃了,也有好处。"我补充道。

"是了。"老板娘说,"十几年来,每到洄游的季节,我们两个便悉心守护,即便如此,也总有那么一些坏蛋,想方设法抓它们。为这个,我俩操碎了心。以前开着小酒馆,快活得很,根本没这些烦心事。"

"尤其是今年,情况更严重。"当家的哼了一声,斜着眼睛看着我和团五郎,"你们来的路上,从柏树林经过的时候,有没有看到那段厚厚的石墙?"

"看到了。"团五郎和我齐齐点头。

"那地方,是洄游最艰难的地方,岩体原本就高而险,很多鳗鱼过不去,现在,又在上面建起了那么高、那么厚的石墙,你们知道意味着什么吗?"

"什么?"

"意味着,如果光靠鳗鱼自己,没有任何一条能够跃过去!"

"那岂不是说,因为那段高墙,没有任何一条鳗鱼能够回到雾沼产卵?!"我吃惊起来。

"是了!"当家的说,"如果这样,那它们就要灭绝了!"

"为什么要建那段高墙?"我问。

"很简单,就是逼迫鳗鱼们从水里爬上岸,穿过柏树林,绕过那段险地。这样一来,在陆地上,他们就可以肆意地捕捉了!"

"他们?谁?"

"一些坏人。"老板娘说。

弥豆应该算是其中之一吧。我很惭愧。

老板娘似乎猜到了我心中所想,道:"一般的家伙,只能说是贪财之人,不过是别人的棋子而已。"

"什么人的棋子?"

"法师或者别处跑来的坏蛋妖怪!"当家的大声说。

"法师?"我愣了一下——现在还有这种人?

"那段石墙就是一个法师干的好事。他雇用了很多人,一夜之间就建了起来,而且在每一块石头上都刻上了符咒。"当家的咬牙切齿,"为了此事,我和那人干了一架,两败俱伤。"

哦，所以才留下身上的伤。

"那家伙受了伤，没法儿亲自前来，所以就装扮成鱼贩，诱惑其他人去柏树林捉鳘鱼。"老板娘唉声叹气，"我男人这副德行，也只有我每晚去守护。我一个女人家，虽说有点儿能耐，却也对付不了那么多人。这些天，很多鳘鱼被抓了。再这样下去，鳘鱼们怕是要完了。"

鳘鱼夫妇长吁短叹，房间里的气氛变得异常压抑。

他们越是如此说，我越没脸提出原谅弥豆的请求。

"如果摧毁那段石墙呢？"我说，"如此一来，相当一部分鳘鱼就可以正常完成洄游，爬上岸的鳘鱼数量，也能够大大减少。"

"你是笨蛋吗？"当家的大喝一声，"我之前说了，那段高墙是一个法师干的，每块石头上都刻了符咒。即便是我们，也没有能力摧毁它！"

可恶！我攥紧了拳头。

"妖怪最怕的，就是法师的那些手段啦。"团五郎说。

"再过两天，鳘鱼的大部队就会抵达。那是决定整个族群命运的时刻。如果不拆除高墙，我们就不得不动用全部的修为，帮助子孙们上岸，那样一来，我们会很虚弱……"老板娘说到这里，停下了。

"只能眼睁睁看着坏蛋们在柏树林大肆抓捕它们了。"当家的说。

"那就把高墙拆了！"我说。

"笨蛋！"鳘鱼夫妇和团五郎齐声说道。

"你们没明白我的意思。"我说，"刻上符咒的高墙，你们妖怪搞不定，但是本少爷可不是妖怪！"

团五郎睁大眼睛看着我。

"本少爷，可是人呀！"我哈哈大笑起来，"我来拆了它！"

"似乎……有些道理哦。"老板娘看着当家的。

当家的捏着短短的胡须："倒是有些可能。不过，笨蛋少爷，你个头这么小，长得跟一棵葱没啥两样，怎么能在短短的两天之内拆掉那堵墙？"

是哦！我未免高估了自己的能力。

我抓耳挠腮，开动脑筋。

"有了！"我学着当家的，使劲拍了一下桌子，"炸呀！"

"炸？"

"是呀！用炸药！"我赶紧说道，"去年修建云麓村，我可是看见他们用炸药把半个山头都炸了！"

"这个，能行吗？"老板娘道。

"炸药，木场老爹家里有，我让野叉去找一些来，具体怎么炸，我仔细观察过，跟放炮仗没啥两样，我能行的。"我得意扬扬。

木场老爹是我们的老镇长，野叉是他的孙子，十六七岁，肤色黝黑，四肢健壮，一双眼珠黑白分明，穿着青色的短裤，面容憨厚。

他是我最好的朋友，平日里我俩厮混在一块儿，无话不谈。

"要不咱们试一试？"老板娘看着当家的。

当家的站起来，郑重地向我鞠了一躬："笨蛋少爷，我们鲵鱼一族的命运，就拜托啦！"

"别客气。"我说，"我有个条件。"

"竟然还趁火打劫提要求？你有没有同情心？笨蛋少爷！"当家的顿时火了。

"我的意思是……如果我拆了那段高墙，你们能不能原谅我的那个朋友。"

"什么朋友？"

"笨蛋当家的！我之前说了呀，就是那个被你们惩罚、手足反转的家伙！"

"那个混蛋呀！可以！"当家的点了点头。

"那就这么说定了。"我站起身，对团五郎道，"走吧。"

"现在就走？"团五郎张大嘴巴，"已经晚上了，你要走夜路回去？"

"没办法，时间紧迫。"我说。

"好吧。"团五郎说。

我们两个起身告辞，在鳄鱼夫妇的千叮咛万嘱咐下，踏上了回家的路。

这一晚，我和团五郎在山林里磕磕绊绊，天亮时才回到黑蟾镇，满身泥泞，鼻青脸肿，惨不忍睹。

"要不要歇息下？"团五郎见我累得像死狗一样，有些心疼。

"去找野叉！"我说。

我们两个来到木场老爹家，把野叉叫出来，将事情说了一遍。

"有的。"野叉压低声音说，"爷爷去世后，还有一筐炸药没用完，被我爹收在了阁楼里，引线什么的都在。"

"去找来！"我说。

"看我的！"

野叉进了院子，很快拎着个竹篮走出来。

"都在这里了。"野叉说,"我爹说过,这些炸药威力巨大,可得小心。少爷,你能干得了吗?"

"这个……"接过沉甸甸的篮子,我心里有些发虚,"应该……可以吧。"

"要不,我也去帮忙得了。"野叉说,"我爹开山放炮的时候,我抡大锤打过炮眼。"

"那再好不过了。"我喜出望外。

人多力量大。

我们三个简单收拾了一下,又带了些干粮,匆匆赶往柏树林。

当天黄昏,太阳即将落山之际,我们总算是来到了那段高墙之下。

"这也……太危险了吧!"野叉仰头看着矗立在湍急流水中的高墙,目瞪口呆。

"事已至此,无论如何也得做。"我说。

"是呀,已经答应鲶鱼夫妇,做不了的话太丢脸了。"团五郎说。

"具体怎么干?"这种事我第一次干,只能指望野叉了。

野叉仔细看了看高墙:"在墙上打出炮眼,把炸药塞进去,点燃,应该就能炸掉了吧。"

"是这个道理。"我立刻点头,"炮眼在什么地方打?"

"当然是在高墙下面了!笨蛋少爷!"团五郎说。

"那要下水的哦。"我说。

"当然啦!"

哎呀,水可真凉!

赤条条地跳进水里,我脚步趔趄,差点儿被水冲到悬崖下面去。

我和野叉在水里，一个扶着钢钎，一个挥舞着大锤，开始忙碌起来。

团五郎似乎有些惧怕那些符咒，不敢下水，只能站在溪边远远地指挥。

"少爷，你还是上去吧。我一边忙一边还得照顾你不被冲走，实在很烦人。再说，你看你冻得，死鱼眼都翻出来了，如果伤风感冒，滕六会生气的。"野叉说。

"是哦，你还是上来吧。"团五郎早就看我不爽了。

无奈之下，本少爷只得从水里爬出来，穿上衣服，站在岸边给野叉打气。

太阳落下去，月亮爬上半空。

岸边，点燃了好几堆篝火。

总算是暖和了些。

一直忙活到后半夜，那段高墙之下，终于打出了一二十个炮眼。

"少爷，都塞满了。"野叉说，"不过还剩下半篮子炸药呢，怎么处理？"

"哎呀！"我指着高墙下面的岩体，"索性都用上吧！"

"好嘞！听你的。"野叉又忙活了两三个小时，在坚硬的岩体上乱七八糟打了一堆炮眼。

忙活完了，野叉小心地接好引线，拉扯过来。

"炮眼打得多了，引线不够用，好像有些短。"野叉看着延伸到我们跟前的引线说。

"应该够了吧。"我说。

"以防万一，你和团五郎先走，我来点引线。"野叉说。

"那可不行。"我说，"本少爷来点吧。这等光荣之事，本少爷责无旁贷。"

"你俩一起点得了！争个屁呀！"团五郎说，"我断后。"

抽出火柴，我们双手颤抖地点燃了。

嗤嗤嗤！

引线如同火蛇一样迅速燃烧起来。

"怎么烧得这么快！"

"哎呀，预判错误！"

"赶紧跑呀你们两个笨蛋！"

…………

我们三个家伙抱头鼠窜。

"野叉，云麓山开山放炮的时候，你到底帮过忙没有？"

"有呀！我在现场看得清清楚楚，就是这么弄的！"

"你不是说你打过炮眼吗？"

"看过啦，也就那样子。"

"哎呀呀，被你害死啦。少爷，快跑！"

"我……"

轰！！！！！！

我正想说话，突然觉得脚下的大山微微往下凹，然后又往上弹了一下，接着是一声震耳欲聋的巨响，地动山摇，天塌地陷！

一瞬间，我感觉自己的身体如同巨浪中的一片树叶，被高高抛起，又被迅速吞没。

"少爷！"

"文太少爷!"

…………

在野叉和团五郎的惊呼声中,我昏了过去。

好疼!

脑袋痛得仿佛被开了瓢,又好像有根大铁钉从顶阳骨上打进来!

四肢百骸,每一块肌肉、每一根骨头,都在痛!

"少爷不会死了吧?"

"闭上你的乌鸦嘴!少爷如果死了,也是你害的!浑蛋野叉!"

"也有你一份,笨蛋五郎!"

"你们俩别吵了!少爷如果有个不测,你们俩一起去陪他吧!"

"滕六大人,我们错了,我们不是故意的!"

"笑话!要是故意的,那就是蓄意杀人啦!两个混账东西!我只不过去送个货,你们就带着他闹出了这么大乱子!云蒙山被你们炸得地动山摇!当时山神大人正在摆酒招待客人,你们这一下子,炸得他们好多家伙差点儿当场魂飞魄散!"

"哎呀!滕六大人,谁知道山神大人就在附近呢!"

"是呀!山神大人也是,那么多好地方,偏偏跑去柏树林招待客人!这不是活该嘛!"

…………

"吵死了……"我被团五郎、野叉和滕六吵得越发难受,呻吟着醒来。

睁开眼,看到的是几张扭曲的脸。

"少爷醒啦!"

"哎呀呀,少爷不用死啦!"

"笨蛋少爷!你瞧你干的都是什么混账事!"

…………

我痛苦地哼唧了一下:"别吵了,能给我一杯水吗?好渴。"

斜躺在床上,喝着水,看着这帮家伙,我乐起来。

团五郎和野叉鼻青脸肿,一部分是被炸开的石头崩的,一部分应该是被滕六揍的。

"少爷,你昏过去了,不太清楚当时的情况!哎呀呀,那一炸,真是……空前绝后!"野叉挥舞着手臂,"满天飞的都是大石头!"

"你还有脸说!要不是我手疾眼快,急忙将身体变大,把少爷压倒,估计少爷也满天飞啦!"团五郎捂着脑袋上的绷带说。

"先别说这些了,高墙怎么样了?拆了吗?"我关心的是这个。

"拆?何止是拆呀!被炸得粉碎!"野叉说。

"何止那段墙!少爷,连那片岩体都被炸塌啦!那地方,现在变成了一片坦途,随便一条鳗鱼,甩甩尾巴就能游过去!"团五郎补充说。

"那鳗鱼洄游的大部队……"我赶紧道。

"哎哟哟,浩浩荡荡的一大群,呼啦呼啦,全都过去了!"团五郎说,"我从来没看到过那么多的鳗鱼!当时还想抓两条烤给少爷吃呢!又怕鳗鱼夫妇惩罚我。"

"弥豆怎么样了?"我问。

"弥豆呀，我今天还吃了他的烤鳗鱼呢，他已经恢复正常了，说以后还是继续烤鳗鱼吧。"野叉说。

虽然差点儿被炸死，但听到鳘鱼们能够正常洄游，真是高兴。

"鳘鱼夫妇听说你被炸得七荤八素的，十分过意不去，说过几天亲自登门致谢。"团五郎说。

"还有一件事。"野叉小声说，"那个坏蛋法师，被滕六抓住，狠狠揍了一顿，赶走啦！"

真是大快人心！

"连同那些过来收鳘鱼的鱼贩，"滕六说，"都被我扔到了河里。不这么干，说不定你哪一天又出什么幺蛾子，笨蛋少爷！"

哈哈哈。

我开心地笑了起来。

"事情解决了就好。"我捂着被绷带缠得发麻的脑袋，叹了一口气，"不过，就是有个遗憾。"

"什么遗憾？"

"没有品尝到美味的鳘鱼啦！"我说。

我望向窗外。

天气很好，阳光从澄澈的天空洒下来。

高高的云蒙山，美丽的雾沼上，也是这样的阳光。

如此灿烂的阳光下，想必鳘鱼群正在开心地游弋吧。

"一定要多多繁衍哦！"

抱着这样的祝愿，我闭上眼睛，安心地躺了下去。

"哎呀！笨蛋少爷不行啦！"

"刚才那不是回光返照吧!"

"混账东西!不过是又昏倒了而已!"

…………

唉,真是吵死了!

墨精

松之烟

　　玄宗御案墨，曰"龙香剂"。一日，见墨上有小道士如蝇而行。上叱之，即呼万岁曰："臣即墨之精，黑松使者也。凡世人有文者，其墨上皆有龙宾十二。"上神之，乃以墨分赐掌文官。

——唐·冯贽《云仙杂记》

黑色的墨汁，落在雪白的宣纸上。

如同白雪落于春日的泥土，迅速消融、扩散，晕染开去。

狼毫笔因为蘸墨过多，臃肿不堪，收笔时不由自主弹了一下。

不该有的地方，多了个大大的黑点。

我赶紧取来碎纸吸取，手忙脚乱，不小心碰倒了水盂。

白玉做的"仙童奉桃"水盂掉在地上，啪啦一声，摔得粉碎。

大呼小叫弯腰收拾，又扯动砚台倾覆。

噗！

墨汁在桌子上、纸上、毛毡上流淌、飞溅，衣服、手、脸，到处都是。

"好烦哦！"我生气地扔下毛笔，身子像漏了气的皮球，瘫在椅子上。

不由自主生起伍先生的气来。

他交代的这件事，完全超出我的能力范围。

伍先生是镇上的国文老师。这老头儿，怎么说呢，很奇怪的一个家伙。

听说他以前中过秀才，如果不是大清亡了，应该能考上举人做大官，光耀门楣吧。可惜科举考不了，只能老老实实回家。

他家境不错，据说祖上是盐商，在省城有一个大院子，产业众多，商铺、典当铺、酒楼、粮铺都有，吃喝不愁，完全可以种花养草，优哉游哉。

他不愿意，跑去学校教书，费心费力，没日没夜，领的薪水还不够吃吃喝喝，却也整日乐乐呵呵的。

后来，又从省城来到我们这个穷乡僻壤。

黑蟾镇一带，和省城完全没法儿比，寂寞无趣，又要面对我们一帮不听话的熊孩子，住的是简陋的砖房，吃的是学校烧的有盐无油的伙食。

完全搞不懂他的心思。

不过，他人很好。一把年纪了，孤身一人，不仅教学尽职尽责，但凡有空，还会招一帮喜欢的学生，去他的那间小屋里"开小灶"。

所谓的开小灶，是他自己去集市买菜，系上围裙，亲自掌勺。

先生做的饭菜很好吃，煎炒烹炸，色香味俱全，尤其是卤猪蹄，百吃不厌！

前几天，我、野叉以及另外一个同学石楠生捧着猪蹄大快朵颐的时候，先生喝着酒，望着门外发呆。

做了菜，不吃，只喝酒。这是先生的习惯。

"厨师都不会吃自己做的东西，做的时候就饱了。"他如此说道。

什么嘛！我估计可能又是不小心把猪蹄掉到了地上，捡起来放回锅里。

"真是一代不如一代了。"他转过脸，看着我们三个。

我们不搭理他。

人老了，就会变得絮絮叨叨的。

"唉，真让人失望呢。"他叹着气说。

吭哧吭哧啃猪蹄。虽说可能没洗干净，但味道好极了。

"你们这样，难道不惭愧吗？"他又说。

我实在忍受不了，翻着白眼："还能不能让人愉快地吃饭了？"

"你们吃你们的，我说我的，全无干涉嘛。"

"可是你这么婆婆妈妈的，怎么吃呀？"

"我说的都是实话。"

"怎么一代不如一代了？怎么让人失望了？怎么就惭愧了？我们为什么要感到惭愧呢？"我生气地咬了一口猪蹄。

"你们快和这玩意儿一样了。"他指了指我手里油乎乎的东西。

"猪？"

"嗯。除了吃、睡、漫山遍野疯跑，你们还会干什么？"他眯起眼睛，嘴角露出讽刺的笑。

"难道不应该这样吗？"

"不是不应该。而是……人，总得有点儿追求吧。"

野叉说："先生，我的追求就是吃、睡、漫山遍野疯跑。快活呀！"

伍先生闭上眼，胡子微微颤抖，估计觉得跟我们说话，简直是对牛弹琴。

"这个世界将来需要有文化的人，书读不好，没出息的。"他点了一根烟。

"我爹说只要识字就行了，将来家里的酒馆需要我经营的。"野叉说。

石楠生偷乐不说话。

"我呀，不太喜欢读书，不过硬着头皮可以读下去，将来能干什么，我也不知道。这些事情，还是不去想为好。越想越烦。"我说。

先生恨铁不成钢地又叹了一口气。

"字，总得写得像个样子吧？"过了一会儿，他说。

先生教国文，对作文要求很高。这倒是我不多的强项之一。我写的文章，经常被他拿来当范文朗读。

"没一个写得像样的！"他拍了一下大腿，"我早就说过，那种舶来的什么钢笔，根本就写不了好字。要写一手好字，还得用我们老祖宗传下来的毛笔。书法，懂吗？！"

他变得激动起来。

老头儿书法很好，篆、隶、楷、行、草，样样精通，颜筋柳骨，有模有样。他来了之后，周围的店铺招牌，大多都出自他手。

"字是一个人的脸面，字写不好，很丢脸的。"他看着我们，语重心长地说。

我惭愧地低下了头。

好讨厌的老头儿！三下两下就戳中了我的软肋。

说来没脸，从小到大，我唯一做不好的就是写字。

小时候，爷爷也曾抱着我临帖，我记得写了一个月，爷爷便放弃了把我培养成书法家的念头，捂着脸收起了笔墨纸砚。

后来上学，一手字写得像找妈妈的小蝌蚪一般，有时自己都无法辨认。

"不光我们，整个黑蟾镇也没有字写得好看的。"野叉说。

的确如此。黑蟾镇的孩子都是野孩子，让他们写出好字，简直就是让母猪上树。

"那可就头疼了。"伍先生捋着胡须，皱着眉头，"半个月后省里头的竞赛，咋办？我可是跟别人打了赌，输了的话，要回省城的。"

"要回省城？先生，你的意思是，要离开学校吗？"我问。

"嗯。"伍先生说，"我一把年纪了，当初到这里来家里人就不同意。上次回去，省里举办书法大赛，组织各学校报名，我脑袋一热就替你们报了，结果引来一帮人的嘲笑。于是我跟家人打了个赌。如果能取得个名次，我便可以继续在这里教书，否则便只有乖乖回去了。"

"那岂不是吃不到卤猪蹄了？"我睁大眼睛。

"斯文扫地！我在说书法呢！"先生生气了。

"我看肯定是吃不到卤猪蹄了。"野叉说，"省里的学校，我见过一次，哎呀呀，人家的水平和我们根本就不是一个层次的，估计用脚都比我们写得好！"

"有点儿志气嘛！万一呢！"先生说。

"万一？估计概率跟母猪上树差不多。"野叉往地上吐了一块碎骨头，端起了鸡蛋汤。

"先生,你到底替谁报了名?"我问。

"你们三个呀!"先生说,"报名费挺贵的,我就报了你们三个。"

噗!

野叉嘴里的鸡蛋汤喷了先生一脸。

"先生,你饶了我吧,让我写书法,还去竞赛?门儿都没有!"野叉第一个举手拒绝。

"我有事,去不了。"闷葫芦石楠生冷冷地说了一句。他脾气就这样,决定了的事情不会更改。

先生只好看着我。

可怜巴巴的。

"文太呀,你想不想以后顿顿吃猪蹄?先生幸福的后半辈子,全靠你了!"

诸如此类肉麻的话,说了将近一个小时。

然后,我就稀里糊涂地答应了下来。

现在想一想,真是后悔。

"这位先生可真够讨厌的!看把我心爱的少爷难为成什么样子了。少爷,别难过,我去跟他说说,换个人得了。"当我在院子里长吁短叹时,朵朵心疼地说。

朵朵是寄居在我们家门上的护门草。表面看上去,是个十三四岁的女孩,穿着花锦衣,梳着丸子头,大大的眼睛忽闪忽闪的,雪白的皮肤,粉嘟嘟的脸蛋,可爱得要命。其实她是个妖怪,还最溺爱我。

前段时间,朵朵去外面办事情,刚回来不久。

"最讨厌叽叽歪歪。要我说,把那个什么伍先生六先生的拎起来,狠狠揍一顿,就是了。"站在朵朵旁边的霸道女说。

身材婀娜,皮肤虽然有些黑但光滑细腻,穿着一身贴身的红色长裙,领口低垂,腰身盈盈,两条修长的玉腿展露于裙摆之下,光脚穿着绣着白蔷薇的红绣鞋——这是名为雨师妾的大妖怪,霸道得要命,能动手绝不动口,昨天刚从牛尾山打架回来,据说把满山的妖怪打得抱头鼠窜。

"你们还是别添乱了。"我越发头大,站起身,想出去逛逛,吹吹风。

"少爷,你身上还有伤,还是别出去了吧。"朵朵拦住我说。

经过上回的"云蒙山大爆炸"事件,我身上伤痕累累,有些地方现在还隐隐作痛。

"老待在屋子里,也会憋出病的。就一会儿,我逛逛就回来。"我赶紧向朵朵祈求。

朵朵正在犹豫之时,突然外面传来一阵奇怪的叫声。

嘎嘎嘎!

嘎嘎嘎!

抬起头,是一只奇丑无比的巴掌大的紫黑蛤蟆,穿着红色的大裤衩,脑袋上戴着顶小小的草帽,正赶着一群雪白的大鹅,浩浩荡荡跨过门槛。

这家伙叫蛤蟆吉,是黑蟾山蛤蟆老大三太的儿子,小蛤蟆妖一只!和团五郎一样,是我最忠心耿耿的手下。

这群鹅进来之后,见到满院子的植物,四处啄吃,与此同时还扑哧扑哧地到处排泄粪便。

"蛤蟆吉,你这是干什么?!"我大声道。

"少爷,我这是来帮你呀!"骑在鹅脖子上的蛤蟆吉回复道。

"帮我?"一个裤腿被大鹅猛啄的我,惊魂未定。

"是呀!听说你在苦练书法,我好不容易才找到这么好的一群鹅哦。"

"鹅跟书法有什么关系?"

"难道少爷你没有听说过'羲之爱鹅'吗?"

"什么爱鹅?"我一头雾水。

"就是王羲之啦!被称为'书圣'的那个家伙。"蛤蟆吉从鹅身上跳下来,"他字写得好,很多人上门求字。有个老道士想让王羲之写一篇《黄庭经》,可又觉得王羲之肯定不会轻易答应,听说王羲之喜欢鹅,就精心调养了一群,赶到王羲之经常去的地方。结果你猜怎么着?"

我根本不想猜!这鹅太讨厌了,啄完裤腿又开始啄我屁股。

"王羲之看到那群鹅,十分喜欢,想买下来,道士趁机提出请求,说只要他写一篇《黄庭经》,就把鹅赠给他。王羲之高高兴兴写完,带着鹅回家了。"

"蛤蟆吉,这和你帮我练书法有什么关系吗?"

"当然有啦!"蛤蟆吉说,"王羲之之所以喜欢鹅,是因为他从鹅的行走、游泳等体态中,体会到了书法运笔的奥妙,这才成就了'书圣'之名!少爷,你就好好观察这群鹅吧,一定会对你大有帮助的!"

"浑蛋蛤蟆吉!"我气得快冒烟了,"出什么幺蛾子!赶紧把这群鹅弄走!我的花花草草眼看着就要被啄完了!"

…………

夜已深,万籁俱寂。

远山传来松涛之声。

院子里开满了花,郁郁葱葱,五颜六色,微风吹过,花影摇曳,暗香浮动。

肥硕的锦鲤在鱼池中游弋,突兀的假山上生满苔藓。

玉兰树、栀子树、野蔷薇……高树杂木蓬勃生长。

视线越过围墙,可以看见连绵的苍翠群山以及远处波光粼粼的大湖。

烛火闪烁,有几只细小的飞蛾起舞盘旋。

桌子上,一堆书写完毕,上面鬼画符一样的宣纸,是我的"战绩"。

双目疼痛,手腕僵硬,脖颈更是酸痛难忍。

"这样的水平,别说赢得名次了,恐怕预选赛都过不了。"我叹了一口气,"看来我果然不是这块料。"

明天跟伍先生好好说说,放弃吧。

带着这样的想法,我站起身来,想上床睡觉。

"的确有些难看。"有声音传来,细细的、蚊子一样的声音。

"不用你提醒啦!我自己都知道。"我摇了摇头。

突然,我反应过来——房间里根本没有其他人,这声音哪儿来的?

我急忙后退两步,警觉地环顾四周。

空空荡荡,连人影都没有。

难道是妖怪?!

"只要坚持,总会有些成就的。凡事都是如此。"声音又响了起来。

"谁?!"我大吃一惊,"快出来,否则我不客气了!"

"早就出来了。在这里。"对方说。

声音似乎是在桌子上。

我低头,见砚台上赫然坐着个小人儿。

天!竟然有这么小的人!

手指头那么长,胖乎乎的一个老头,须发皆白,身上穿着一件黑色的道袍,着皂鞋,戴黑冠,手里握着一根拐杖,撅着屁股坐于砚台之上,跷着二郎腿。

"你是哪位?"对方看起来人畜无害,我稍稍放下心来。

"有酒吗?"对方问道。

"酒?没有,不过有茶,喝不喝?"

"是好茶吗?"

嗨!这家伙还挺挑。

"我也不知道好不好,你爱喝不喝。"

"那还是喝吧。聊胜于无。"

我泡了茶,倒入杯中。

他费力地爬到杯沿上,倒挂金钩,喝了一口。

"味道怎么样?"

"马马虎虎。"

"喂,你到底是什么来头?"

"文太少爷,你还是那么没礼貌。"老头摇了摇脑袋,说,"我是墨之精,名为黑松使者,你可以叫我……松爷爷。"

"得了吧,占我便宜。"我冷哼一声,"叫你阿松吧。"

"阿松呀……"老头儿挠了挠头,"也行。"

"阿松,你说你是墨之精,也就是妖怪啦?"

"可以这么说。"

"那你是什么东西变成的妖怪?"

"墨呀!笨蛋少爷!我不是告诉你了嘛。"

哦,也是。

"墨这种东西,怎么能变成妖怪呢?"我提出了异议,"就我们学校发的这种墨汁,稀溜溜,臭烘烘的,倒在砚台里,能熏死人。你是这玩意儿变的?"

"我呸!"阿松有些生气,"这种烂东西,给我洗脚我都嫌脏,怎么可能是我的本体呢?"

"可这就是墨呀。"

"少爷,你难道没看过大老爷是怎么写字的?"阿松问。

所谓的大老爷,指的是我爷爷。

我想了想,摇了摇头。

我在黑蟾镇住过几年,七八岁的时候就被父母接回去了。

虽说那时和爷爷朝夕相处,但似乎没有认真看过爷爷写字。

"那你知道有墨锭这种东西吗?"

"墨锭?"我摇摇头。

阿松已经有些无语了,比画了一下:"就是那种长方形的黑乎乎的东西,使用的时候,在蘸了水的砚台上磨,然后就出墨了……"

这么一说,我似乎有些印象了。

爷爷好像收藏了不少这样的墨锭。

他书法很好,每天晚上都会写几笔。

"我的本体,就是墨锭啦。"阿松又喝了口茶,道,"不过,我不是一般的墨锭,而是龙香剂。"

"龙香剂,是什么东西?"

"一种御墨。"阿松得意道,"你知道墨锭是怎么来的吗?"

我摇摇头。

"很复杂的啦。"阿松道,"制墨虽然有很多种原料,但使用最多的,乃是松树。曹植有诗云:'墨出青松烟',说的就是这个。需要选取优质的松树,先取出松树中的松香,也就是其中的膏液,然后经过复杂的程序,煅烧松材,将松树燃烧后的烟尘取下,筛选出最细最优质的,再将松烟与胶料、香料以及其他的原料充分搅拌,捶打均匀,制成坯料,压入特制的模子里,取出来,就是墨锭。这样的墨锭还不能用,要精心晾干,然后才能制成成品。上好的墨锭,不仅可以令书写流畅,而且字迹千年不褪色。除此之外,奇香无比,上面有着各种精美的图案,所以历来都被文人雅士喜爱、收藏。"

老头儿絮絮叨叨,我听得稀里糊涂。

"'龙香剂',指的就是一种掺入了龙涎香的墨锭。龙涎香这东西十分稀少,是最为名贵的香料,价值连城。用它制成的墨锭,可不是给一般人用的,只有圣人才能用。"

"圣人?"

"就是皇帝啦。"阿松在宣纸上踱着步,"当年,有个名叫徐偃师的制墨高手,用了十年的时间,制造了十二块'龙香剂',进奉给唐玄宗,我就是其中之一。"

"唐玄宗?唐朝的那个?"

"废话!难道还有第二个吗?"阿松气呼呼地说。

"那距离现在岂不是一千多年了?"

"是喔。龙香剂乃是神物,加上与人朝夕相伴,我就诞生啦。"阿松说。

"听起来挺厉害的。"

"那当然。"阿松道,"人世间,写文章是最厉害的事情之一。所谓文章者,经国之大业,不朽之盛事,指的就是这个。而写文章,离开墨,那是不行的。好的墨锭,珍贵无比,千金难求。"

"你见过唐玄宗?"

"当然啦!"

"他是什么样子?"我很好奇。

"很与众不同的一个人,皇帝做得好,琴棋书画样样精通,字也写得好。有一次他写字的时候,我忍不住跑出来,被他发现了,只能将自己的身份如实相告。他很高兴,结果……—高兴就把我们赏赐给了手底下的那帮文官。从那之后,我就和其他十一个兄弟分散了。"

能遇到个千年墨锭变成的妖怪,挺有趣。

"阿松呀,既然你是墨精,想必精通书法之道吧?"我问。

"那当然,千百年来,我见过无数文人雅士,更陪伴了许多书法家,他们怎么写字,我可是看在眼里的。"

"能不能帮帮我呀。"我指了指一片狼藉的书案,"给指点一下。再过十来天就是书法比赛,拿不到名次的话,伍先生就要回省城啦。"

"文太少爷吩咐,定当竭尽全力。"阿松答应得很痛快,脸色变得认真起来,"不过文太少爷,干任何事情,都需要耐心和恒心,不能半途而废,三天打鱼两天晒网是不行的,要有吃苦的准备，你能行吗？"

"这个……我行。"我咬了咬牙。

为了伍先生的卤猪蹄！

"孺子可教。"阿松点点头，又跷起二郎腿坐在砚台上，"我们从头开始。首先，我们说说坐姿，文太少爷你的坐姿就不行，七扭八拧的，须知写字乃是做人，做人要端端正正，坐姿一定要平肩、挺胸、含着一口气……对对对，就是这样。再说运笔，文太少爷你握笔的姿势明显不对，你这么握笔，无法灵活运力，写的字自然软塌塌的，像鬼画符……"

在阿松的唠叨之下，我又扯过来一张宣纸。

…………

好困！

第二天爬起来，照镜子的时候，发现自己长了一对熊猫眼。

哈欠连天地到了学校，收到了一帮同学的问候——

"文太，听说你要代表学校参加书法比赛？加油哦！"

"伍先生能不能留在咱们这里，全靠你了！"

"真佩服你有这样的勇气！"

"哪天有时间，欣赏一下你的大作。"

…………

木已成舟，只能努力啦。

白天上课，回来吃完晚饭，我就关起门窗练字。

在阿松的指导下，我的书法逐渐有了起色。

"少爷虽然笨了些，但还是不错的。"这天晚上，阿松一边喝着我从百货店偷偷拿来的白酒，一边摇头晃脑道。

"多亏有你啦。"我谦虚了一把，放下笔，揉了揉手腕，道,"阿松呀,上次你说你和十一个兄弟被唐玄宗赐给了一帮文官,后来呢?"

"那事情可就太多了。"

"说说呗,反正晚上有大把的时间。"

"那些人,都是当时的人中翘楚,很有名的。御赐的东西,他们不敢使用,都恭恭敬敬供奉在家中。只有我,碰到了个奇葩。"

"谁?"

"李白呀!"

"李白?诗仙李白?"

"嗯!"阿松抱着酒杯说。

那个酒盅,小小的,对他来说却如同一个水缸。

"那家伙天天四处游玩,我跟着他,颠沛流离,不过整天看风景,也挺好。还有,也是因为他,我喜欢上了喝酒。"

跟诗仙李白朝夕相处,听起来让我很羡慕。

"听说李白剑术很好?"

"是呀,否则怎么会有'十步杀一人,千里不留行'的诗句呢。可惜,他后来掉进水里淹死了。"阿松说,"他死后,我的日子就苦了,被一个小偷偷走后,在商人、店铺、文人间流转,四处漂泊。后来,大唐灭亡了,烽烟四起。我的那十一个兄弟,有的毁于火中,有的下落不明。我被一个小官收藏,作为传家之宝传于后代,一直到宋代,才被人发现,献给了皇帝。"

阿松喝了一口酒,继续道:"皇帝将我赏赐给了王安石,后来又流转到苏东坡手里,接着又被收入大内,到了宋徽宗的御案上。徽宗皇帝对我很感兴趣,问明来历之后,让人寻找徐偃师的后代,让其再造一批出来。"

"徐偃师还有后代?"

"有呢。徐家世代制墨。"阿松道,"我被切作两半,一半收入大内秘库,一半给了徐偃师的后代研究。听说后来真的仿制出来一批,使得龙香剂得以流传。"

"切作两半,你不会死吗?"

"不会。"阿松摇摇头,"只是身体变小而已。我原本可是很高的。身为墨精,只要墨锭还在,就不会消失。"

"那后来呢?"

"后来,故事就太多了。还是那句话,我见过了太多的人,而且很多都是名人,经历了太多的事,战火纷飞也罢,太平盛世也罢,恩怨情仇也罢,都看透了。"阿松道,"再后来,黑不溜秋的我被扔在一家小小的书铺里,那天掌柜的要把我扔进火炉里当柴烧,眼见要魂飞魄散,有个家伙救了我,把我带了回来。那家伙,就是你爷爷啦。"

阿松的人生,不,妖生,还真是精彩。

"活了一千多年,越来越觉得寂寞。"阿松有点儿喝醉了,"我的那十一个兄弟想来早就不在人世了,后来造的那些龙香剂也一一消失。如今,恐怕人们连这东西都没有听说过。这天下排名第一的好墨,要彻底绝迹了。"

"应该不会吧。你还在。"我安慰他。

阿松摇了摇头:"一方面,我的制造工艺无人知晓,龙香剂除了原料珍贵之外,更难的是龙涎香和松墨的搭配比例,这是徐偃师的独门绝技,如果不在我身上做研究,那是无论如何搭配也不会成功的;另一方面,少爷呀,世界变化太快,你们现在用的都是那个什么什么……钢笔,这玩意儿越来越多,将来还有几个人用毛笔呢?即便是用毛笔,使用的也是这种墨汁,方便是方便,可效果太差。墨锭,恐怕迟早有一天被人们束之高阁。"

阿松忍不住落下泪来:"少爷,即便是身为龙香剂的我,也不能永远保留在世上。皮之不存,毛将焉附,没有了墨锭,以后世上再也不会有墨精啦。"

"即便如此,还是有人制墨的。我在省城的时候,就见过。"我安慰阿松,"不管世界如何变化,只要中国人还写方块字,墨锭就会存在。"

"但愿如此吧。"阿松吐了一口气,"少爷,咱们继续练字吧。今天,咱们说一说瘦金体,我觉得这个特别适合你,宋徽宗这人,某些方面跟你很像。"

"哪里很像?"

"吃喝玩乐呀!哦,也挺笨的。"阿松笑了一声,"少爷,留给你的时间不多了,要想拿名次,得突击一下,得与众不同才行。瘦金体就很抢眼。哦,最关键的是,我跟着宋徽宗不少年,写瘦金体的诀窍记得清清楚楚。"

"那就练瘦金体吧。"我说。

…………

接下来几乎一周的时间我都待在家里。

一方面是因为我不小心吹风受凉,发起烧来;另一方面是考虑到我要代表学校参加比赛,校方商量了一下,决定让我全力以赴。

"真的很过分!都病成这样了,还要练字。"朵朵把熬好的药放在桌上,看着我,眉头紧锁。

"也还好啦,今天早晨起来,烧就退了。"

"不过,少爷的书法真是进步神速,一日千里!"朵朵看着我一笔一画写着,拍手称赞,"应该能拿到名次。"

"借你吉言。"

"少爷,你真的很厉害!"朵朵托着腮,一双眼睛扑闪扑闪地看着我。

"怎么了?"

"无师自通呀!我听大老爷说过,瘦金体看起来简单,写起来很难的。"

"那是因为……本少爷聪明啦!"

"是哦!少爷最聪明啦。"

"你去忙吧,我得练字了。"

"加油哦,少爷!"

看着蹦蹦跳跳出去的朵朵,我摇了摇头。

"这小姑娘,不错。"阿松从茶杯中跳出来。

"脾气也很大。"我头也不抬。

"比起家里另外那个霸道女,好多了。"阿松伸展了一下胳膊,看了看宣纸,"今天要增加工作量,再写五十张吧。"

"未免也太多了吧!"

"想拿名次,就得苦练呀。熟能生巧。"阿松说道。

也只有如此了。

写完,已经到了晚上。

吃完晚饭,我坐在走廊上休息。

滕六去进货了,朵朵和雨师妾应该去抓黄鼠狼了,她们私底下商量过,说要给我做一支最好的狼毫笔。

在此之前，我一直以为狼毫笔是用狼的尾巴制作的，没想到是黄鼠狼。

家里只有我一个人，想干什么就干什么，无比惬意。

"阿松，有件事，我一直想见识一下。"看着旁边喝酒的阿松，我低声道。

"少爷请讲。"

"我想看看龙香剂是什么样的。"

"没什么好看的。"

"天下第一名墨，很想看嘛！"

"可能会让你失望。"阿松站起身，指着院子里，"一直都在你爷爷的储藏室里。"

院子的一角，有间小小的仓库。

青砖砌墙，木梁黑瓦，没有窗户，只有一扇小门。

里头存放着属于爷爷的乱七八糟的东西。

那地方，小时候是我的乐园。我总喜欢一个人偷偷溜进去，在里面东摸摸西玩玩，好像进入宝山一般。

那时我不过是个有着大大脑袋的孩子，因为容易生病，很少出去。

仓库是我消遣的好去处。

我把阿松捏起来，放在头顶，走到仓库前，开了锁。

推门而入，差点儿被呛死。

里头尘土足有几寸厚，看起来好久都没有清理了。

仓库一共有两层，一层密密麻麻堆积着各种箱子、盒子、包裹、书籍、雕像、面具、器物，连落脚的地方都没有。

"在楼上。"阿松说。

我小心翼翼地踩着咯吱咯吱响的木质楼梯，上楼。

二楼放置的是更为微小的杂物，从地板上一直垒到房顶。我怀疑动作稍微大一点儿，就会整体坍塌。

小时候，这是我的空间。即便是现在，依然能够看到当年我用笔在墙壁上留下来的歪歪扭扭的图案和文字。

"方相慕白是个大坏旦（蛋）！"诸如此类。

方相慕白是我爷爷的名字。

"拐角，那个樟木盒子。"阿松指了指。

我轻轻地将那个小小的、四四方方的、散发着幽幽香味的盒子抽出来。

盒子被细心地封好，封条上写着一行字："龙香剂一枚，精。"

是爷爷的笔迹。遒劲的行草。

撕掉封条，轻轻打开，一股沁人心脾的清香扑面而来。

好好闻！

不过，待看清楚之后，我大失所望。

原以为天下第一的名墨会是如何的惊艳，结果看到的，不过是一小块黑不溜秋的墨。

它长不过三四厘米，宽五六厘米，黯淡干燥，我担心随便磕碰一下，都能让它化为飞灰。

墨锭上原本是龙纹，现在残缺不全，只剩下了一颗龙头，下面的身子都不见了。

龙纹上，原先应该刷上了金粉，如今几乎脱落殆尽，却也能从残存的金色中，窥到大唐的气象万千。

"很怀念哦。"阿松徐徐地说。

"怀念什么？"我问。

"我们刚被做成墨锭的时候，可神气了。"阿松笑了一下，"徐偃师这个人，一辈子制墨，到了六十岁那年，发誓要造出天下第一的好墨。他一个人进入深山，风餐露宿，选择松材，面对强盗、猛兽、毒蛇、蝎虫，好几次差点儿没命。最终，他终于在大山腹地找到一棵树龄千年的古松。"

阿松咳嗽了一下，又道："他花费了两年，将古松运回，建窑烧松，又花了五年时间，用心研究松墨和龙涎香的比例，最终才制成龙香剂。我们被制成的时候，满室奇香，华光万道，真是赏心悦目。第二年，将龙香剂献给皇帝之后，徐偃师便去世了。"

"是呀，中国这么多的好东西，之所以能够被创造、传承，就是因为有千千万万徐偃师这样的人呀。"我说。

"可惜，延续千年的龙香剂要消失了。"看着那块小小的老旧墨锭，阿松声音微微颤抖。

他抬起头，看着我："文太少爷，我没有多少时间了。"

"啊？"

"墨锭消散之时，便是我离开这世间的时刻。"他指了指那块随时都可能破碎化为烟尘的千年墨锭。

不知为何，我的心，沉甸甸的。

"我这一生，原本不过是山中的老松，经由徐偃师之手来到尘世，见证历史变迁，看惯春花秋月。"阿松坦然一笑，"很知足啦。"

捧着木盒，回到房间，阿松继续喝酒。

"少爷的书法竞赛，何时开始？"

"后天。"我说,"明天得动身去省城了。"

"哦?"阿松想了想,道,"我想拜托少爷一件事。"

"你说。"

"我能不能跟着你一起去?"

"你也去?做什么?"

"想去看看当初诞生的地方。"阿松说,"徐偃师当年制造我们的地方,就在省城附近。当然了,千年时光倏忽而过,那地方或许早就面目全非了。人常说落叶归根,其实妖也一样。那一刻到来的时候,我想选在当初的那个地方化为尘土。"

这个请求,无法拒绝。

我点了点头。

第二天,早早起床。

天蒙蒙亮,我洗漱完,吃早饭。

包裹早就收拾好了。

"少爷,你真的要自己去吗?"朵朵站在旁边,十分担心地看着我。

滕六不在,朵朵还要照顾家,只能我一人去了。

不过省城到黑蟾镇的路线,我很熟。需要走几十里的山路到火车站,然后坐大半天的火车,傍晚时分,就能到达了。

"放心吧,我能行的。"我笑着说。

"让我最宝贝的少爷孤身一人上路,怎能不担心呢?"朵朵皱着眉头,快要哭出来,"外面坏人很多的。"

"别哭哭啼啼的了,我陪他一起吧。"霸道女走了进来。

她额头上冒着汗,呼哧呼哧喘着气,看来昨晚又去找人打架了。

"阿妾呀……这个,似乎没必要。"我头疼起来。

带她去?路上如果发起火来,恐怕能把火车都掀翻了!

"说去就去!别这么婆婆妈妈的,再啰唆我把你扔出去!"雨师妾瞪着眼睛说。

"去也行,你得答应我,别打架!"我说。

"行……"雨师妾心虚地应了一声。

"雨姐姐和少爷一起,那我就放心了。"朵朵破涕为笑。

吃完饭,我背上包裹,快步出门。

学校也是,本少爷代表大家参赛,竟然没人前来送行!

沿着山林中的小路跋涉,呼吸着新鲜的空气,心情也变得好了不少。

太阳缓缓升起,金色的阳光给草木镀上金边。

炊烟袅袅,林莽青翠,可以看到一群白鹭翩跹起舞。

"阿妾,能不能帮我背下包呀?"我看着前头大步流星的雨师妾,大声说。

只不过去省城两天而已,也不知道朵朵往包里装了些什么,鼓鼓囊囊的,好沉。

"自己的包自己背!又不是小孩子了!"

"别这么凶嘛,实在是太重了。"

"唉!真是累赘。"雨师妾伸出一根细细的手指,把包裹挑过来,拎在手里像沙包一样抛着玩。

我吐了吐舌头,暗自庆幸——幸亏提早把装有龙香剂的盒子放在身上,不然肯定被她玩碎了。

汗流浃背来到车站,已经上午九点多了。

站是小站,没什么人。站在空荡荡的月台上等车,半个多小时的时间里，阿妾抓了两个小偷，还差点儿和五个人打起来。

我蹲在旁边，头大如斗。

好不容易等到火车哐当哐当过来，我们挤上车厢，刚坐下，阿妾突然瞪着我，凶巴巴地问："少爷，你是不是有什么事情瞒着我？"

"没有呀。"

"除了我，还有别人跟着你吧？"

"哪能呢……"

"那怎么我一路都闻到一股妖气？原先以为是山林中的，并没有在意，可到了车上，还有！分明就是从你身上发出来的。"

我无言以对。

"雨师妾大人，是在下啦。"阿松从我的上衣口袋里露出头，礼貌地打了个招呼。

"咦？这是什么玩意儿？"雨师妾薅着阿松的脑袋，将他提溜出来。

"哎呀呀，轻点儿轻点儿，好痛。"阿松蹬着两条腿，挣扎着，"我是墨精啦！"

"墨精？怪不得味道这么好闻。"雨师妾咯咯一笑，"倒是有趣。你怎么在这个笨蛋身上？"

"我俩是好友。这段时间，是在下指导少爷习字的。"

"原来笨蛋少爷进步神速，是你的功劳呀。"

"惭愧惭愧，的确出了一点儿力。"阿松从雨师妾手里跳到我的腿上，看了看周围，"这就是火车？"

"对，这就是了。"

"真是神奇。明明是铁疙瘩，却迅如宝驹，世界真是变了。"阿松对火车感到十分新奇,东看看西看看,问这问那。

火车呼啸向前,车窗外的山林、河流、田地一览无遗。

"当年,这里全是深山老林,人迹罕至,豺狼虎豹横行,还有强盗呢。想不到如今竟成了乐土。"阿松感慨万千,"人间,真好!"

"兵荒马乱,有什么好的?"雨师妾咬着苹果说。

"天下大势,分久必合,合久必分,常理也。"阿松说,"悲惨的事,我看得多了,但这就是人间呀。时代在变,就像这火车,呼呼呼地往前奔。雨师妾大人,我总觉得,将来也许我们妖怪越来越难以在这个世界存活了。"

"为什么?"

"栖身的空间一点点被占据,人呢,能力越来越大,也更相信那个什么……对,相信科学!长此以往,没人会对妖怪感兴趣了。终有一天,我们将被遗忘,最后恐怕连名字都不会被人们记住。"

雨师妾挠了挠头:"还是别说这样让人心情不好的话了。"

阿松识相地闭上了嘴。

长时间坐火车,不是件幸福的事。车厢里又闷又热,各种奇怪的味道混在一起,令人作呕。

我全身是汗,靠在座位上(然后慢慢滑到了雨师妾的怀里),呼呼大睡。

等醒来时,天色已晚。快到省城了。

"赶紧擦擦嘴!口水把人家的衣服都搞湿了。少爷,你多大人了?"雨师妾一边把手绢递给我,一边敲着我的脑袋。

该敲。实在是不像话。

正在我一个劲儿向雨师妾道歉的时候，阿松忽然"呀"地叫了一声。

"怎么了？"

"这地方……"阿松看着车窗外，"停车！少爷，赶紧停车！"

"你以为这车是咱家的？"雨师妾气得要命，"这可是火车。"

"我要下车！"阿松急得面红耳赤。

"怎么了，阿松？"我觉得好奇。

"少爷，这里便是当年徐偃师造墨的地方！虽然变化很大，但是这山、这河，我认得！"阿松说。

"再过十分钟，前面有个小站，我们在那里下。"我说。

"前面就下？不去省城了？"雨师妾诧异道。

"竞赛明天才开始，我们先在这里转转，坐下一班车，应该赶得上。"我说。

毕竟这次出来，除了竞赛，满足阿松的心愿，也是一项内容。

"多谢少爷了。"阿松双手合十，很是开心。

到站下车。

这是火车沿途临时停靠的一个小站，很是简陋。我们三个人出了车站，见到的是一条窄窄的街道，两旁是寥落的店铺和低矮的房舍。

就是个普通的镇子。

暮色四合，忙碌了一天的人们纷纷收摊回家，孩子们光着脚到处乱跑，酒馆里飘来饭菜的香味。

"咱们去哪儿？"我问躲在上衣口袋里的阿松。

"前面。"阿松指了指。

沿着街道前行,走了二三十分钟便到了头。

"看到那条小溪了没?"阿松说,"以前可是条大河,波光粼粼。

沿着它往西走，会有一个高坡，名为卧龙坡，坡上有三棵老松，下面就是徐偃师的作坊。"

按照阿松所说，我们来到河边，顺着河道前行。

我很怀疑能不能找到那地方。

白云苍狗，世事变迁，已经过了千年，早就面目全非了。至于那个作坊，恐怕也早已化为尘土。

又走了大概一个小时，果然见到一个高高的土坡。

这里风景很好，背后是连绵的群山，前方是河流，古木参天，环境清幽。

"是有松树，不过只有一棵。"雨师妾说。

一棵几人才能合抱的古松，如同盘龙一般，斜斜探出身子。

围绕着古松，遥遥可以看见约莫有几十户人家。

"是这里了！"阿松激动起来。

一步步走上高坡，进了镇子。

青石板的街道，刚洒完水，收拾得干干净净。房子大多都是土墙茅顶，只有几家酒馆或者富裕的人家，才使用砖瓦。

"先吃点儿东西吧。"我说。

累了一天，早饿得前胸贴后背了。

路边有家小酒馆，我们拐进去，坐下。伙计热情地招呼，上了几个小菜，温了一壶酒。

山野之味，倒是与众不同。

"伙计，问你件事。"我把伙计叫过来。

"客官请说。"

"你是镇子里土生土长的？"

"是呀。要不然谁跑这鸟不拉屎的地方来。"伙计呵呵一笑，露出一口大白牙。

"那你认不认识徐偃师？"

"徐偃师？"伙计想了想，摇摇头，"不认识。镇子里没这号人。"

"肯定有的！徐偃师就住在这里。"阿松低声说。

死了一千多年了，没人记得也正常。

"那有没有姓徐的人家？"我问。

"咱这镇子，都姓徐，不知你找谁？"

这下我犯难了。

好在雨师妾聪明。

暴躁女啪地拍了一下桌子："会制墨的！"

"制墨呀，有，徐忘川徐老大，咱们镇子里，只有他一家是祖传的手艺。"伙计说。

那恐怕就是了。

"徐忘川家在哪里？"我问。

伙计指了指门外："看到那个院子了没，靠着松林的大院，便是他家。客官，你是来买墨？我劝你还是别去了。"

"为什么？"

"他家的墨，原本就一般。这两年，也不知徐老大抽的哪门子风，突然关门，说是要研究祖传的秘方，重振徐家御墨。你听听，这像话吗？御墨，还是皇上才能用的！咱们这狗屁地方，还能制出来那种东西？徐老大着了魔一样，天天在院子里研究，欠了一屁股债，听说前不久老婆也带着孩子回娘家了。你们要买墨，还是算了。"

"我们去看看。"我笑道。

吃完饭，结了账，我们起身去徐忘川的院子。

这院子，很是宽敞，前面应该是店铺，后面是作坊。

"是这里了。"阿松看着门前的一尊被风雨摧残得近乎面目不清的石狮，低声道。

敲了半天门，里头终于出来一个人。

这人年纪五十多岁，个头矮而壮，蓬头垢面，脸上手上都是黑色的墨汁，全身发出一股极其刺鼻的味道。

"找谁？"

"徐忘川。"

"我就是。"

"哦，能进去吗？"

"干什么？"

"找你聊聊。"

"没空！"对方毫不客气地翻了个白眼，咣当一声关上了门。

"这混账东西！"雨师妾暴脾气上来，抬脚就要踹烂那扇木门。

我一把拉住她，对着院子高喊："你知道徐偃师吗？"

嘎吱。房门又开了。

徐忘川一脸疑惑地看着我们："你们怎么知道我先祖？"

"我们不光知道，还知道龙香剂。"

"请进！快请进！"徐忘川闻言，顿时兴奋无比。

进了院子，穿过满是灰尘的前铺，来到后院。

一片狼藉！

地上搭了一个大砖窑，旁边放置着松木、水缸、各种工具，凌乱不堪，简直像垃圾场一般。

徐忘川将我们带到后面的房间，待我们介绍了身份之后，赶紧端茶倒水。

房间收拾得还行，几个大大的橱柜引起了我的注意。

走到跟前，见橱柜里放着一排排的墨锭。这些墨锭，制式不一，年头不一，却都精美异常。

"这是我们徐家的传家宝，是一代代人的心血结晶。"徐忘川介绍道，"都是出自徐家之手的名墨。"

"听说你要重新恢复祖传的御墨？"我问。

"嗯。"

"为什么？"

"一言难尽。"徐忘川道，"我们徐家，世代制墨，除了这个，别的什么都不会。一代代延续下来，到了我这里，生意越来越不好做。文太少爷，你也明白，眼下世风变了，用墨的人越来越少。"

我点点头。

"这老铺子，总不能关了，制墨的手艺，也不能在我手里断了。"徐忘川道，"要想维持下去，必须想个法子。"

雨师妾说："你们站着说话不累吗？我去买点儿酒，一边喝一边聊。"

她到酒馆买了几坛酒和一些小菜，徐忘川在院子里摆了张大桌子。

"你想到的法子，就是恢复御墨？"我想喝酒，差点儿被雨师妾揍了一顿，只能喝茶。

"龙香剂！"徐忘川将一碗酒一饮而尽，大声道，"徐家最出名的墨，便是先祖在大唐时创造的天下第一的龙香剂！可惜后来失传了。如果我能重新制造出来，铺子就能起死回生！"

"既然都失传了，你怎么造？"雨师妾问。

徐忘川叹了一口气："实不相瞒，前几年，我在祠堂里发现了先祖留下来的一本书，上面有龙香剂的制造方法，十分完备。"

"既然如此，怎么两年还制不出来？"我问。

"唉！最关键的便是配方！松墨、龙涎香的比例，差一点儿都不行。我这两年做了很多实验，都失败了。"徐忘川仰天长叹，"要想恢复御墨，一个方法是找到有关配方比例的记载，这个现在看是不太可能的。另外一个方法，就是找到一块存世的龙香剂，这个，更不可能！当年先祖一共就制造出十二锭御墨，过了千年，怎么可能还留存于世。"

"有！这世界上，还有龙香剂！"一声低喝传来。

徐忘川看了看周围："谁在说话？"

我笑而不语。

阿松从我的口袋里跳出来："年轻人，世界上，还有最后一点儿龙香剂！"

"这是……妖怪？！"徐忘川看着阿松那样子，吓了一跳。

"这是墨精。准确地说，是龙香剂之精。"

"我先祖制出来的龙香剂？"

"嗯，货真价实的第一批龙香剂！"我指了指阿松，"它可是经由你先祖徐偃师之手诞生的。"

"你见过我先祖？"徐忘川问阿松。

"何止见过。"

"如此说来,你知道配方的比例?"

阿松摇了摇头:"那是不传之秘,我是不知道的。不过,如果给你龙香剂,你能研究出来这比例吗?"

"当然能!"徐忘川使劲点头。

阿松冲我点了点头。

我小心翼翼地拿出樟木盒子,打开。

"这……的确是龙香剂!虽然只剩下这么一点儿,我也知道它就是龙香剂!"徐忘川捧着盒子,如同捧着世界上最珍贵的宝物。

"还等什么,快去研究吧。"阿松道。

"好好好!"徐忘川激动得手舞足蹈,带着盒子,起身跑入了工坊。

"阿松……"见阿松满脸微笑地看着徐忘川的背影,我的心里很不好受,"这样,好吗?"

龙香剂被切开、磨碎、研究,身为墨精的阿松,可就要永远消失了。

"很好!"阿松笑起来,"文太少爷,我的时间本来就不多了。原想着到这里看看,心满意足地离开,想不到还能碰上徐偃师的后人。如果他能够利用我重新恢复御墨,那真是……"阿松落下泪来,"那真是太好啦!"

看来今晚,便是阿松与这世界告别的时刻了。

我们三个坐在院子里,静静等待着。

月华似水,微风习习。

工坊里灯火通明,传来徐忘川忙活的声响。

阿松喝着酒,与我们说说笑笑。

他越是这样,我心里越难过。

"是时候了。"夜半时分,阿松喝了一口酒,全身突然猛烈一震。

"怎么了?"

"少爷,雨师妾大人,我的时刻,到了。"阿松整理了一下衣冠,深情地看着天地,看着星斗月华,看着这个院子里的一切,呵呵一笑,"能来到这世间走一遭,很庆幸呢!人间,真是好!少爷,再见啦,要好好练字哦,祝少爷取得个好名次。告诉忘川,即便是他不能恢复御墨,也没关系。毕竟,龙香剂曾经真实地存在过。这就够了。"

他的身体,变得越来越淡,近乎透明,然后……

"阿松!"我大喊一声。

嘭,那个小小身影,化为一道灿烂的光华,消失了。

"万物有始有终,此乃常理。"雨师妾说。

我呜呜地哭起来。

"天下没有不散的筵席,笨蛋,有什么好哭的?毕竟,阿松是笑着离开的。虽然是妖怪,但他的一生,很幸福。"

"是,很幸福。"我说。

"文太少爷,我……我成功啦!"工坊的门被粗暴地推开,徐忘川一溜烟跑出来,"多亏了那块龙香剂,我破解了配方的比例!"

"真的?"我很是吃惊,"这么说,你能恢复龙香剂了?"

"应该可以吧!少爷,你耐心等一下,我试试看能不能做出来。"

"需要多长时间?"

"大概天明之前就可以。"徐忘川说。

"阿妾,我想看一看。"我对雨师妾说。

"行。"

两个人坐在院子里,望着工坊,一颗心提到了嗓子眼儿。

我耐不住疲劳,最终睡着了。

不知道过了多久,被一股奇异的香气惊醒。

"文太少爷，醒啦！"满眼血丝的徐忘川坐在我对面，"你看，这是什么？"

我低头看去。

桌子上，整整齐齐放着十二块墨锭。

刚刚做好的墨锭！

漆黑油亮，上面飞腾着龙纹，刷上金汁，神采飞扬！

香，还有那股沁人心脾的异香！

"龙香剂！少爷，我成功恢复了！"徐忘川潸然泪下，双手合十，面对星空，大声道，"历代祖先，我成功恢复徐家的龙香剂啦！"

真是可喜可贺。

想起阿松，我不争气的眼泪又落了下来。

"龙香剂，还会继续留存于世。少爷，我要重新开铺子，让人们领略御墨的风采！"徐忘川对我深深鞠了一躬，"谢谢少爷！还有那位……"

"阿松，他叫黑松使者。"我说。

…………

我们离开了卧龙坡。带着徐忘川送我的那十二块墨锭。

"少爷，这十二块墨锭里面，留存有那块老墨。配方比例我已经摸索出来了，这第一批成品，就送给少爷吧。"徐忘川如此说。

我捧着那个墨盒，觉得沉甸甸的。

"错过了最后一班车，恐怕赶不上竞赛了。"我说。

"所以我让酒馆的伙计提前准备了一辆马车呀。"雨师妾努了努嘴。

古松之下,停着一辆马车。

"放心吧,我来驾车,能赶上竞赛的。"雨师姜说。

车轮翻滚!

我们在比赛开始前十分钟冲进考场。

气喘吁吁地坐在桌案前,面对着雪白的宣纸,我深深吸了一口气,让自己平静下来。

要用阿松教我的瘦金体!

可写什么呢?

我想了想,然后站起来,稳稳地在上面写下五个大字——

墨出青松烟!

阿松说过,这是曹植的诗,也道出了墨的来历。

笔墨纸砚,正是这样看起来微小的事物,滋养了一个民族,滋养了五千年的悠悠文明!

它们,从未灭绝,也不可能灭绝!

而且会一直传承下去,亘古永恒!

就像卧龙坡上的古松,枝叶繁茂。

就像龙香剂,经历千年岁月,依然能够脱胎换骨,粲然重生!

…………

五日后。

我坐在院子里喝茶。

省城折腾一趟,回来就生病了。一直躺着。

"文太少爷,好消息!"野叉飞奔进来。

"怎么了?"

"恭喜呀!哈哈哈,书法竞赛,少爷夺得了第三名!"野叉道,"伍先生乐得合不拢嘴,看来是不用回省城了。"

"怎么才第三名?"雨师妾道,"费了那么大劲才第三名,果真是笨蛋少爷呢。"

"已经很不错了。参赛的都是高手,我只不过是临阵磨枪。要不是阿松,连比赛的大门都进不去。"我呵呵笑道。

"是哦,已经很不容易了。可喜可贺!"

"难得这么高兴,晚上大家好好吃一顿!"朵朵开心地说。

"太好啦!我要吃卤猪蹄!"

"烤肉也可以哦。"

"鱼,香鱼!"

…………

院子里大家欢呼雀跃。

看着他们,我也乐起来。

抚摸着案头上的墨锭、徐忘川制造出来的新的龙香剂,心情终于变得温暖。

"阿松,我夺得名次啦。多谢哦。"

我相信,阿松一定会听到的。

钟精

钟之声

唐开元中,清江郡叟常牧牛于郡南田间,忽闻有异声自地中发。叟与牧童数辈俱惊走辟易,自是叟病热且甚。仅旬余,病少愈。梦一丈夫,衣青襦,顾谓叟曰:"迁我于开元观。"叟惊而寤,然不知其旨。后数日,又适野,复闻之。即以其事白于郡守封君。怒曰:"岂非昏而妄乎!"叱遣之。是夕,叟又梦衣青襦者告曰:"吾委迹于地下久矣,汝速出我,不然得疾。"叟大惧。及晓,与其子偕往郡南,即鉴其地,约丈余,得一钟,色青,乃向所梦丈夫色衣也。遂再白于郡守,郡守置于开元观。是日辰时,不击忽自鸣,声极震响。清江之人俱异而惊叹。郡守因其事上闻,玄宗诏宰臣林甫写其钟样,告示天下。

——唐·张读《宣室志》

吉州龙兴观有巨钟,上有文曰:"晋元康年铸。"钟顶有一窍,古老相传,则天时,钟声震长安。遂有诏凿之,其窍是也。天祐年中,忽一夜失钟所在,至旦如故。见蒲牢有血痕并蒚草,蒚草者,江南水草也,叶如薤,随水浅深而生。观前大江，数夜，居人闻江水风浪之声。至旦，有渔者，见江心有一红旗，水上流下。渔者棹小舟往接取之，则见金鳞光，波涛汹涌，渔者急回。始知蒲牢斗伤江龙。

——五代·王仁裕《玉堂闲话》

广宁寺有巨钟，一日，撞之不鸣，其声乃在城西南桥下。行人闻之，无不骇惧。有告寺僧，具铙钹就桥下迎，钟复鸣。

——宋·元好问《续夷坚志》

咣!

咣!

咣!

被巨大的、深沉的声音惊醒。

翻身坐起,蓬头垢面的我嘟囔着看了看表。

夜里两点。

都说春困秋乏,忙碌一天,舒舒服服躺在柔软的被阳光晒得暖烘烘的被窝里,美美睡上一觉,多么惬意的事情。

可全被这声音破坏了!

应该是……钟声吧。

响得不合时宜。

一般说来,钟不应该在早晨才被敲响吗?所谓"晨钟暮鼓"呀。

咣!

又是一声。

感觉窗户上的玻璃都跟着微微震动起来。

再也睡不着了,我穿上衣服,推开门,走到廊上。

天气一日日暖和起来。院子里花开正盛。

大大小小的花朵,五颜六色,争奇斗艳。

夜空上一片浮云都没有,圆圆的白玉盘一般的月亮映照着山川草木。

这般美景……

咣!

好烦人哦!

不过仔细听听,有些奇怪。

这钟声无比洪亮,耳膜都在嗡嗡响,感觉距离很近。

凭借我有限的经验判断,恐怕就在跟前,顶多不超过一里路。

也就是说,是从镇子里传出来的。

但是,镇子里并没有钟呀!

黑蟾镇一带,包括后来新建的一二十个村子,都不会有这玩意儿。

只有一个地方有,那就是般若山上的般若寺。钟楼里有座巨大的铜钟,年代久远。那钟我曾经看过不少次,五六米高、好几吨重、满是尘土,无人问津。

般若寺只有一个假和尚,名唤老白,和我关系不错。那家伙平日里混吃等死,从来就没撞过钟。

这声音从哪里来的?

我疑惑不已。

好在钟声很快平息下去，周围恢复了寂静。

我打了个哈欠，转身回去睡觉。

第二天，被仆人滕六从被窝里拽出来。

"太阳晒屁股了，你还睡！"他粗暴地扯开窗帘，阳光晃得我眼睛疼。

"混账滕六！时间还早啦！"我吼道。

"是吗？"

"当然啦！"我哀号一声，重重地躺下。

"还早？！已经九点多了！大家都忙，只有你吃喝玩乐睡懒觉，很不像话！"

"昨晚一夜没睡好！"我嘟囔着。

"快点儿起来！我得去进货，铺子里没人。"

我不情愿地起来，洗漱一番，到前面的百货店。

我们家开着镇里唯一的百货店，但生意一直惨淡，尤其是周围新的村镇兴建之后，类似的百货店增加了不少，无论是货品还是价格，都比我们好，眼看着就要歇业了。

我趴在高高的柜台上，打着瞌睡。

"少爷，快把早饭吃了。"朵朵一边忙活一边说。

小米青菜粥、酱肉包子、鸡蛋、几碟咸菜，看起来很可口。

"小心烫。"朵朵说。

咬着包子喝着粥，我看着正在擦洗柜台、整理货物的朵朵。

"朵朵，昨晚你有没有听到什么奇怪的声音？"我小声问道。

"奇怪的声音？"

"钟声啦！咣，咣，咣……"

"我晚上……睡得很沉的。"朵朵有些不好意思，"这几日累坏了。"

"暴躁女又逼着你带她春游去了？"我往周围看了看。没看到雨师妾。

三天两头不着家，把这地方当成旅店了。

"就是四处走走看看。哦，我昨天在梯梁山采了很多蘑菇，晚上烧汤给少爷喝。"

朵朵真好。

"那么响的钟声，你真的没听到？"我不死心。

朵朵十分笃定地摇摇头。

"我听到啦。"门外有人搭话。

穿着一身黑色的短衣，背着个大大的竹篓。

是野叉。

"早，野叉。"我打了个招呼。

"早什么呀，这都快中午了。少爷，你是我见过的最懒的人。"野叉在我对面坐下。

"昨晚你也听到啦？"我问。

"是呀，那么响。不光是我，很多人都听到了。"

"我还以为是自己做梦呢。"我点点头，"是钟声吧？"

"是。"

"很奇怪呢。"我挠了挠头，"好像就在我们村子里。村里买了新钟了？"

"怎么可能呢！谁买那玩意儿呀。"野叉顺手从我面前的盘子里拿了个包子，塞进嘴里，"说是从桥底下传出来的。"

"桥底下？"

"嗯。"野叉说，"村口的大石桥。"

黑蟾镇位于十字路口，村口溪流宽阔，上面有座大石桥，又高又宽，据说是宋代修建的。除了车马通行之外，大人小孩也都喜欢去那地方闲聊、乘凉、洗衣服等等，是村民聚集之地。

"不太可能吧。"我说，"桥底下是又陡又深的河道，只有哗啦啦的流水。我从来没见过那里有钟呀。"

"的确没有钟。"野叉说，"可钟声的确是从桥下传来的。"

我半信半疑。

"贾老六亲耳听到的。"野叉说，"昨晚他做工回来，刚走到石桥上，咣的一声，吓得他差点儿当场跳下去。"

贾老六是黑蟾镇唯一的铁匠，这段时间经常跑到其他镇子帮别人打造工具。

"据他说，他当时赶紧扒着栏杆往下看，桥底下黑乎乎的，除了水就是石头，根本就没有什么钟，但是接着，咣！又响了。贾老六以为碰到了鬼，一溜烟逃回家，早晨就被推着去看大夫了。"

"怎么了？"

"发高烧说胡话，应该是吓掉魂了。"野叉道。

"桥底下没有钟，怎么会有钟声呢？"我问。

"这个我哪里知道。镇子里现在议论纷纷，人心惶惶。我爹特意带着几个人去桥底下侦察了一番，的确是没发现钟。"

事情变得越来越蹊跷了。

"话说，咱们这一带只有般若寺里有钟吧。"我说。

"是。但般若寺离镇子这么远，那口大钟不可能跑到这里的。再说，老白也从来没撞过钟呀。"

我被这事搞得心烦意乱，看着野叉："你跑到我这里干什么？"

"想和你一起挖竹笋去。"野叉把背篓放下来，里面放着铁铲、铁刀之类的工具。

"前两天刚下过小雨，林子里的竹笋一根根从土里钻出来，又鲜又嫩。挖出来，切了，做竹笋炒肉、仔鸡笋汤，美味得很！"野叉口水快要流出来，"如果吃不完，还可以晒成笋干，储存一年都没问题。少爷，春日挖笋就几天的时间，错过了就只能等明年了。"

我对挖笋没什么兴趣。

这事情我干过，又脏又累。

"本少爷好困，还有，这么重的活，会累着的。万一冷风一吹，伤风感冒，得不偿失。"我说。

"真是太娇气啦！"野叉看着我直摇头，"少爷，再这样下去，你会越来越没用的。"

"舒舒服服躺在走廊上，吃吃喝喝，看云聚云散，不好吗？我为什么非得跑去山里搞得一身是土？"

"山里多有趣呀，林子里有鸟，河里面有鱼，空气中弥漫着花香，说不定还能在山涧里捡到金豆子呢。"

"是吗？"我有点儿心动了。

"是呀，上次我还捡到一枚。权当是春游啦。"野叉极力怂恿。

"既然这样，那本少爷……就勉为其难吧。"

商量好了，我起身换了衣服，戴上草帽，背起竹篓，又找来铲子，带上午饭，在朵朵的千叮咛万嘱咐之下，和野叉出发了。

沿黑蟾镇，一路往北走去。

春色撩人。山林葱翠，各种树木氤氲笼烟，溪流潺潺，水草舞曳，草长莺飞，天高云淡。

走了三四里山路，大片大片的竹林映入眼帘。

这里靠近般若山，不知何年何月起，层层翠竹便扎根于此，日积月累，就成了一片竹海。

"咱们开始吧。"我喘着气说。

天气越来越热，对我来说，穿着厚厚的衣服在山间行走，实在是件痛苦的事。

"这里不行。"野叉摇摇头，"这里的竹笋又小又瘦，不好吃，得往般若山上走。我知道有个地方，那里的竹笋很少有人去挖，又大又肥。"

"好吧。"

两个人往山上走。

我有很长时间没来般若山了，主要是开学之后功课繁忙，玩耍的机会少了许多。

缘山而上，在怪石古木中穿梭，很快腰酸背痛。尤其是双脚，火辣辣的，脱下鞋，发现磨出了水疱。

"痛死了。"我坐在一块石头上，皱着眉头说。

"少爷，你的背篓什么的，可都在我背上呢。从始至终，你不过是空着两只手走路。"野叉大声说。

"可的确是有血疱了。"我苦着脸。

"哎呀，真是要命。"野叉想了想，弯下腰，"我背你啦！"

野叉背着我，我背着竹篓，继续往上。

吹着山风，欣赏着景色，顺手摘个野果塞进嘴里，倒是不错。

"你悠闲了,我可累死了!"野叉嘟囔着。

走走停停,快到中午时,野叉把我背到了一片凹地里。

这里位于般若山的东南坡,背风面水,土地很肥沃又没有多少碎石,竹林生长得远比其他的地方要茂盛。

一根根翠竹,绿如碧玉,挺直着身子努力向天空伸展。

地上是厚厚的竹叶,一枚枚竹笋破土而出。

"就是这里。"野叉放下我,擦着汗。

"本少爷饿了,吃完饭再干活吧。"我在一块石头上坐下来,从背包里拿出饭盒。

"真是……让人无法忍受。"野叉扔给我一个白眼,拿着铁铲开始挖竹笋。

愉快地吃完饭,浓浓倦意涌上来。

"少爷,快挖吧,好多!"野叉招呼我。

"我睡会儿,你先干着。"我打个哈欠,躺倒,用帽子遮住脸,呼呼大睡。

不知睡了多久,醒来,只见竹林沙沙摇动,天上的流云如同棉花糖一般堆砌着。

坐起来,转过脸,竹林中已经堆起了一座小小的笋山。

"收获颇丰呀!"我背着双手走到跟前,蹲下,拿起一个,闻了闻。

刚挖出来的竹笋,有种极其诱人的清香。

"带回去,朵朵一定很喜欢。"我把竹笋一个个丢进竹篓里。

"太过分啦!"野叉睁着眼,"从头到尾,少爷只知道吃饭睡觉!这些竹笋可是我挖的!"

"知道是你挖的。别这么小气。"我说,"这么多,你的竹篓也装不下,本少爷这是给你减轻负担。"

"哎呀呀,简直是歪理邪说!"

"不就是些笋子嘛。下次考试,我给你辅导。"

"那……行。"野叉点了点头。

装好竹笋,见时候还早,我问野叉附近有没有什么消遣。

"没有,这周围除了笋子,没什么好玩的。"

"真无趣。"我抬头看了看,"去般若寺,如何?"

从这里再走一炷香的时间,就是般若寺。

好久没见老白,挺想他做的麻婆豆腐的。

"好!"野叉立刻同意。

背起竹篓,向般若寺而行。

到了山门,里头静悄悄的。

"老白不会出去了吧?一点儿动静都没有。"野叉说。

般若寺很小,大殿供着佛祖菩萨,两边的偏殿,一间供护法,一间老白自己住,平时里面放个屁,外面都能听得到。

"估计在午睡吧。"我说。

进了院子,只见里头收拾得干干净净。劈好的柴火整整齐齐码在墙根,几只母鸡悠闲地散着步。

放下竹篓,来到大殿跟前,果然见老白躺在藤椅上,流着口水,呼呼大睡。

老白这家伙,是个很老很老的干瘦和尚,蓄着山羊胡,一双小小的眯眯眼。

他的来历,连黑蟾镇的人都说不清楚,不知道从什么时候起就一直住在这里。

说他是个和尚，其实以我的观察，完全就是个假的——不参禅，不念经，没事喜欢到处乱跑，尤其爱和年轻漂亮的姑娘开玩笑。

我蹑手蹑脚来到近前，圈起中指狠狠敲一下光头，老白"啊呀"一声跳起来。

"是笨蛋少爷呀！"见到是我，老白瞪着眼，"你这动作很危险知道吗？我睡觉的时候，如果受到攻击，会瞬间还手，出手极重，非死即伤……"

"可拉倒吧，睡得这么死，我们把你抬起来扔山涧里你都不知道。"

"你们来我这里干什么？"老白擦了擦眼屎。

"刚挖完竹笋，突然就想念你了。"

"是想念我的麻婆豆腐吧？"

"话别说得这么直白，老白，做人要厚道。"

"厚道不厚道，我的麻婆豆腐今日也厄运难逃。"老白叹着气。

看来的确有麻婆豆腐了。

我和野叉欢呼着来到老白的屋子里，将一盆刚刚做好的麻婆豆腐搜罗出来，风卷残云。

老白扯了个凳子坐在旁边："不能白吃，得拿点竹笋换。"

"随你挑。"我笑道。

一边吃，一边聊天。

不知怎么的，聊到了钟上来。

"老白，我们镇上桥底下那钟声，怎么回事？"我把镇子上的蹊跷事说了一遍，"你见多识广，给说说。现在镇上人心惶惶的。"

"桥底下居然传来钟声？这个不太可能吧。"老白说，"那座桥，底下什么都没有的。"

"所以说奇怪呀。"我说，"黑蟾镇这一带，唯一的一口钟，就在你这里。"

"是呀。那家伙一直被我堆放在后面的柴房里，几十年不敲了。"老白说，"落着厚厚的尘土还有柴火。钟上面我做了个支架，当柜台用，又结实又牢靠。"

"把钟当柜台用？你不怕天打雷劈呀。"我顿时无语。

"反正平时也没什么用。那么大的铜钟，死沉死沉的，长得又难看。"老白抱怨道，"我早就看着不爽了。哦，前段日子，我打算把它给熔了。"

"熔了？好好的钟，为什么要熔？"我差点儿被老白这句话噎死。

"寺里佛像太少了，我想多塑几尊。只有佛像多了，香火才能旺，香火旺了，我这日子才能过得舒坦。"

倒是实话实说。

那么大的钟，如果熔了，的确能造不少佛像。

"有点儿过分。"我说，"我听滕六说，那口钟可有不少年头了。"

"是呢。晋代就有了。"

"晋代？这么老？"

"嗯。比般若寺的年头还要老。"老白说。

"既然如此，那就更不能熔了。否则多可惜。"

"我可不管那么多。没用的东西，熔了就熔了。"老白冷哼了一声，随即又道，"不过这口钟，和其他的钟不太一样。"

"怎么不一样了？"

"这家伙原来挺爱闹腾的。"老白说。

"一口钟而已，怎么闹腾了？"我好奇道。

"这事情，你不知道？"

"我怎么知道？"

"我以为大老爷跟你说过呢。"

大老爷就是我那个听到我要来就背起包裹开溜的爷爷。

"没有呀。"我放下筷子，"到底怎么闹腾了？"

"这家伙，原来是埋在地下的。"老白说。

"地下？钟怎么会埋在地下？"我问。

"那我可就不知道了。"老白说，"这钟是晋代铸造的，但在哪里铸造，又曾经在什么地方待过，无人知晓，后来就埋在了地底下。我想，可能是因为战乱吧。"

我点点头。

"一晃到了唐代，有个老头儿，经常在田地里放牛。有一天，老头儿像平时一样悠闲地放牛，突然地底下咣的一声响，他吓坏了，连滚带爬回到家，一病不起。好不容易病好了些，他做了个梦，梦见一个穿着青色衣服的家伙，对他行了一礼，说：'你把我弄到开元观去！'老头儿惊醒，不知道该如何是好。有天去田里，又听到咣的一声怪响。他觉得事情实在蹊跷，就跑去官府告诉了太守。"

我听得津津有味。

"太守听了之后，勃然大怒，指责老头儿胡说八道，把老头儿赶回了家。不久，老头儿又做了个梦，梦见那个穿着青衣的家伙对自己说：'我待在地下很久了，你赶紧把我弄出来，不然你还会得重病，很有可能一命呜呼！'老头儿吓坏了，天不亮就叫上儿子一起到田地里挖。你猜怎么着？"

我睁大眼睛。

老白伸着两手比画了一下："挖出来一口全身青锈的大钟！老头儿这次理直气壮地又去跟太守说。太守没办法，只能把大钟放到了开元观。结果呢，又闹腾了。"

老白说："这口钟，经常不撞自响，而且声音极大，它自己咣咣响，周围的人都听得到。白天响也就罢了，晚上有时也咣咣响个不停，大家都被搞得焦头烂额。太守没办法，把这事情往上奏报，结果一直报到了唐玄宗那里。"

"就是和杨玉环谈恋爱的那个唐玄宗？"

"对！就是那家伙。"老白说，"皇帝召集大臣一起商议，当时的宰相是李林甫，这家伙又奸又滑，最喜欢阿谀奉承，他跟唐玄宗说：'这是祥瑞呀！'皇帝一听，高兴呀，就让李林甫写了个布告，昭告天下，大概意思就是我很英明，天降祥瑞，大钟不撞自响。当地的太守也是个喜欢巴结的家伙，立刻让人把钟用马车装上，要运到长安去。"

老白一边说一边拍着大腿："那时候千里迢迢运送这么个大家伙，可不是件容易的事。一帮兵士千辛万苦运送，到了咱们这里，突然马车垮了，大钟落在地上，怎么抬都抬不起来。当晚，负责运送的人做了个梦，梦见那个青衣的家伙说：'我不想去长安，这地方不错，我就待在这里了。你们要是不答应我，你们全都会得重病。'那人吓坏了，思来想去，找了个借口，说是被山贼打劫了，钟也被推到湖里了。太守也没办法。这件事便不了了之了。从此之后，这钟就被丢在了山林之中。再后来，有了般若寺，它又被抬进了寺里。"

野叉听完，拍手道："这钟好！眼光不错！"

"好个屁呀！"老白翻了个白眼，"那玩意儿又大又沉，声音极其响，撞一下，震得人耳朵好几天都嗡嗡响，烦死！还有，它经常自己无缘无故就响，不分场合，不分时间。轮到我负责般若寺的时候，我就把它从钟楼上弄下来扔进了柴房，钟里头塞上稻草，外头放置木柴杂物，让这家伙响都响不了，可算是清净了！"

看来老白对这钟很有意见。

"黑蟾镇桥底下的钟声，会不会是这家伙发出来的？"我问。

老白摇了摇头："应该不会吧。即便是它自己响，钟声也不会从黑蟾镇的桥底下传出来呀！"

似乎有道理。

"可除了它，咱们周围的确没有别的钟了。"野叉说。

"咱们去看看那家伙。"我说。

听了这么多故事，我对它还真有点儿好奇。

"就在柴房里，你们要看自己去看。我看它一眼就烦得很。"老白说。

我和野叉站起身，撒丫子朝柴房冲去。

野叉比我跑得快，一溜烟来到门口，推开房门进去，还没等我来到跟前，就听他"哎呀"了一声。

"怎么了？"我问。

"没啦！没啦！"

"什么没啦?"

"钟!那口大钟没啦!"

…………

"怎么会没了呢?!"乱七八糟的柴房里,老白一脸惊诧。

柴火堆坍塌,上面原本放置的东西也七零八落,稻草遍地都是,简直像是搏斗过的犯罪现场。

如果是个人,没了就没了,但那可是一口几吨重的大铜钟呀!

几头牛拉起来都费劲的大钟,不翼而飞了!

"我检查了一下,房门好好的,窗户也好好的。"野叉说。

"难道有人趁你不在,偷走了?"我看着老白。

"不可能!"老白摇头,"上个月我堆放柴火的时候还在,这个月我基本上都没出门。般若寺平时也没人来。即便是有人来偷钟,你想那得多大动静?我肯定听得到。再说,搬运那么大的钟,肯定会留下蛛丝马迹,寺里头根本没有。"

"那他总不会自己跑了吧?"我说。

听了我这句话,老白微微一愣,想了想,喃喃道:"还别说,真有这个可能。"

我觉得老白可能有点儿傻了。

一口大钟,自己长脚跑了?!

老白背着手,在房间里转了转,道:"种种迹象表明,只有少爷你说的这个可能了。要知道,这家伙根本就不是普通的钟!"

老白捏着山羊胡须,皱了皱眉头:"说不定黑蟾镇桥底下那声音,就是这家伙干的!"

我和野叉张大了嘴巴。

"没事自己咣咣乱响,符合他的德行!"老白补充说。

"你的意思是,他从寺里头逃走了,跑到黑蟾镇桥底下乱响?"

"十有八九不在黑蟾镇。"老白说,"虽然声音从桥底下发出来,但这家伙的真身不知道藏在什么地方。"

"我想不通,他为什么要跑呢?"野叉说。

"这不是秃子头上的虱子——明摆着的嘛!老白这家伙要熔了人家,人家当然要跑了!"我说。

"应该是这个原因。"老白说,"所以要逃之夭夭。这家伙,和一般的妖怪不一样,年代久远,受了无数香火供奉,能力巨大。"

"也就是说,他是……"

"妖怪啦!"老白接过我的话。

如此……一切就能解释了。

"接下来怎么办?"我问。

每天夜里桥底下传来的钟声,已经让黑蟾镇一团糟了。

"当然是找到他!"老白斩钉截铁地说。

"然后呢?"我问,"你还想把人家熔了?"

"不然呢?这事情我原本不过是一想,他若是不同意,可以跟我商量,可他竟然不声不吭就跑了,完全不给我面子!"

"我总觉得不太好。"我说。

"不管了,先找到再说!"老白生气道。

"去哪里找?"野叉问了一个关键问题。

老白眯着眼睛:"我还真不知道。这家伙神通广大,上天入地都有可能。这周围山川河流的,随便猫起来,咱们十年八年都发现不了。可气的是,这家伙竟然在黑蟾镇传出声音,简直是向我示威嘛！是可忍孰不可忍！……少爷！野叉！"

我和野叉赶紧挺直胸膛。

"此事关乎我老白的面子！所以，就拜托二位了！"老白说。

啥？让我们去找？

"当然是你们了！别人靠不住。而且这事情越少人知道越好。你们想，如果别人知道了，传入他的耳朵，他晓得我们在找它，再一溜烟离开这里，咱们就永远别想见着他了！"老白使劲拍了拍我和野叉的肩膀，"所以靠你们啦！"

"那你呢？"

"我呀……我坐镇此地，当总指挥。"

屁！就是犯懒！

"做好了这件事，我保证，免费提供一年的麻婆豆腐！"老白拍着胸脯信誓旦旦。

"两年！"我说。

"好，成交！"

事情便如此定了下来。

鸟在叫。

应该是黄鹂吧，婉转悠扬。

庭院里，一场雨后，牡丹花开了。

活了两三百年的牡丹，根茎扭曲盘旋，虽然枯瘦，一副垂垂老矣的样子，但每年都会绽放出盘口大小的花朵，灼灼璨璨。

我现在一点儿赏花的心思都没有。

坐在走廊上，我愁眉不展，不停叹着气。

"似乎答应得太爽快了。"我说。

"我正打算阻止，少爷就一口答应了。"野叉说，"这是一个根本不可能完成的任务。"

是呀,寻找一口逃跑的大钟,听起来的确不靠谱。

"眼下怎么办呢?"我看着野叉。

野叉直摇头:"你别看我,我脑袋笨,想不出来。"

"只能四处找了。"朵朵赶紧安慰我,"大家一起帮忙。"

"怎么找?到处都是山山水水的,随便藏起来,十年八年都找不到。"野叉说,"何况还是个妖怪!"

"所以才更需要大家一起帮忙。"朵朵笑道,"我们少爷可是有很多朋友的。"

"朵朵,准备一下,今晚我们举办个牡丹花宴吧。"我站起身说。

"牡丹花宴?"

"好酒好菜,欢聚一堂,然后大家一起想想办法。"

"那太好啦!"朵朵拍起了手。

当天晚上,院子里热闹非凡。

一张长长的木桌上,摆满了美味佳肴,高朋满座。

咚咚山狸妖首领团五郎、黑蟾山蛤蟆老大三太的儿子阿吉、生活在大湖沼泽的庆忌、牛尾山山魈老大炭治以及白白胖胖的阿貘,围坐一团。

滕六出去办事了,雨师妾打架还没有回来,桌边的这些,便是我在黑蟾镇认识的一伙可靠的妖怪朋友啦。

"要我说,这件事……"炭治喝了一口酒,"寻找这么一个躲藏起来的妖怪,很难办。"

"笨蛋少爷被老白骗了。"团五郎哈哈笑道。

"既然答应了,那就得做。"蛤蟆吉心疼地看着我。

"阿吉说得对，俺觉得，少爷遇到了难题，俺们都得出把力。"阿貘哼哼唧唧道。

大嘴男庆忌倒是没说话，他一向沉默寡言，但办事牢靠。

"少爷，我倒是有个主意。"朵朵笑了笑，"既然大家都在这儿，那就将这一带划成东、南、西、北四个大区域，团五郎、阿吉、炭治和阿貘各负责一个区域，庆忌负责居中联络协调，一旦发现蛛丝马迹，尽快通知大家，如何？"

"真不愧是朵朵！好办法！"团五郎第一个支持。

其他几个人也都连连点头。

"那大家分头干活，我这就让手底下的狸妖们全体出动！"团五郎说。

"我的山魈子孙们，不会输给你哦。"炭治信心满满。

"我找我老爹。"阿吉拍了拍阿貘，"我们都有帮手，只有你孤身一人，需不需要支援？"

阿貘摇摇头："太小看俺了，俺只需要在晚上潜入别人的梦境，情况自然打探得一清二楚。"

看到大家士气高昂，我也变得干劲满满："好，那就开动吧！"

"是，少爷！"

接下来的几天，大家都开始忙碌起来。

周围的山区、湖泊、河流，区域广大，寻找起来并不容易。刚开始是团五郎他们忙活，后来听说加入的人越来越多，很多妖怪知道这件事，主动报名加入，不管是白天还是黑夜，到处妖影重重，简直是地毯式搜查。

"少爷，按照这阵势，迟早会找出来。"朵朵见我在家里抓耳挠腮，如此安慰说。

"还是尽快为好。"我说。

这些天，黑蟾镇桥下的钟声依然响个不停，我被折腾得快神经衰弱了。

这么大的动静，钟精应该能觉察到，但是这家伙竟然没有偃旗息鼓，反而把钟声搞得越发震耳欲聋，分明就是挑衅！

过分哦。

五天之后，朵朵的判断似乎出了问题。

随着庆忌不停将前方的消息传回来，形势变得异常严峻——按照事先安排好的区域，分队搜查，基本上已经摸排了一遍，但依然没有发现钟精的任何踪迹。

"简直就像蒸发了一样！"我看着团五郎绘制的地图，目瞪口呆。

"看来对方藏得很隐蔽。"朵朵皱着眉头说。

"如果这样还找不出来，那就没办法了。"我叹了一口气。

滕六要是在就好了，他本领大，说不定能帮上大忙。

"少爷！少爷！"

就在我们说话之时，大嘴男庆忌和蛤蟆吉跑进了院子。

"有消息了吗？"我赶紧从椅子上站起来。

庆忌和蛤蟆吉气喘吁吁地来到我跟前，一个点头，一个摇头。

"你们什么意思？"我被他俩的动作搞得莫名其妙。

"没有发现钟精。"庆忌说。

"但是发现了一件蹊跷的事，说不定有戏！"蛤蟆吉补充道。

"坐下来慢慢说。朵朵,给他们倒水。"我拍了拍椅子。

两个人坐下来,蛤蟆吉咕嘟咕嘟喝了一杯水,抹了抹嘴:"我负责的那片区域,在我老爹的支持,以及很多妖怪的帮助下,已经搜查完了。没有发现钟精。本来我失望极了,但是刚刚有个小妖怪报告了一件事情,让我觉得很可疑。"

"说。"我来了兴趣。

"饽饽山,少爷知道吗?"蛤蟆吉说。

我摇了摇头。

周围那么多山,我怎么可能全都知道。

况且我体质孱弱,还有严重的哮喘病,平时被严厉约束,不准私自疯跑出去。

"这个我知道。"朵朵说,"在我们的北方,距离黑蟾镇大概有一百五十里路,是座大山,因为形状长得像饽饽,所以叫饽饽山。那地方交通便利,自古以来就有驿道,很多做生意的人喜欢走那里。"

"是了是了。"蛤蟆吉点了点头,"山上有座寺庙,叫饽饽寺……"

饽饽寺?这名字取得……真是不怎么样。

"这个消息就是饽饽寺的小妖怪告诉我的。"蛤蟆吉说,"饽饽山上没有什么大妖怪,因为饽饽寺地方空旷,已经损毁了,所以不少小妖住在里面。这段时间,来了个厉害的家伙,把他们都赶了出来。"

"是钟精吗?"我问。

"对方本事大,小妖们根本看不清他的真身。"蛤蟆吉摇了摇头,"所以无法确定是不是。"

"然后呢?"我问。

"饽饽寺除了是小妖们的住所,很多过路人有时也会在里面落脚。这些人都是行脚商或者贩子,因为赶路,时间晚了,夜里就会在里头留宿。"

蛤蟆吉顿了顿,说:"这段时间,饽饽山一带开始有了传言。最开始,是一群贩羊的商人传出来的。他们有天晚上赶着一群羊住在寺里,生起篝火喝酒,半夜有人出来撒尿,看到了一个身材又高又大、体态臃肿的家伙,走起路来一摇一摆,嘴巴比铁锅都大!那人吓坏了,捡起块大石头扔过去,听见咣的一声响。同伴们闻声都跑出来,一起扔石头,那东西就逃走了。此后,不少留宿的商人都看到了。饽饽山一带的人都说那里闹了妖怪。"

我沉吟了一下,说:"听起来,有点儿像钟精呢。"

"是呀,少爷,我建议走一趟!"蛤蟆吉说。

"现在就要去吗?"朵朵立刻担心起来。

夕阳西下,很快天就要黑了。

"事不宜迟。"蛤蟆吉说。

"对,时不我待。"我站起身,让朵朵帮我准备衣服。

"可是……三更半夜的去那个地方,我很担心少爷的安全。"朵朵坚持要替我去。

"你留在家里吧,家里需要有人驻守,其他几路还没有消息呢。"我做了安排。

迅速换好衣服,带着蛤蟆吉和庆忌出门。

"阿吉,庆忌,一定要保护好我心爱的少爷!"朵朵叉着腰吩咐蛤蟆吉和庆忌,"少爷要是少了根汗毛,我不会饶了你们的!"

"放心吧！"蛤蟆吉和庆忌吐了吐舌头。

出了门，蛤蟆吉看了看我："这次辛苦少爷了，咱们土遁过去吧。"

蛤蟆吉会土遁的法术，能够瞬间移动。

"慢点儿，上回我就被你弄吐了。"我说。

"请闭上眼睛！"蛤蟆吉拍了拍手，施展法术。

身体骤然下沉，土遁开始了！

我一边和两个家伙聊天，一边忍受着不适，不知道过了多久，觉得周围的压力减轻，土遁结束了。

"少爷，到饽饽山了。"蛤蟆吉说。

睁开眼，我不由得一愣。

真是一座美丽的大山！

周围群山延绵，如同巨龙一样，层层叠叠延伸过来。到了这里，好像是累了，匍匐在地，形成了一座饽饽一样的大山。

山上树木葱茏，夕阳之下，色彩斑斓。

站在高岗上，可以看到周围有宽阔的大河和湖泊，波光粼粼，水边站立着苍鹭。

山下有村子，一间间茅屋掩映在树丛之中，大片大片的田地，稻浪翻滚。

天快黑了，忙碌了一天的农人们赶着牲口回家，村子上方炊烟袅袅。

"咱们现在怎么办？"我问。

"去饽饽寺吧。就在半山腰。"蛤蟆吉指了指。

下了高岗，沿着山路前行。

山路年代久远，先前就是驿道，虽然是土路，却也能容纳两辆马车并排前行,所以走起来并不费力。

到饽饽山山脚时,天色已经彻底黑下来。

山里天气多变,呼啦啦刮起了大风,夜幕阴沉,浓云覆盖,又起了浓雾,伸手不见五指。

"真是怪天气。"大嘴男庆忌点亮了火把。

三个人沿着山路往上爬。虽说山路并不陡峭,可对于我来说,实在是有挑战。

走走停停,摔了几个跟头,我很快气喘吁吁,累得像死狗一样。

"还有多远?"我坐在一块石头上歇息,问蛤蟆吉。

"应该还有一二十里山路。"蛤蟆吉估算了一下。

"饿死了。有东西吃吗?"我问。

出来的时候太匆忙,忘了带干粮。

蛤蟆吉和庆忌相互看了看,摇了摇头。

咕噜噜,肚子不争气地响了起来。

"不吃东西,一点儿力气都没啦。"我说。

要是团五郎在,肯定骂我是累赘。

"少爷说得对,我们得找点儿东西吃。"蛤蟆吉说,"你们先休息下,我去前面看看。"

说完,这家伙蹦跶着消失在黑暗里。

大概一炷香的时间,蛤蟆吉回来了。

"少爷,真是好运气,前面不远,路口有间小屋子,是看林人的。那里应该有吃的!"

"太好啦!"一听有东西吃,我顿时有了干劲。

往前走了一段,转过山脚,很快看到了灯光。

三岔路口的林子里，有间小小的木屋，外面用篱笆围起院子，收拾得干干净净。

我冲蛤蟆吉和庆忌使了个眼色，两个人摇身一变，成了三四十岁的货商模样。蛤蟆吉这家伙还变出了一个鼓鼓囊囊的大包裹，背在肩头。

推开柴门，走进去。

院子一角堆放着柴火，种着菜。狗窝里的大黄狗听到动静，出来汪汪叫着。

屋里走出一个人来。

一个老头儿，年纪大约六十岁，身体健硕，穿着一身黑色的麻布衣服，山里人的打扮，手里拎着一杆长枪。

"我还以为有东西闯进来了呢！你们是干什么的？"老头儿声音洪亮。

"打扰了，我们是过路的，天晚了，能不能在你这里吃点儿东西？"我说。

蛤蟆吉补充说："我们给钱的！吃完了就走。"

老头上上下下把我们三个打量了一下，说："进来吧！"

屋子不大，一半是客厅，中间布置了一个火塘，上面吊着铁锅，另一半应该是卧室，有个七八岁的孩子正呼呼大睡。

"只有米粥，吃吗？"老头问。

"太好啦！吃吃吃！"

别说是米粥了，但凡能吃的，本少爷都不挑剔。

我已经饿得前胸贴后背了！

老头拿来几个木碗，给我们盛粥。

熬了很久的米粥，又浓又香，配上山里的咸菜，真香！

本少爷一口气喝了四碗！

"你可真能吃！"老头抽着烟袋锅，哈哈笑起来。

"实在是饿坏了。"我尴尬一笑，"爷爷，这里就你一户人家？"

"嗯。我是看林人，再往上，我爹，我爷爷，都是。"老头抽了一口烟，"祖传的了。"

"敢问如何称呼？"

"山里人，能有个啥称呼？叫我九斤老爹就行了。我出生时，正好九斤。"

"哦。"

"你们是干什么的？"九斤老爹眯起眼睛看着我。

"商人呀。"蛤蟆吉说。

九斤老爹乐了起来："我在这里住了一辈子，南来北往的，阅人无数，不管什么人，一眼就能看清底细。你们不是商人。商人常年奔波，风吹日晒，怎么可能像你们这样细皮嫩肉？"

果真是慧眼如炬。

"实不相瞒，我们三个，是……四处游玩的。"

"四处游玩？"

"嗯。就是……收集各处的风土人情、奇闻怪谈，然后整理出来……"我有点儿编不下去了。

"哦，我知道了。"九斤老爹竖起大拇指，"你们是文化人！文化人我见过的！我最喜欢文化人！"

我擦了一把冷汗。

"九斤老爹，看林人，是干什么的？"我问。

"也不干什么。"九斤老爹说，"就是守护狰狞山一带的林子,防火防盗。我不会耕田,只能干这个。村里人每年会给我一些稻米,其他的,需要我打猎,换些钱去买。不过,已经足够了。"

九斤老爹看了看卧室的方向:"五年前,儿子打猎时被狼害了,儿媳妇得了重病,也去了,就剩下小孙子。"

听起来,让人有些难过。

"你们收集整理那些东西,做什么用?"九斤老爹转移话题。

"啊?"

"就是什么风土人情、奇闻怪谈。"

"哦。"我反应过来,"给报馆投稿,如果选上了,刊登出来,会有稿费的。人们喜欢看这个。"

"也是辛苦活呢。"

"是呀。"我硬着头皮编下去,"不光要到处跑,受尽苦头,还得寻找合适的题材。这种东西,越来越少,只有偏僻一点儿的地方,才会有精彩的故事。"

"是哦。"九斤老爹来了兴趣,"我们这一带,这种东西还是很多的。"

"哦?那太好了,洗耳恭听。"我笑道。

或许平时见不到什么人,九斤老爹兴致高昂地说了几个当地的奇谈,虽然短,但是挺有意思。

"今天收获满满哦!"我装出一副认真聆听的模样。

"这些,能刊登吗?"

"应该能吧。"我点了点头,"如果加上一些当地特有的风物,就更好了。"

"特有的风物呀。"九斤老爹挠了挠头,"我们这里没啥稀奇的,山呀水呀的,别的地方都有。如果说特殊,那就是饽饽寺了。"

饽饽寺!对了,差点儿忘了我们来干什么的了。

"饽饽寺里有奇怪的东西吗?"我问。

九斤老爹脸上的笑容立刻僵硬了起来。

他并没有马上回答,而是站起身,来到门前,向外看了看,然后转过身坐下。

"怎么了?"我问。

"这事儿,你们千万不能对别人说。"九斤老爹语气凝重。

"放心吧老爹,我们就听听。"蛤蟆吉说。

"饽饽寺……原先还好。"九斤老爹深吸了一口气,道,"这寺,不知道哪年哪月修建的,很古老了。我爷爷活着的时候,里面还有僧人,后来僧人走了,寺庙荒废,算一算,有六七十年没人住了。平时只有过路的人在里面凑合一晚上。"

房间里一片寂静。

"那地方,我经常去。半夜打猎回来的时候,累了在里头歇脚。"九斤老爹压低了声音,身子往前探了探,"最近一段时间,里头……有古怪!"

"古怪?"

"就是……怪物啦……"九斤老爹说,"出现了一个怪物,看不清模样,又高又大,嘴巴也大,走起路来摇摇晃晃,不少商人都见过。"

"是什么怪物?"

"不知道。没人能看清他的模样,也没人知道他的来头。这家伙住在里面，但似乎又从来不害人……"

"老爹，你见过吗？"庆忌问。

九斤老爹沉默了一会儿，点了点头。

"怎么回事？"我问。

"应该是……七八天前了。"九斤老爹皱起眉头，想了想，"那天晚上，和平常一样，我把小孙子安置好了，锁上门，出去打猎。山里猎物很多，往常出去转悠一会儿，就能把篓子装满。可是那天，不知道什么原因，啥都没打到。我一路走一路找猎物，就到了饽饽湖那边。"

饽饽湖？应该就是山下的那个大湖了吧。

"饽饽湖岸边住着我一个很好的朋友，叫水生。这家伙是个渔夫，靠打鱼谋生。那晚，我想着去他那里喝酒吃鱼，当然了，也能带回来一些给孙子吃。等我到湖边时，发现湖里又是风又是浪，开了锅一般！"九斤老爹激动起来，"湖面上是一团团的黑雾，大风呼啸，浪涛之中，似乎有什么东西在打架，撕扯得十分厉害，大概过了一顿饭的工夫才停歇。我吓得够呛，走到水生在湖边搭的木棚，发现他的小船四分五裂，人也泡在水里头。"

"我赶紧把他拖上来，一番忙活才救醒他。水生说，他到湖里打鱼，刚划开船，就看到湖里浊浪翻滚，有东西在打架。"

"是什么东西？"我问。

"龙！"九斤老爹大声道，"湖里面住着龙，这个我们都知道的。"

"和龙打架？！"

"是！"九斤老爹说，"水生看得清清楚楚，那湖龙，全身青色，巨大无比，竟然被那东西揍得嗷嗷乱叫，鳞片都被揭了下来,看样子是失败了。"

"什么东西这么厉害?"我问。

"水生说看不清楚,感觉是个巨大的怪兽。"九斤老爹说,"当时的情景,我也看到了。这场战斗结束之后,那东西化为一道光影,飞入了森林之中。"

我们都沉默下来。

"安慰了水生之后,我也没心思喝酒了,带着几条鱼回家。半路上,我发现森林中有很多大树都被硬生生压倒了,草木倒伏,湿漉漉的,腥臭难闻,而且……"九斤老爹压低声音,"我还在草里捡到了一片龙鳞!"

我睁大了眼睛。

"我当时就知道,那个和龙打斗的怪物,就是顺着这条路回来的。"九斤老爹说,"人呀,好奇心一起来,什么都不会顾及了。我跟着痕迹往前走,走来走去,来到了恽恽寺的山门口。那东西,进了恽恽寺。"

九斤老爹重新点了一锅烟,道:"我顺着水痕往里找,一直到了大雄宝殿。"

他深深吸了一口烟:"那座大殿塌了半边,里头没啥东西。我猫腰进去,看到一个怪物蹲在角落里咯吱咯吱地吃东西。是一个巨大的青色的怪物,嘴巴奇大,一摇一摆的。吓得我偷偷退出去,一溜烟跑回了家。"

九斤老爹擦了擦额头的冷汗,又道:"第二天,我有些不甘心,又去了。"

"你可真够胆大的。"蛤蟆吉说。

"光天化日之下,即便是妖怪,也会有顾忌吧。我是这么想的。"九斤老爹说,"我进了大殿,来到那个地方,发现没有妖怪,只有……只有一口巨大的铜钟!"

"铜钟?!"我们三个同时喊了出来。

"真是大呀!我从来没见过那么大的钟!通体青色,锈迹斑斑,上面都是铭文和各种符号、花纹。我觉得很奇怪,饽饽寺里从来没有过这么一口钟呀。"九斤老爹顿了顿,道,"我围着这口钟来来回回仔细观察了好久,突然发现在钟的上面,竟然有荇草!"

"荇草?"

"对!"九斤老爹道,"这是一种特殊的水草,我们这一带,只有饽饽湖里面才有!所以……"

九斤老爹双目微微眯起:"和湖龙打斗的怪物,一定是那口大铜钟!"

我心里,又惊又喜。

喜的是,这么一番折腾,长途跋涉,终于在九斤老爹这里找到了钟精的下落。惊的是,这家伙能力巨大,居然能把湖龙揍得七荤八素,相比之下,我、蛤蟆吉和庆忌,三个家伙加起来恐怕都不是它的对手。

"怎么办,少爷?"蛤蟆吉看着我,"咱们要不要找这家伙?"

"你们是来找那怪物的?"九斤老爹看着我们,疑惑了起来。

我点了点头:"老爹,实不相瞒,我们三个正是为了这家伙而来。他犯了事儿,然后私自逃跑,我们是来……是来抓他的。"

"想不到你们三个年纪轻轻,竟然是法师呀!失敬失敬。"

法师？您老人家真是看走眼了。

"拜托了哦！"九斤老爹对着我双手合十，"赶紧把这家伙抓走吧。自从他来了之后，都没人敢去饽饽湖打鱼了，也没有人敢经过饽饽山了，大家都提心吊胆，日子也越来越难过。你们可一定得把他抓走呀！"

"我们……尽力吧。"我说。

"我是想帮你们的，可……"九斤老爹看了看熟睡的孙子，"孙子只有我这么一个亲人了，如果我出事……"

"我们去就行啦。"蛤蟆吉站起来拍了拍手，"饽饽寺怎么走？"

"顺着左边的岔路，往上走十几里路，就到了。"九斤老爹说，"你们一定要小心。"

我们三个答应下来，起身告辞。

九斤老爹放心不下，不仅给我们带足了干粮，还千叮咛万嘱咐一番。

告别九斤老爹，我们沿着山路继续向上，等气喘吁吁地来到饽饽寺山门时，已经是后半夜了。

"我们得好好谋划一番，想想怎么对付那家伙。"蛤蟆吉跳到门口的一块石头上，说，"我是有点儿能耐的，庆忌也有，但是加上少爷你，那就不一定了。那家伙本事大，所以等会儿我先上，庆忌在旁边帮忙，如果发现我打不过，你赶紧拉着少爷就跑，千万别让少爷受伤。少爷这样子，估计被碰一下也不得了。"

"那也不是对手。"我说，"我们三个加一起都打不过。我觉得，还是讲道理吧。"

"讲道理？"

"是呀。硬的来不了，只能来软的。毕竟是般若寺的钟，这么多年了，也有点儿感情，亲不亲，故乡人嘛。聊一聊，说不定就能找到解决问题的办法。"

"这样……也行？"

"不然呢？"我翻了一个白眼。

"既然少爷这么说，那就这样吧。"蛤蟆吉道。

这家伙刚才说打架，估计也只是嘴皮子功夫。真打起来，它也怕。

我们三个歇息了一会儿，站起身，走入馉馉寺。

蛤蟆吉和庆忌把我夹在中间，极其紧张，生怕我被抓走。

馉馉寺并不大，庭院里长满了野草，一片荒芜。

原本的佛殿、佛塔很多都倒塌了，落满了枯枝败叶和鸟粪，加上呼啸的风声，极为萧瑟。

在里头拐来拐去，终于看到了那座大殿。

先前这应该是座很壮观的大殿，比般若寺的大殿要高大、辉煌得多，可惜塌了一半，连上头的匾额都掉了。

殿门后面黑漆漆的，一缕月光照射下来，看起来阴森恐怖。

"进去吧。"我紧张地咽了一下口水，声音都哆嗦了起来。

三个人小心翼翼进了殿，努力在一片漆黑中寻找那家伙的身影。

太暗了，除了被灰尘呛得直咳嗽之外，根本看不清楚任何东西。

"来啦？"就在我们撅着屁股仔细寻找的时候，突然听到有声音从上面传来。

"谁？！"蛤蟆吉大叫一声，当即跳起来挡在我面前，随手抄起一根木棍。

木梁上，一个人影纵身一跃，嘭的一声落到我跟前。

这人穿着一身青衣，身形高大，圆圆的脸，嘴巴阔大，几乎一直咧到耳根。

他直勾勾地看着我："文太少爷长大了，不过，和小时候一样，还是那么丑。"

本少爷……丑？！

这家伙太过分啦！过分的大嘴男！

等等，这家伙，认识我？

"小时候你跟着大老爷到般若寺，经常跑去找我玩。"他说。

我不记得了。

"那么丑的一个小人儿，四处乱跑，然后在钟楼里发现了我，我们便成了很好的朋友。"他说。

他这么一提醒，我似乎记起来了。

六七岁的时候，爷爷经常带我去般若寺玩。

爷爷和老白说事情，我觉得无聊，便到处乱跑。

般若寺很多地方我都去过，所以便开始探索起来，专门寻找那些犄角旮旯。

有一次，我鬼使神差进了钟楼。那座钟楼，爷爷告诫过我，让我不要进去。

年代久远的建筑，摇摇欲坠，大门紧闭，上面贴满了写满咒语的封条。

我撕开符咒，摸了进去……

钟之声

呀！记起来了——里面有一口巨大的铜钟！

矗立在昏暗之中，被铁链锁住的、锈迹斑斑的铜钟。

我沿着铁链爬上去，坐在上头，玩得不亦乐乎，甚至拿起锤子咣咣敲击，然后……

应该是……敲破了一大块，接着一头从上面栽了下来。

那么高的地方，地上全是石头，栽下来的话，会死掉的吧。

我没有死——就在即将落地的时候，有人接住了我。

一个身穿青衣、满脸麻子的家伙。

就是面前的大嘴男！

"想起来了？"他看着我，笑起来，瓮声瓮气地说，"我还被你敲破了一块。所以你给我取了个名字，叫阿缺。这名字，真难听！"

"原来是阿缺呀！"我推开蛤蟆吉，走到他跟前。

这家伙的模样一点儿都没变，除了……比以前胖了一些。

"我有预感你们会来找我。"阿缺说。

"你闹出了大乱子。"我说。

"抱歉了，文太少爷。"他挠了挠头，"一起去喝酒吧。"

喝酒？这地方能有什么酒？

阿缺背着手，一摇一摆地走出大殿，指了指后面的一棵几人合抱的古松："今晚月色很好，在上面看风景，应该不错。"

我昂着脑袋："这么高……"

话还没说完，觉得身体一轻，瞬间被这家伙带到了松树之上。

古松的顶端有个分杈，放置了木板，形成了一个挺不错的露台，四个人坐，倒是正好。

身处高处，吹着山风，可以看见山峦、村庄、田野、湖泊，都沐浴在月光之下，朦胧氤氲，美得让人窒息。

阿缺从宽大的衣袖里不停地往外掏东西。

装在陶罐里的美酒、烧鸡、松果、火腿、蜜饯……

那衣袖简直是个百宝箱。

虽然在九斤老爹那里吃过了一些东西，但面对如此的美食，我、蛤蟆吉和庆忌还是经受不了诱惑，大快朵颐。

阿缺看着我们，呵呵一笑，拎着酒罐，一口口品尝着美酒。

"这世界，美吧？"他看着远处，对我说。

"美。"

阿缺笑了笑："这样的山山水水，这样的月光，这样的人间，看了无数次，但就是喜欢。文太少爷，这世界，很可爱哦。"

"般若寺那边也挺美的，你为什么跑？"我问。

"对呀，还惹出那么大的乱子。"蛤蟆吉道，"在桥底下咣咣咣响，搞得大家人心惶惶。"

"这个……"阿缺苦笑了一声，"的确怪我。但，我也没办法。"

"什么意思？"

"你们知道我的来历吧？"阿缺问。

"知道，老白跟我们说过。"我说。

阿缺点了点头："我在这个世界上停留的时间太长了。从我诞生的那一刻起，千年来见证了人间的喜怒哀乐，世间的战火纷飞、国破家亡。时间长了，在一个地方待久了，就会觉得无聊。"

阿缺深吸一口气："我想去见更大的世界，想看看这座山的外面会是什么样子，也想看看更多的人，见识更多的美景。"

"但你只不过是一口钟呀，钟是没办法随便乱跑的。"蛤蟆吉道。

"是呀。所以我会想出各种馊主意，比如给人托梦。"阿缺大笑起来，"凭借这样的伎俩，我去过很多地方，待过很多寺庙，后来遇到战乱，被埋在地下，即便如此，我也重新出世了。不过那一次，我玩大了。"

阿缺皱着眉头说："搞得天下皆知，大家都认为是妖怪，然后我就被封印在了般若寺里。"

是了，记忆中，钟楼的大门上贴满符咒，便是禁锢所用吧。

"在那个小小的钟楼里，在黑暗和灰尘中，我待了几百年，一个人，孤独，寂寞。直到……"阿缺看着我，"有个小人儿，打破了那些混账玩意儿，让我重新获得了自由。"

是本少爷啦！

"从那天开始，我终于可以在般若寺周围的山林四处游荡。喝酒，吹风，欣赏美景，好好看看这个世界……"他笑了起来。

"这样的话，挺好的呀。可你为什么要跑呢？"我问。

"那是因为……留给我的时间，不多了。少爷。"他看着我，郑重地说。

我不太明白。

"这世界上，不管是什么东西，都不可能是永远坚固不坏的。人有寿命，花草树木有，我也有。"阿缺说，"即便是精铜所铸，也会有化为尘土的那一天。少爷，我已经一千多岁了。经历的事情太多、时光太久，早已遍体鳞伤。"

想一想，也是。

印象中，我看到的那口大钟，满是锈迹，就像一个风烛残年的老人。

"黑蟾镇桥下的钟声是怎么回事？"我问。

"湖里有条蛟，看中了那地方，想盘踞在桥下的深水中。我用钟声警告过它不少次，那家伙依然不听话。没办法，我只能去找它的家长。"阿缺说。

"家长？"

"就是饽饽湖里的那条老龙啦。它被我狠狠揍了一顿，总算同意管教那个不成器的儿子。如此一来，黑蟾镇彻底安全了。"他说。

原来是这么一回事。

"接下来，有什么打算？"我问。

"我想再好好走一走，看一看。"他喝了一口酒，眯起眼睛，微笑着看向远方，"看看山川，看看草木，看看这样的月色，看看不同的城市、村庄，看看不同的人群、不同的脸，看看这个我爱的世界。少爷，能够来到这个世界，是多么荣幸呀！"

我似乎，有些理解他。

"少爷，我曾经几十年如一日，静静地守望着一片天空，看云散云开，黑色的鸦群排空而上；在静寂无人的山谷，静静地守着一朵花开，小小的花，洁白如雪，在风中摇曳；在湍流的江岸，看着山色变幻，春夏秋冬轮转，日月星辰升落；在闹市，看着鱼龙混杂，熙熙攘攘，看见幸福的笑脸，也看到悲伤的泪水……

"少爷，最近我经常做梦。梦到黑暗中有一双眼睛，怒目圆睁，眉如焰火。梦到苍茫天色下的原野麦田中，有一影伫立，人身鹿头，其角枝挑飞扬。梦到夜中行进，不见前方，亦不见来路。梦见浓雾升腾的山林，回音不绝。梦见青石上磨刀，刀光映白骨。梦见檐角上的铃声，青石上的落雨。梦见牛入草中。梦见大海，空荡一片……

"少爷，这世界，是多么美呀！即便是千年的时光，也过不够，看不够！我的时间不多了，我要四处看一看，哪怕是多看一眼。这是我爱的世界呀！"

阿缺，哽咽了。

…………

第二天醒来，已经是中午。

从地上爬起来，我绕到大殿的角落，昂头看着那口大钟。

巨大无比的青铜钟，锈迹斑斑，上面有巨大的空洞，以及四处可见的裂纹。

"少爷……"蛤蟆吉和庆忌也醒了，来到我的跟前，一起看钟。

"我们回去吧。"我说。

"啊？"

"走吧。"

走出山林，鸟语花香。

"少爷，咱们就这么回去了？"

"对呀。"

"不带阿缺回去？"

"带什么带？他有权利按照自己的想法走完他的一生。"我笑了笑，"这件事，老白忽悠了我们。"

"老白忽悠了我们？"蛤蟆吉睁大眼睛。

"是呀。老白既然有办法封印阿缺,他如果不让阿缺跑,你觉得阿缺能跑掉吗?"

"这个……"

"在老白的心中,阿缺的想法,他也认同吧。所以,才会放阿缺走。"

蛤蟆吉和庆忌齐齐点了点头。

"事情解决了。"我拍了拍蛤蟆吉,"快施展你的土遁之术吧。"

"好嘞,少爷!"

咣!

咣!

咣!

钟声,响了起来。

深沉、悠长的钟声,响彻山林。

那么美。

我知道这是阿缺在向我告别。

我笑了起来。

"再见,阿缺!"我转过身,向饽饽寺的方向挥了挥手。

愿你在最后的时光,欣赏到更多的美好。

毕竟,和你一样,我们都很喜爱他。

这世界,这人间。

骰精

骰之目

东都陶化里有空宅，大和中，张秀才借得肄业。常忽忽不安，自念为男子，当抱慷慨之志，不宜恇怯以自软。因移入中堂以处之。夜深欹枕，乃见道士与僧徒各十五人从堂中出。形容长短皆相似，排作六行，威仪容止，一一可敬。秀才以为灵仙所集，不敢惕息，因伴寝以窥之。良久，别有二物展转于地，每一物各有二十一眼，内四眼刻刻如火色，相驰逐，而目光眩转，砉割有声。逡巡间，僧道三十人，或驰或走，或东或西，或南或北，道士一人独立一处，则被一僧击而去之。其二物周流于僧道之中，未尝暂息。如此争相击拚，或分或聚。一人忽叫云："卓绝矣！"言竟，僧道皆默然而息。乃见二物相谓曰："向者群僧与道流，妙法绝高，然皆赖我二物成其教行耳，不然，安得称卓绝哉！"秀才乃知必妖怪也，因以枕而掷之。僧道三十人与二物一时惊走，曰："不速去，吾辈且为措大所使也。"遂皆不见。明日搜寻之，于壁角中得一败囊，中有长行子三十个并骰子一双耳。

——唐·张读《宣室志》

咚咚咚!

咚咚咚!

遥遥的,大鼓响了起来。

在这春风沉醉的夜晚,深沉的大鼓声连绵响起,撩拨着人的心弦。

晚春,天气逐渐热起来,门外各色花朵绽放,争奇斗艳。

高大的槐树,开出雪白的花串,嘟嘟嚷嚷的,在灯光的映衬下,格外美。

天空中流云起伏,星斗璀璨。有风,但一点儿都不冷。吹在脸上,凉凉的,痒痒的,夹杂着花草的清香。

隐隐传来欢笑声、打闹声、歌声、锣鼓声还有小贩的叫卖声。

一年一度的大鼓祭来了。

这是黑蟾镇一带最为隆重的节日之一。

生长在这里的人们，特别喜欢隔壁山上的狸妖，认为田里庄稼丰收都是拜狸妖所赐，故而每年都会举办盛大的庆祝活动，敲响大鼓，向狸妖表示感谢。

大鼓祭会持续好几天，黑蟾镇无论男女老少，都会汇聚一堂，在大湖边的干净沙滩上，生起篝火，吃吃喝喝，唱歌跳舞。

今年的大鼓祭和以往不同。

因为迁徙过来了许多村民，镇上的人商量后，决定邀请新来的村民一起参加，所以四面八方前来游玩的人络绎不绝。

周围的小商小贩听闻这个消息，也都早早赶来。

不光是沙滩，整个黑蟾镇，大街小巷，到处披红挂绿，各种摊子、各种特产，应有尽有，还有杂耍、旱船、木偶、魔术等许多不常见的表演，热闹得无以复加。

这样惬意的晚上，换上干净、舒爽的衣服，趿拉着木屐，加入欢乐的人群，喝喝酒，吃吃小点心，听听戏，跳跳舞，该是何等的惬意！

可惜，本少爷哪儿也去不了。

前段时间因为远行去饽饽山，回来后就感冒发烧，哮喘病也犯了，不得不在家里躺了一个多星期。

烧虽然退了，可一直打喷嚏，鼻涕直流，难过得要命。

滕六那家伙，早早出去摆摊了。

家里开的百货店，生意一日不如一日，经营惨淡，滕六说再不努力，恐怕迟早要关门歇业。

要我说，这样的店面，一直半死不活，赚不了几个钱，每日打理起来又麻烦，真不如关了。

每次这么说，滕六都会火冒三丈，骂我是败家子。

何苦呢。

朵朵和雨师妾更过分!

从早上开始,两个人就商量着穿什么衣服去逛夜市。

将房间里的大樟木箱子搬出来,花花绿绿的衣服挂满了院子里的晾衣绳,然后一件一件试,连做饭的心思都没有了。太阳落山后,两个人打扮得花枝招展,嘻嘻哈哈地出去了。

"少爷,你好好看店哦,我们给你带好吃的。"

"是哦,生病去不了,真是可怜。"

…………

如此让人生气的话,让本少爷连吃晚饭的心情都没有了。

唉。听着外面的鼓声,我有气无力地坐在高高的柜台后面,双手捧着脸,低头看一本纸页泛黄的书。

书是从爷爷的书房里随便拿出来的,年代久远,写的都是些奇奇怪怪的事物,还有非常夸张的插图,适宜打发时间。

可我哪有心思看书呢?一颗心,早就飞到外面了。

身体快点儿好起来吧!我一面看书,一面内心如此猛烈地祈祷着。

听见脚步声。

有人来了。

不用抬头,我就知道肯定是客人。

能从脚步声判断对方的身份,是我这一年多来练就的本事。

对方进了门,高大的身影在灯光的映照下,投到了我的书上。

"一间破铺子。"对方如此说。

声音很难听,沙沙的。

"对！一间破铺子。"另一个声音应和。

竟然是两个人。

"又小又破。"

"对！又小又破！"

"不知道能不能买到我们需要的东西呢。"

"对！不知道能不能买到我们需要的东西呢。"

聒噪的家伙！我暗道。

"有蛤蜊油吗？"对方说。

"对！有蛤蜊油吗？"另外一个应和。

我家的百货店，什么东西都卖，大到耕地用的犁，小到针头线脑，应有尽有。

蛤蜊油，自然有。

所谓的蛤蜊油，是一种廉价但十分好用的护肤品，外面用天然的蛤蜊壳盛放。我们这里叫擦脸油。

黑蟾镇这里是山区，农活很多，山风也大，风吹日晒，很多人的皮肤都会干裂、脱皮，抹上一点儿擦脸油，既舒服又香喷喷的，大家都爱用。

单从这一点，我可以判断这两位客人，不是本地人。

"有。"我头也不抬，有气无力地从抽屉里取出两个蛤蜊油，放在柜台上，"两个，一角钱。"

"这么便宜呀。"对方沙沙地说。

"对！这么便宜呀。"

"有贵的。"我打了个哈欠，"大上海进来的雪花膏，一块银圆一盒。"

"蛤蜊油也要，雪花膏也要，都要两个。"对方说。

"对！蛤蜊油也要，雪花膏也要，都要两个。"

好啰唆哦。

我又取出两盒雪花膏，放在柜台上。

依然低头看书。

实在不想看这两个讨厌的家伙。

啪嗒。

有东西被丢过来，落到我的书上。

豆子大小，闪闪的，黄灿灿的。

我看了一眼，顿时愣住了。

这应该是金豆子吧！

黑蟾镇一带，有些溪流里有金脉，偶尔能见到这种东西。

"喂，钱不用找啦，麦芽糖给我们来两块就行。"对方说。

"对！钱不用找啦，麦芽糖给我们来两块就行。"

实在是大方的客人呀！

我收起金豆子，转身抓了一把麦芽糖，用藤纸包了，抬起头，递过去："承蒙惠顾！你们……"

哎呀！

看到对方的一瞬间，我目瞪口呆。

脊梁骨上直冒冷气，鸡皮疙瘩掉了一地！

柜台前站的这两个客人，足有两米多高，打扮一模一样，穿着一身红色的宽大袍子，拢着两手。

四四方方的脑袋，一根头发也没有，圆圆的嘴巴，没有鼻子。

恐怖的是，那张脸上，全是眼睛！

叽里咕噜乱转的眼睛！

妖……妖怪！

我吓得差点儿瘫倒。

"嘿嘿嘿，是不是没见过我们这样的？"左边的这个笑起来，身体探过来，凑到我的跟前。

"对！是不是没见过我们这样的？"右边的那个，以同样的语调和动作，逼近我。

救命呀。

我心里大喊，但身体已经完全不听使唤。

"谢谢啦。"左边的这个，抓起蛤蜊油、雪花膏和麦芽糖，笑了一声，转身就走。

"对！谢谢啦！"右边的那个，跟在后面。

"这鬼地方真难过，又干又热，我身上都快要裂开了。"

"对！这鬼地方真难过，又干又热，我身上都快要裂开了。"

"涂上这个，应该会很舒服。"

"对！涂上这个，应该会很舒服。"

"今晚能睡个好觉了。"

"对！今晚能睡个好觉了。"

"看到那家伙的模样了吗？哈哈哈，吓坏了，简直太好笑！"

"对！吓坏了，简直太好笑！"

"应该很好吃吧。"

"对！应该很好吃吧。"

…………

两个家伙，并排走出店门，聊着天，大步流星，消失在夜色中。

我的妈！

我一屁股瘫倒在椅子上,才发现自己后背的衣服彻底湿透了。

黑蟾镇一带的妖怪,我比较熟悉,从来没见过这么可怕的!

肯定是外来的!

嗒嗒嗒。

又听见了脚步声。

难道回来了?!

我赶紧抄起柜台后的一根木棒,那是平时用来抵门的,又粗又结实。

难道是回来要吃我?

我闪身躲在门后边,紧紧握着木棒,高高举起。

想吃本少爷,没门儿!

即便是被吃……也要你们付出代价!

我喘着粗气,聚精会神看着门口。

嗒嗒嗒。

嗒嗒嗒。

果然来了!

就在对方跨进来的瞬间,我果断地抡起木棒砸下去!

咣!

又沉又硬的木棒,狠狠地砸到了对方的脑袋上。

"哎呀!"对方惨叫一声,抱着脑袋,在地上打起滚儿来。

这个……

看着毛毛虫一样痛苦扭动的家伙,我目瞪口呆。

"笨蛋少爷!你为什么要打我?!"

是咚咚山狸妖首领团五郎。

穿着骚包的红色小褂，踩着木履，拎着一个小小的包裹前来拜访的团五郎。

被我一棍打倒。

"实在是……实在是对不住呀。"我扔掉木棒，把团五郎扶起来。

这家伙嘴歪眼斜，脑袋上鼓起了一个巨大的包。

"真是笨蛋呀！"团五郎翻着白眼，"听说你生病了，我好心好意带来灵丹妙药，刚进门，就挨了你一记闷棍！咱们俩绝交！"

我哭笑不得："怪我，是我弄错了。我以为你是妖怪呢。"

"我就是妖怪呀！这是什么混账借口！"

"我的意思是说……我以为你是刚才来的那两个可怕的妖怪呢。"

"可怕的妖怪？"团五郎扶着椅子坐下，捂着头，"什么意思？"

"就在刚刚，来了两个妖怪，脸上长满了眼睛！"

"噫！"团五郎来了兴趣，似乎连疼都忘记了，"你确定？"

"当然了，看得清清楚楚的，脸上长了二十一只眼睛！"我说。

本少爷过目不忘，记忆力很好。尽管当时只有一瞬间，我还是准确数出了眼睛的数量。

"这么多眼睛！"团五郎皱起眉头，"我们这一带，没有这样的妖怪。"

"是呀，我也这么想，肯定是外来的。"

"他们找你干什么？"

"买蛤蜊油、雪花膏,哦,还买了麦芽糖。然后给我了这个。"我把金豆子拿出来。

团五郎接过去,仔细看了看,又闻了闻:"这是咚咚溪里面的金豆子。"

咚咚溪是咚咚山下面的一条小溪,出产质量上乘的黄金。

"好呀,这两个家伙跑到我的咚咚溪里淘金豆子!招呼都不打一声,很不礼貌!"团五郎很生气,"还有,竟然还敢吓唬我们笨蛋少爷,我绝对不会放过他们!"

"别马后炮了,人家已经走了。"我给团五郎取来专治跌打损伤的药膏,涂抹在他的大包上。

"我们这里,很少有外来的妖怪。"团五郎忍着疼,龇牙咧嘴地说。

的确如此。黑蟾镇这一带,妖怪很多,但地盘意识很强,外来的妖怪很难立足。

"应该是流窜过来的。"我说。

"世道真是越来越乱了。"团五郎说,"自从搬迁过来不少的村子,人多了,稀奇古怪的东西也多了。"

他说的稀奇古怪的东西,应该包括外来的妖怪吧。

"还好笨蛋少爷没事。"团五郎打量了一下我。

不愧是我手底下第一能干的小弟,对本少爷忠心耿耿。

"这么晚了,你来干吗?"我扯了个凳子,坐下。

"刚才说了呀,给你送药。"团五郎解开那个小包裹,从里头掏出来一个小木盒,里面装着几枚手指头大小的黑色药丸。

看起来不起眼,不过散发出很好闻的香气。

"这东西,能吃吗?"我捏起一个问道。

"少爷！别不识好歹！"团五郎怒了，睁着眼睛看着我，"这可是稀罕的东西！"

"怎么稀罕了？"

"听说你病了，我特意翻山越岭，去云蒙山向素娥大人求来的！素娥大人听了，十分挂念你，特意取出最宝贵的丹丸！这东西好着呢，吃一颗，绝对药到病除！"团五郎大声解释。

素娥大人是花月之精，原本生活在这一带，后来嫁给了云蒙山的山神景光大人。她是我很好的朋友。

既然是素娥大人的药，那应该没问题了。

我把药丸丢进嘴里，喝了一口水，咽下。

一股热乎乎的暖流在身体里蔓延开来，原本的不适顿时一扫而光。

"不错吧？"团五郎说。

"很……厉害呢！"我竖起大拇指，"药到病除！"

"那当然！"团五郎笑了起来。

"有这样的好药，为什么不早送过来？"

"没办法，忙呀。"团五郎挠了挠头，"一年一度的大鼓祭，我们狸妖是主角。"

是了。大鼓祭，很多狸妖也参加的，他们会变化成人的模样，组成浩浩荡荡的队伍，来黑蟾镇表演。

"今年的大鼓祭尤其盛大，参加的人也多，据我估计，能有一两万人。"

"那么多？！"我瞠目结舌。

"还不包括那些流动的小商小贩们呢。"团五郎说，"既然大鼓祭，我们就要保证顺利进行，不能出乱子。所以我安排手下四处值守,防止有些人来搞破坏。"

"真是辛苦啦。"

"今天我也是抽空来的。等一会儿还得走。"

"去哪儿?"

"夜市呀。"团五郎说,"今年几个村子商量,搭起了夜市,哎呀呀,真是太好看了。在镇北的大街,两旁全都是摊位,吃的喝的玩的什么都有,上面挂满了五颜六色的灯笼,还有烟火表演、魔术、傀儡戏……总之,好玩得很!"

我听得心花怒放。

"少爷没去过?"团五郎见我一脸神往的样子,问道。

我哭丧着脸:"本少爷悲惨极了,一直被圈在家里呀。"

"那就过分了。"团五郎说,"滕六他们真是过分,自己快活,让少爷看店。"

"他们……快活?!"

"是呀。滕六在酒馆里喝酒呢,我来的路上还看到朵朵和雨师妾大人,两个人在买衣服。哎呀呀,女人呀,真是……"

太过分啦!

即使是脾气很好的本少爷,此刻也出离愤怒了!

"我要出去!"我噌的一下站起来。

团五郎吓了一跳:"去哪儿?"

"当然是夜市啦!这么热闹,我可不愿意待在破店里!"

"可是少爷,万一滕六他们……"

"别管他们了!这帮家伙!"

"那你的病……我是说万一出去,再伤风感冒的……"

"刚才不是已经吃了灵丹妙药了嘛!本少爷现在感觉好

极了！"

"真要出去呀？"

"必须要！气死我了！"

我收拾一下，穿好衣服，拿了根手杖，趾高气扬出了门。

黑蟾镇眼下已经成了欢乐的海洋。到处都是欢声笑语的人群。空气中弥漫着各种花香以及各种佳肴的美妙气味。

我和团五郎一边走一边看，当然了，少不了买东西、吃吃喝喝。

"笨蛋五郎，这个看起来很好吃哦。"

"少爷，烤蚕蛹有些重口味。"

"来十串！"

…………

"少爷，河豚还是别吃了吧，万一中毒……"

"老板，给我来两条！"

…………

"少爷，这样的花灯，是给两三岁的孩子玩的！"

"管他呢！本少爷觉得漂亮！老板，来两盏！"

…………

一路走下来，很快，我怀里抱满各种各样的东西，连跟班团五郎也收获颇丰。

"这里就是夜市吧？"走到街口，迎面是黑压压的人群。

"是了，这是整个大鼓祭最热闹的去处。"

"去看看！"

我和团五郎挤在摩肩接踵的人群里，努力向前。

两旁都是各种各样的摊位，新鲜极了。

我们先是在捞金鱼的摊位捞了一通金鱼,接着吃了一顿丰盛的烤羊肉,又喝了两碗梨汤,累得实在走不动了,决定找个地方歇息一下。

"前面干什么的,这么热闹?"一抬头,见一个草席棚子下,人满为患。

团五郎看了一眼:"外来的老头儿,卖大力丸的。"

"大力丸?"

"一种吃下去让人身体健康、力大无比的药丸,十有八九是骗人的。"

"看看去。"

好不容易挤到前方,果然看见草棚里面摆了个摊子。

地上铺着一片巨大的毛毡,毛毡上摆放着一袋袋药丸。一个六七十岁的老头儿坐在中间,背后放置着一个木架,上面有很多竹筒,竹筒里面插着卷起来的纸片,不知道是干什么的。

老头儿穿着一件黑色的短褂,红光满面,抽着烟锅,手上落着一只小巧漂亮的黄鹂。

我没见过卖大力丸的,想看看到底玩的是什么把戏。

"师傅,给我看看吧。"有个老太太凑了上去。

是灯花婆婆。

灯花婆婆是镇子里的裁缝,大家做衣服都找她,五十多岁了还每晚点着油灯缝缝补补,所以大家都叫她灯花婆婆。

"你先别说你的病。"老头笑了笑,一抖手,那只黄鹂飞到了灯花婆婆身上,这里啄啄那里啄啄,然后扑棱着翅膀飞到架子上,从一个竹筒里叼出个纸卷,放在老头手中。

老头展开纸卷,对灯花婆婆道:"妹子,你是不是腰椎、颈椎不好,经常头晕眼花?"

"太神了!是这样!"灯花婆婆大声说。

周围顿时响起了惊叹声。

什么都没问,光凭那只鸟儿就能诊断出病症,的确神!

"巧了,我这里有专门的药,你拿回去吃上半个月,保准好。"老头儿从毛毡上拿起一个袋子,"祖传的灵丹妙药,药到病除!"

"多少钱?"灯花婆婆说。

"一块大洋。"

"有点儿贵,不过我信你。"灯花婆婆付过钱,取了药,走了。

灯花婆婆的脾气我了解，绝对不可能是这老头儿的托儿，看起来这老头儿是真有本事。

接下来，不少人也上前询诊问药，老头儿都抖出那黄鹂，不但判断出来的病症十分准确，而且让买药的人个个满意而归。

很快，老头儿面前的小木盒里就堆满了银圆。

"扁头师傅，别卖药了，耍耍把戏吧！"有人喊了起来。

应该是光顾过的熟客了。

老头儿收起钱盒，道："好，今天大家捧场，小老儿便免费让大家乐呵乐呵，老节目，老规矩，十个人！"

"啥意思？"我问团五郎。

"这老头儿每次卖了药之后，就会免费给人推算运气。"

"推算运气？"

"是，很灵验的。"团五郎说，"昨天我试过一次，老头儿说我今天要挨揍，结果真的挨了你一棍子。"

说话间，推算已经开始了。

只见他小心翼翼地从裤带上解下一个皮囊，抖落出两颗骰子来。

所谓的骰子，就是色子，这玩意儿我见过。黑蟾镇不少男人闲暇之余都会掷色子赌博。

但是老头儿的这两颗色子，和我见过的不一样。

它们比寻常的色子要大，小核桃一般。材质应该是骨头的，至于什么骨头，看不出来。年代久远，通体呈赤红之色。

"两颗色子，怎么推算运气？"我问团五郎。

"掷色子，根据出来的点数，老头儿来推断。"团五郎说。

现场十分热闹，眨眼工夫就有好几个人蹲在老头儿跟前掷色子，然后听老头儿嘀嘀咕咕说了一番，便带着或高兴或疑惑的表情离开了。

"还有一位，最后一个名额哈！"老头儿大声喊。

"我我我！"我赶紧举起手。

这样好玩的事儿，本少爷当然要参加，何况还是免费的。

"是文太少爷，大家让给文太少爷吧。"人群里有人喊。

看来本少爷人缘不错。

"大家别跟笨蛋少爷争哈！"

哎哟！这话就过分了哦！

我挤过去，坐下来。

"请掷色子。"老头儿说。

我把那两颗色子拿在手里。

沉甸甸的，滑溜溜的，手感很好。

晃了晃，掷出去，一个两点，一个一点，一共三点。

老头儿看了看点数，又仔仔细细看了看我的脸。

"文太少爷是吧，你今天大大不妙，有厄运！"

我大吃一惊！

不过我很快产生了怀疑：本少爷运气一直都不错，再说这都晚上了，一天快过去了，怎么会有厄运呢？

老头儿抽了一口烟锅，顿了顿，说："给你提个醒，今天不要沾赌博。"

更不可能了！本少爷从来不赌博。

骗人的！肯定骗人的！

"好啦，今天老头子我要收工了，谢谢大家。"老头儿说完，装好那两颗色子，收拾摊位，在一片叹息声中，高高兴兴地背着包裹走掉了。

"少爷，怎么样？"团五郎问我。

我把老头儿的话说了一遍，团五郎目瞪口呆："厄运呀！那你可要小心了。他很灵验的。"

"小心个屁，完全不靠谱！"我说。

因为这事儿，本少爷心情不太好，也没心思逛了，带着团五郎准备回家。

转过街口，走了一段路，看见野叉垂头丧气地走过来，一边走一边哭。

"野叉，怎么了？"我拦住他，问道。

"少爷，我家要完了。"野叉说。

"要完了？"见他说得很严重，我愣了一下，"怎么回事？"

"我家宅子、酒馆，全都没了。"

"着火烧了？"我抬头看了看。

野叉家的宅子和酒馆就在不远处，看起来好好的呀。

"我要无家可归了，少爷。呜呜呜呜。"野叉抹着眼泪。

"怎么回事呀？！"我生气道。

野叉在路边的石头上坐下，哭哭啼啼向我详细说了一通。

事情是这样的——

这几日大鼓祭，所有人都给自己放了假，吃喝玩乐，野叉家却不一样。

野叉的老爹竹茂是黑蟾镇唯一的巡警，镇里来了这么多人，其中很多还是情况不明的外来户，所以竹茂忙得晕头转向，直到今天，他跟人交班，才有了空。

天刚黑，竹茂就换了衣服，带着野叉四处玩，在村口石桥附近,看到不少村里的男人鬼鬼祟祟的,三五成群往林子里跑。

竹茂觉得蹊跷,跟踪过去,发现林子里不知什么时候搭了个小小的茅棚,里面挤满了人。

这帮人在赌博。

坐庄的是个外来人,年纪五十岁左右,是个干瘪精瘦的老头儿,瘸了一条腿,眼睛也瞎了。

这老头面前放着各种赌具,什么牌九、色子、纸牌等等,花样繁多。

参与的人,大多都是黑蟾镇的。

可能大家觉得老头儿是个瞎子,极为看轻,想着占占便宜,哪想到老头儿刚开始输了不少钱,但随后立刻反转,迅速将这帮家伙的钱全赢走了。

"大家就急了,纷纷提高赌注,最后……"野叉叹了一口气,"血本无归!"

"然后呢?"

"我爹看不过去,也参与了。他虽然是个巡警,但喜欢赌,而且手法很好。"

"输了?"

"输得精光。"野叉说,"我爹的脾气,文太少爷你也清楚,一根筋,气得面红耳赤,额头上的青筋都绽出来了,索性脱下衣服,把小酒馆押上了。"

"然后呢?"

"输了。又把家里的宅子押上了,也输了。"野叉抹着眼泪,"全都输了!少爷,我家要完了。"

野叉呜呜呜哭起来。

我听得既伤心又生气!

伤心的是,野叉一家跟我感情都很好,他爷爷木场老爹、他爹竹茂叔叔对我一直照顾有加,野叉是我最好的朋友。他家的那个小酒馆还有宅子,存留着我不少快乐的记忆。

尤其是小酒馆,那是黑蟾镇所有人喜欢的地方,木场老爹经营了几十年。

生气的是,竹茂叔叔这个笨蛋,怎么能这么意气用事呢!

赌博,是件极其不对的事情!他竟然去参与了!

关键是,还输了!

"那个老头儿虽然又瘸又瞎,但是一双手极其灵活,很厉害!这几天,不光是我爹,镇子里很多人都输得倾家荡产。"野叉补充说。

"不会是出老千吧?!"我突然想起了什么。

这种事儿,爷爷曾经跟我说过。十赌九骗,有些人经常用一些别人识破不了的作弊手段,将对方的所有财产都赢过来。

"应该不太可能。"野叉说,"我爹和镇子里的不少人都精通此道。他们专门研究过,没有发现这老头儿的任何破绽。"

听到这里,我顿时好奇心爆棚。

"团五郎,咱们走。"我说。

"少爷,你这是……要去哪儿?"

"当然是去见识见识那个大骗子!"我怒道。

"你要去……"团五郎明白了,"少爷,你忘了刚刚的事情了?"

"什么事情?"

"刚刚,卖大力丸的扁头师傅可是告诫过你,你今天有厄运，而且特意提醒你，让你不要沾赌。"

"我就去看一看，没什么问题！"我说。

在我的坚持下，团五郎和野叉跟着我向村口走去。

喧嚣和欢笑声逐渐被抛在身后，等到了村口，夜色之下，已经很少见到行人了。

跨过石桥，往前，是一段坡道。

这里是镇里人外出的必经之路，道路宽阔、洁净。两旁开着大朵大朵的山茶花，清风之下微微摇曳。

"在哪儿？"我问。

野叉指了指旁边的一片桦树林。

沿着坡道上的小路往前走，过了一会儿，果然看到前方新搭建了一个茅棚，外面用芦苇编制的席子遮盖，缝隙中露出灯火。

三三两两的男人，或者抽着烟，或者拢着手，从上面下来，一个个愁眉不展，看起来都输得够呛。

费力地爬上土坡，到了茅棚门前，野叉掀起门帘。

我抬脚进去，差点儿被迎面呛死。

屋里面黑压压坐满了人，乌烟瘴气。

在中央位置，铺着一张干净的席子，上面坐着个老头儿。

他五六十岁的年纪，穿着一件洗得发白的长褂，盘腿坐着，光溜溜的脑袋。一条腿粗一条腿细，应该是先天的残疾。老头儿双目凹陷，额头奇高，下巴突出，枯瘦如柴。

他坐在那里，脸上带着笑，一双手不停地发牌。

那双手，白净、柔软、细嫩，看起来根本就不像老人的手，动作麻利，行云流水。

这家伙，就是野叉说的那个人了。

我站在旁边看了一会儿。

一炷香的时间,老头儿就赢了七八个人,面前堆满了银圆。

输了钱的人垂头丧气,咒骂着离开了。

我走到前头的空位上,坐下。

"呀,文太少爷?你怎么来了?"有人惊讶地说。

"我怎么就不能来了?"我翻了个白眼,看了看老头儿,"怎么玩呀?"

"随便,少爷你想玩什么,就玩什么。"老头儿笑着说。

他很客气,甚至有些彬彬有礼。

他面前的那些东西,我还真不会玩。除了……色子。

"那就掷色子吧。"我说。

"听少爷的。"他笑了一下,"请先下注。"

哎呀,这个倒是疏忽了。本少爷全身上下一个铜板都没有。

刚才买了那么多东西,早花光了。

或许感受到了我的窘状,老头儿笑了两声,说:"不下注,是没法玩的。不过既然是少爷,我就破例一次,可以先记账。"

"行。比大小。"我兴致高昂地拿起了色子。

摇晃了一下,掷出去,一个五点,一个六点。

本少爷看来运气不错!

老头儿也掷了色子,两个五点。

"少爷赢啦!"团五郎欢呼起来。

"少爷手气很好。"老头儿笑了笑,把十块大洋放到我跟前。

"这么多?"我有些惊讶。

"这里的规矩,一手十块大洋。"

"好，那继续吧。"

……………

一连十手，本少爷都赢了。

看着面前一堆白花花的大洋，我高兴极了。

"老头儿，听说野叉家的酒馆和宅子都输给你了，是吗？"我问道。

"是呀，地契还在这里呢。"老头儿打开身边的木盒子，指了指。

我看了一眼，果然看到了地契。

"不如咱们来一把大的，如何？"我说。

"什么叫一把大的？"老头儿抬起头。

那双凹陷的眼睛"看"着我。

"接下来一把，如果我赢了，你把野叉家的酒馆、宅子的地契给我，如果我输了，我这些钱给你。"

"这可不行哦。"老头儿摇了摇头，"我打听了一下，他家的宅子和酒馆，可不止值一百块大洋，起码……起码两三百呢。"

好像是。

"少爷，你说的这个，对我来说不公平。"老头儿说。

的确……有些不公平。

"那怎么办？"我问。

老头儿想了想，道："少爷再拿出一百块大洋，就可以了。"

"我没有一百块大洋。眼前的这一百块，还是赢你的。"

"这有些麻烦了。"老头儿挠了挠脑袋。

"文太少爷家有百货店的。"不知是谁喊了一句。

"哦，这倒是可以。"老头儿笑着对我说，"如果一百块大洋,加上少爷你家的百货店,我同意玩一把。"

要押上我家的百货店?!

我心里一紧。

有些麻烦了。如果赢了倒是好说,可万一输了……滕六、朵朵估计会很生气,即便是他们饶了我,我那个爷爷倘若回来……

死定了!

不过……如果不玩,怎么帮野叉赢回他家里的宅子和酒馆呢。

看着野叉那张带着泪水的脸,本少爷心里一横——

"好!老头儿,那就这样!"

"笨蛋少爷,你疯了?!"团五郎吓了一跳,拉住我的手,"不能这样!"

"放心吧,今晚本少爷的手气很好!"我信心满满。

"请掷色子。"老头儿把两颗色子递过来。

我吹了口气,晃了晃,丢下来。

一个五点,一个六点。十一点!

哈哈,本少爷运气满满!

"老头儿,把地契给我吧!"我笑着伸出手。

"慢着。"老头儿说,"我还没掷色子呢。"

"你只有掷出十二点才能赢我,概率太小了。"

"总要试试嘛。"他拿起色子,晃了晃,丢下来。

嚯!

茅棚里所有人都倒吸了一口凉气。

干净的芦席上,两个色子明晃晃地摆在那里——十二点!

竟然是十二点!

"看来是我赢了。"老头儿呵呵一笑,伸出手,摸索着把我面前的大洋全部拿回去，然后说，"少爷的百货店，归我了哦。"

我双眼一翻，差点儿晕倒在地。

"笨蛋少爷！早就提醒你了！"团五郎急得要哭出来。

我也想哭，可是欲哭无泪。

百货店没了，滕六、朵朵、爷爷，饶不了我。

本少爷犯下了弥天大罪。

"少爷还玩吗？"老头儿笑着问。

"啊？"

"少爷还想继续吗？"

当然啦！我得把百货店赢回来，还有野叉家的宅子和酒馆！

"我……没有钱了。"我耷拉着脑袋。

"少爷家，应该也有房子吧。"老头儿顿了顿，来了一句。

房子……是哦。

的确有房子。那么大的一个院子。

但是……

"我听说文太少爷家的宅子倒是挺大，算一算……"老头儿伸出那双白净柔软的手，"应该至少值一千块大洋。"

他笑了一声："如果以这个当抵押的话，能玩好几把呢。运气好的话，还能把你的百货店赢回去。"

"笨蛋少爷，别听他的！"团五郎低声对我道。

"好！"我大喝一声，"继续！"

"笨蛋少爷！"团五郎抓住我的手，"不能再玩了！"

"没办法，赢不回百货店的话，你知道后果吗？"我问团五郎。

"可是……"

"没什么可是了,眼下是最好的办法。"我说。

接连玩了四把。

在一片惋惜声中,我一屁股瘫倒在地。

四把……全输了!

众目睽睽之下,竟然全输了!

"好啦,少爷家的宅子也归我了。大家都看到了,想必少爷也不会赖账,请少爷回去准备一下,明天我就搬进去。"老头儿笑了笑,"我到处流浪,现在也算是有个可以落脚的地方了。"

我的宅子……

一想到满是鲜花的庭院、雪白的围墙、我那舒服的卧室……全都要归这老头儿所有,本少爷的心在滴血!

卖大力丸的扁头师傅算得很准,本少爷今天的确有厄运。

我失魂落魄地站起来,往外走,两条腿如同踩在棉花上。

输了,输了。

"少爷家的宅子也归我了。"

头脑中,都是这样的话。

团五郎和野叉搀扶着我,沉默不语。

我后悔极了。

"少爷,实在是对不起。要不是为了我……"野叉哭起来。

"是我自己的决定,和你没关系。野叉,不好意思,没能把你家的宅子和酒馆赢回来。"

呜呜呜。野叉号啕大哭。

"少爷,这事情怎么解决呀?"团五郎昂头看着我。

我怎么知道!

本少爷现在心里乱得很。

"要不……我和蛤蟆吉他们商量商量，看有没有什么办法……"团五郎说。

能有什么办法！

来到三岔路口，我们三个分手告别。

野叉哭哭啼啼地回去了，团五郎也垂头丧气地回咚咚山了。

至于本少爷我，忐忑不安、心如死灰地到了家。

院子里静悄悄的。滕六、朵朵、雨师妾还没回来。

没回来好，不然我真不知道怎么向他们解释。

"你们收拾收拾吧，宅子和百货店被我输给别人了。"诸如此类的话，我说出口，他们三个能打死我。

真是……可怜呀。

我趴在百货店的柜台上，呜呜呜地哭起来。

后悔呀。万分后悔呀。

"喂，小孩儿，有蛤蜊油吗？"有人沙沙地说。

"没了！"心烦的我大声说道。

"脾气这么差，可不好哦。"

"对！脾气这么差，可不好哦。"

这样的话，让我陡然惊坐起来。

是那两个妖怪！

两个家伙并排站在柜台前，拢着手，昂着头。

脑袋四四方方，脸上长着二十一只眼睛的妖怪。

"刚在你这里买的雪花膏不太好，但蛤蜊油很好用！抹上了之后，舒服！"

"对！抹上了之后，舒服！"

两个妖怪一唱一和。

"明天我们就要离开了,所以想多买一点儿。"

"对!想多买一点儿。"

"来五个,不,来十个,不,有多少我们买多少!"

"对!有多少我们买多少!"

我昂着头,张着嘴,盯着他们。

"这家伙不会是个傻子吧?"左边的问右边的。

"对!这家伙不会是个傻子吧?"右边的回答说。

好烦哦。

"对不起,不卖。"我说。

"你很过分哦!"左边的生气起来,指着货柜,"明明里面有不少蛤蜊油!"

"对!明明里面有不少蛤蜊油!"右边的也一脸生气的样子。

"是有很多,但是不能卖了。"我叹气。

"为什么?"左边的问道。

"因为这家百货店已经不是我的了。"我说。

"你难道不是百货店的主人吗?"

"以前是,但是刚刚不是了。"

"噫!这就奇怪了。为什么刚刚就不是了呢?"

"因为……"我叹了一口气,把事情说了一遍。

"不光光是百货店,连宅子都输给那个老头儿了。所以这里的东西现在不是我的,是人家的。没有人家的同意,我是不能卖给你们的。"我说。

"这样呀……"左边的家伙挠了挠头,有些为难,"但是明天的话，恐怕来不及。我们明天就走了。"

"对！我们明天就走了。"

"一定得今天买。"

"对！一定得今天买。"

"我们的身体经常会干裂，必须要及时涂上滋润的东西。我们从来没有用过这么好的蛤蜊油！"

"对，我们从来没有用过这么好的蛤蜊油！"

"所以，拜托！"左边的家伙，给我深深鞠了一躬。

"对，拜托！"右边的家伙，来了个同样的动作。

"可是我也没办法呀。"我摊了摊手，"事情你们都了解了。蛤蜊油现在不是我的东西。"

"真是难办呢。"左边的家伙满脸的眼睛叽里咕噜乱转，然后对右边的家伙嘀嘀咕咕了一通。

右边的家伙直点头。

"我们想了一个办法。"左边的家伙叉着腰对我说。

"对！我们想了一个办法。"右边的家伙笑道。

"什么办法？"

"你已经把百货店、宅子都输给了那个老头儿，是不是？"

"是的。"

"如果我们帮你赢回来，百货店就是你的了，蛤蜊油也是你的。对不对？"

"对。"

"这样一来，你是不是就能卖给我们蛤蜊油了？"

"应该是这样。"

"那就好办了。"左边的家伙笑了笑，"我们帮你赢回来！"

"对！我们帮你赢回来！"右边的家伙大声说。

"怎么赢？"我摇了摇头，"那家伙手法很高，很厉害的，绝对不可能赢的。"

"在这世界上，应该没人能赢得了我们俩。"左边的家伙得意地说。

"对！没人能赢得了我们俩。"右边的家伙直点头。

"听我的，没错。"左边的家伙说，"你跟他掷色子，不过，要用你自己的色子。"

"自己的色子？我没有色子呀！"我说。

"这不就有了！"左边的家伙拍了拍右边的家伙。

嘭的一声响！

两个家伙在我面前消失了。

而在柜台上，出现了一对色子！

比寻常色子要大，因为年代久远，通体赤红，温润如玉。

这对色子我认识，就是卖大力丸的扁头师傅的那一对呀！

我明白了！

这两个长着二十一只眼睛的妖怪，原来就是色子呀！

色子六面的数字，加起来，正好是二十一。

"行动吧！"我把它们放在口袋里，出了门。

虽然不确定这两个家伙靠不靠谱，但总得试一试。

一路小跑，来到茅棚前，我累得气喘吁吁。

掀开门帘走进去，里面依然人满为患。

老头儿的生意看起来很好。

"文太少爷？怎么又来了？"

"对呀。刚刚才把百货店和宅子全输了。"

众人议论纷纷。

"我要赢回来!"我一屁股坐在老头儿对面,沉声道。

"欢迎欢迎。"老头儿笑了笑,"请先下注。"

天!

我呆了。

是呀,所有东西都输了,我拿什么下注?

"不下注,可玩不了哦。"老头儿笑道。

"少爷!"身后传来声音。

我转过脸,发现是团五郎和蛤蟆吉。

两个家伙满头大汗,抱着荷叶做成的包裹。

"你们怎么来了?"我问。

"当然是帮你赎回宅子和百货店。"团五郎把荷叶放在芦席上,打开。

"金子!竟然是金子!"有人惊呼起来。

一包金灿灿的金豆子!

"这是……"我也很吃惊。

"这是我全部的家当了。"团五郎抹了一把汗,"当然了,阿吉也凑了一些。"

老头儿伸出手,摸了摸金豆子,掂了掂,又用牙齿咬了咬:"不错,成色很好。但是这些金豆子,还不足够赎回你的百货店和宅子。"

"这么多金子!足够了!"团五郎说。

"我说不够就不够。"老头儿嘿嘿笑了一声,"这样,少爷,我们玩一把。如果你赢了,宅子和百货店都给你,如果你输了，金子归我。"

"好！"我说。

"笨蛋少爷！"团五郎和蛤蟆吉恨不得堵住我的嘴。

"不能再玩啦！你玩不过他的！"团五郎说。

"这次不一样。"我冷哼一声，对老头儿说，"还是掷色子，但是，我有个条件。"

"少爷请说。"老头儿抱着双手，笑着道。

"我要用自己的色子。"

"我得先检验一下，谁知道你的色子有没有问题。"老头儿说。

"请便。"我把那两颗色子递过去。

老头儿先用双手检查，然后放在鼻子上使劲儿闻。

"很好的色子呀。"老头儿感叹道。

"可以了吧？"

"可以。色子没有问题。"他说。

"你先来还是我先来？"我问。

"我先来。"

老头儿晃着色子，掷出了十一点。

天！

我头晕目眩。

看起来情况不妙。

"少爷……"团五郎和蛤蟆吉已经要晕倒了。

我叹了一口气，随便抓起色子丢在芦席上，连看点数的勇气都没有了。

"万岁！"蛤蟆吉和团五郎欢呼起来。

其他人也欢呼起来。

十二点！

我竟然掷出了十二点！

赢啦！

"不可能呀，怎么可能呢。"老头儿皱着眉头，嘀嘀咕咕。

"我赢啦。"我大声说，"宅子和百货店，赎回来了。"

"是的，是的。"老头儿瘪着嘴，"这色子……"

"我要继续！"我说。

"可以。可以。"老头儿有些心不在焉。

"这把，我以宅子和百货店作注，如果我赢了，你要把野叉家的酒馆、宅子的地契给我！"

"可以。"老头儿努着嘴，"你先来。"

"好！"

我掷了一把。

又是十二点！

"干得好，少爷！"

"少爷万岁！"

茅棚里成了欢乐的海洋。

"哈哈哈，本少爷威武！"我激动地伸出手，"把地契给我！"

老头儿哆嗦了一下，不得不把地契给我："这个……不太可能呀。色子有问题！"

"你刚才检查了，说没问题的。"

"的确是……没问题，但是邪门了！"老头儿大声说。

"那我不管。我运气好。"我笑道，"还来吗？"

"当然！"老头儿明显生气了，"这些天，我差不多赢了五千块大洋，够玩好几把的。"

"好，那我就用百货店和宅子作注！"我说。

"我用一千块大洋作注！"老头儿说。

"可以！咱们来五把！"

"行！"

所有人都围了过来。

众目睽睽之下，我们两个掷起色子。

第一把，我掷出十二点。

第二把，十二点。

第三把，十二点。

第四把，依然是十二点！

"不可能！怎么可能把把都是十二点！"老头儿终于愤怒起来。

"跟你说了，本少爷我运气好！"我大笑，"还来不来？"

"当然来了！"

第五把，毫无悬念，我依然是十二点！

"赢啦！"团五郎将老头儿赢来的所有钱，搬了过来。

老头儿张着嘴巴，全身颤抖："你，你出老千！"

"色子你检查过的！"我说，"这是公平的决斗。老头儿，你输了。"

说完，我取了色子："团五郎，我们走。"

"不能走！"老头儿有些气急败坏了，"我们继续！"

"可以呀。请下注。"我说。

老头儿已经身无一物了。

他坐在那里，脸色铁青。

"这样，我们可以再玩一把。"我说，"如果你赢了，一千块现大洋归你，如果我赢了，你就要答应我一个条件。"

"什么条件？"他问。

"从今往后，你永远都不能再做这件事情！永远都不能和人赌！"我说。

"我……答应你！"

"来吧！"

老头儿取来色子，掷了一下。

两点！

"不可能！怎么可能是两点呢！我一辈子都在练习，我这一双手，几十年来每一天都在练习，我想掷出多少点，就能掷出多少点！不可能！"

"赌，不是好事情！这或许是惩罚吧。"我冷哼一声，抓起色子。

十二点！

在欢呼声中，老头儿瘫倒在地。

"以后不要再赌了！"我沉声说，"你答应我的。"

"今天，遇到高手了。"他叹了一口气，"答应少爷的，我会遵守。"

我抓起色子，站起来，看着所有人："我爷爷曾经告诉我，十赌九输，十赌九骗！沾染上了，往往会家破人亡！这是血淋淋的教训！要好好工作，不要妄想不劳而获。"

在我的注视下，这些人全都惭愧地垂下了头。

"团五郎，把大家这些天输的钱，还给他们吧。"我沉声说,"今后,所有人都不要赌啦!"
"知道啦,谢谢文太少爷!"
"谢谢文太少爷!"
一帮人千恩万谢,很多人哭出声来。
从茅棚中走出来,我心里被暖暖的东西充斥着。
宅子、百货店保住了,野叉家的地契拿回来了。
最重要的,是教育了这帮人。还有那个老头儿。
绝对不能赌呀!
我大步流星往镇子里走。
嘭!
一声闷响,随着一阵烟雾,两个家伙出现在我面前。
"少爷,今天玩得很开心呀。"
"对!玩得很开心呀。"
两个家伙并排站在我面前。
脸上长着二十一只眼睛的家伙。
"谢谢你们啦!"我深深鞠了一躬。
"不用客气啦。"
"对!不用客气啦。"
"作为报答,还请随我去百货店一趟。"
将他们带回百货店,我将所有的蛤蜊油都取了出来。
"哎呀,实在是太多啦。"
"对,实在是太多啦。"
"要不是你们,我真不知道怎么办。"我笑着说。
"小意思啦。"左边的家伙笑道,"在这方面,没人能比得上我们。"

"对！没人能比得上我们。"

"我们两个，可是八百年的色子哦！"

"对！八百年的色子哦！"

"跟着扁头四处流浪，呵呵，能来到这里，结识少爷，也是一件高兴的事。"

"对，是一件高兴的事！"

"明天我们就要跟着扁头继续流浪了。有缘的话，说不定还能相见。"

"对！有缘的话，说不定还能相见。"

"那么，就此告辞啦！"

"对！那么，就此告辞啦！"

两个家伙拿起装着蛤蜊油的袋子，大摇大摆地转身就走。

"还没问你们的名字呢！"我大声说。

"我叫阿左！"左边的家伙说。

"我叫阿右！"右边的家伙说。

这一次，倒是没重复对方的话。

看着两个家伙的背影，我笑了起来。

咚咚咚！

咚咚咚！

遥遥的，大鼓又响了起来。

嘭！

嘭嘭嘭！

干净的夜空上，绽放出巨大的焰火。

绚烂，夺目，美得让人窒息。

在这春风沉醉的晚上，即使是没喝酒，本少爷也有些醉了。

混沌

空之衣

浑沌，帝鸿氏不才子也。空居无为，常咋其尾，回转仰天而笑。

——《春秋》

昔帝鸿氏有不才子，掩义隐贼，好行凶慝，天下谓之浑沌。

——汉·司马迁《史记》

昆仑西有兽焉，其状如犬，长毛四足，似熊而无爪，有目而不见，行不开。有两耳而不闻，有人知往。有腹无五脏，有肠直而不旋，食物径过。人有德行而往抵触之。有凶德则往依凭之。天使其然，名为浑沌。

——汉·东方朔《神异经》

心，莫名其妙地发慌。

像是被一根细细的线拴着，有只手时不时地扯一下，随后就眼前一黑，心跳如鼓，全身直冒冷汗，手脚冰凉。

接着，巨大的眩晕感排山倒海般涌来。

"少爷一定是生病了。"朵朵抹着眼泪说。

似乎是生病了。

但，又不像。

自小以来，我一直体弱多病，患有严重的哮喘，因为这个原因，才被爸妈丢回老家的这栋大宅。

不过类似的心慌，之前从未出现过。

滕六不在。

前几天，这家伙收拾行李，说是要出趟远门。问他去干什么，这家伙神秘兮兮的，打死都不说。

"有些小事要处理，过几天就回来。少爷，你也老大不小了，不要像小孩子一样黏人。"他噘着嘴如此说。

谁离不开谁呀！真是的。

"我不在的这几天，要小心些。"出门前，他郑重地告诫我。

"知道了，我会乖乖的，不出去乱跑，尽量不让自己生病。"我耷拉着脑袋说。

"不仅仅是这个。"他把沉重的背包背起来，"不知道为什么，我总有一种不祥的预感。"

"什么预感？"

"笨蛋少爷呀！要是能知道，我还会说它是预感吗？"滕六翻着白眼，"可能是一种……不好的东西吧。"

废话！

"这种感觉，我很少有的。"滕六说。

的确。滕六表面上看起来是个小仆人，实际上是大天狗，很厉害的妖怪。连他都担心的，恐怕也绝非寻常之事。

"总之，千万要小心啦！"千叮咛万嘱咐之后，他大步流星地走了。

偌大的家，只剩下我和朵朵。

雨师妾原本也在的，不过这段时间听说几百里外的宣州牡丹花开了，非闹着去看，便由着她去了。

暴躁女不在，倒也落得耳根清净。

滕六走了没多久，我便开始心慌。

刚开始以为自己没休息好，但越来越严重，以至于连走起路来都费劲。

野叉用平板车拉着我去云麓村的卫生所。那里的大夫是省城来的,年纪不大却医术高明。检查了半天,跟我说一切正常。

"没什么毛病,静养一段日子吧。"他说。

我躺在走廊的藤椅上,对着满院子的花草。

天空辽阔,蓝得如同水晶一般。暖风和煦,送来一阵阵山林的清新气息。

衣来伸手,饭来张口,如此的日子延续了几天,本少爷就过不下去了。

"好想恢复正常呀!"我绝望地说。

"要不去趟省城吧。"朵朵说。

省城的医院,远比这里要高级得多。

但一想到舟车劳顿,我的心脏顿时突突突跳起来。

本少爷现在,恐怕连走一段路都坚持不了。

"怎么会突然心慌呢?"朵朵皱着眉头,看着我,"难道少爷做了什么亏心事?"

"亏你能想出来!"我睁大眼睛,"本少爷光明磊落,就是正义的化身!"

"那就是吃了什么不该吃的东西……"朵朵小声嘀咕。

"这要问你了。这段日子我吃的,都是你做的。"

"我做的饭绝对没问题!"朵朵立马表明立场。

"我也没偷吃别的。"我赶紧补充。

"那就奇怪了。"朵朵扯了一个小凳子,坐在我的旁边,给我捶着腿,"少爷,你想一想,具体是从什么时候开始心慌的呢?"

这个……

的确应该好好想一想了。

是呀，我是从什么时候开始心慌的呢？

大概……

是从收到那个包裹开始的吧。

滕六走的第二天，邮差送来了一个大包裹。

超大的一个包裹，用被面那么大的一块布扎起来，足足有一两百斤重，即便是壮硕的邮差，也累得满头大汗。

"从来没送过这么重的包裹，里面……不会装着人吧。"邮差喝着我端上来的茶，如此开玩笑。

何止是人，一头牛估计都能装进去！

撕下封条，揭开大布，里头是个巨大的箱子。

用藤条编制的箱子。

箱子里装着各种各样稀奇古怪、乱七八糟的东西——木质的面具、拨浪鼓、麦芽糖、丑陋的玩偶、木刀木剑、古老的带有铭文的石头、锈迹斑斑的铜镜、女人用的手绢……诸如此类的，还有一把大茶壶。

除此之外，里头放着一封信。

打开，满满一纸字，内容惨不忍睹。

文太吾孙：

一切还好吧？我过得很舒坦，一路看风景，哎呀呀，太好了。吃得好喝得好睡得好。可惜不能带你。买了一些东西寄给你，都是你喜欢的。天底下，还是爷爷对你好吧？不用谢。在家里嘛，乖乖的，不要乱跑，你这孩子生下来脑瓜子就不好，容易被人骗走。哦，我没钱啦，让滕六帮我送点儿过来，至于哪里能找到我，他应该知道。对了，最近你要格外当心些，因为我……

还是不说了。总之,要当心啦!行了,就这样吧。

你天底下最帅的爷爷

当时看完这封信,我真是义愤填膺!

这算是什么爷爷呀!

我虽然不是他唯一的孙子,但他向来口口声声宣称,我绝对是他最疼爱的一个!

可关键时刻,我被爸妈丢回老家的前一晚,这家伙听到风声,竟然连夜收拾包裹跑掉了,说是去旅行,其实就是生怕我给他添麻烦!

这么长时间,他杳无音信,自己在外风流快活,好不容易寄回来一封信,写的都是什么狗屁话!

这些东西没一样是我喜欢的,十有八九是他四处随手买的。估计写信的主要目的,就是让滕六给他送钱。

怪不得滕六出门时支支吾吾的。

不对呀,滕六走的时候,还没收到这封信呢。

难道是有人提前给滕六走漏风声了?

这些暂且不说,说我脑瓜子不好是几个意思?!

还有,提醒我格外当心,接着又不说明缘由,太让人难受啦!

"天底下最帅的爷爷",真好意思说出这等话!

邮差走了之后,我花了不少时间将包裹里乱七八糟的东西归拢整理,累得像死狗一般。

那些东西,大部分被我随手扔进了百货店,但愿有人看上,能卖出去吧。

最头疼的，就是那块大布了。

我搞不清楚爷爷从什么地方弄来那么奇怪的一块布。

为什么说奇怪呢？首先，这块布很大，做成被面绰绰有余。但是，这块布绝对不是被面，更像是……衣服。

但是没人会穿那么大的衣服，而且没有纽扣、领子，只在两侧有四个大洞，像是袖子，可哪个人会有四只手？

材质也很奇怪，不是麻布，不是丝绸，摸上去厚厚的，但极轻而且坚韧无比。

颜色嘛，挺好看——最底下是青黑色，越往上颜色越浅。青黑、青黛、淡青、湛蓝、月白……呈现细腻自然的美丽过渡，让人赏心悦目。

原本我想将它放在百货店货架上，当块布卖，想想怪可惜的，又收了回来，琢磨一番，决定挂在卧室里当窗帘。

前段时间风大雨大，有天晚上没关窗户，搞得原本的窗帘又是水又是泥，像抹布一样，彻底不能用了。

心慌、眩晕，应该是从看那块布开始的吧。

早晨起床，灿烂的阳光照射在布上，过渡的颜色呈现出美妙的纹理和色彩，就像是在海底看着海水……

我不由自主盯着看，逐渐沉溺其中，仿佛闯入了一片空空荡荡的水域，身体慢慢下沉……然后就突然觉得心慌、眩晕。

"不过，应该不至于吧。普普通通的一块布而已。"跟朵朵说了之后，我很快又自我否定了。

"也不一定哦。"朵朵抿着嘴，想了想，"那块布……不知道什么原因，我看到的第一眼，也觉得不安。"

还是收起来吧。

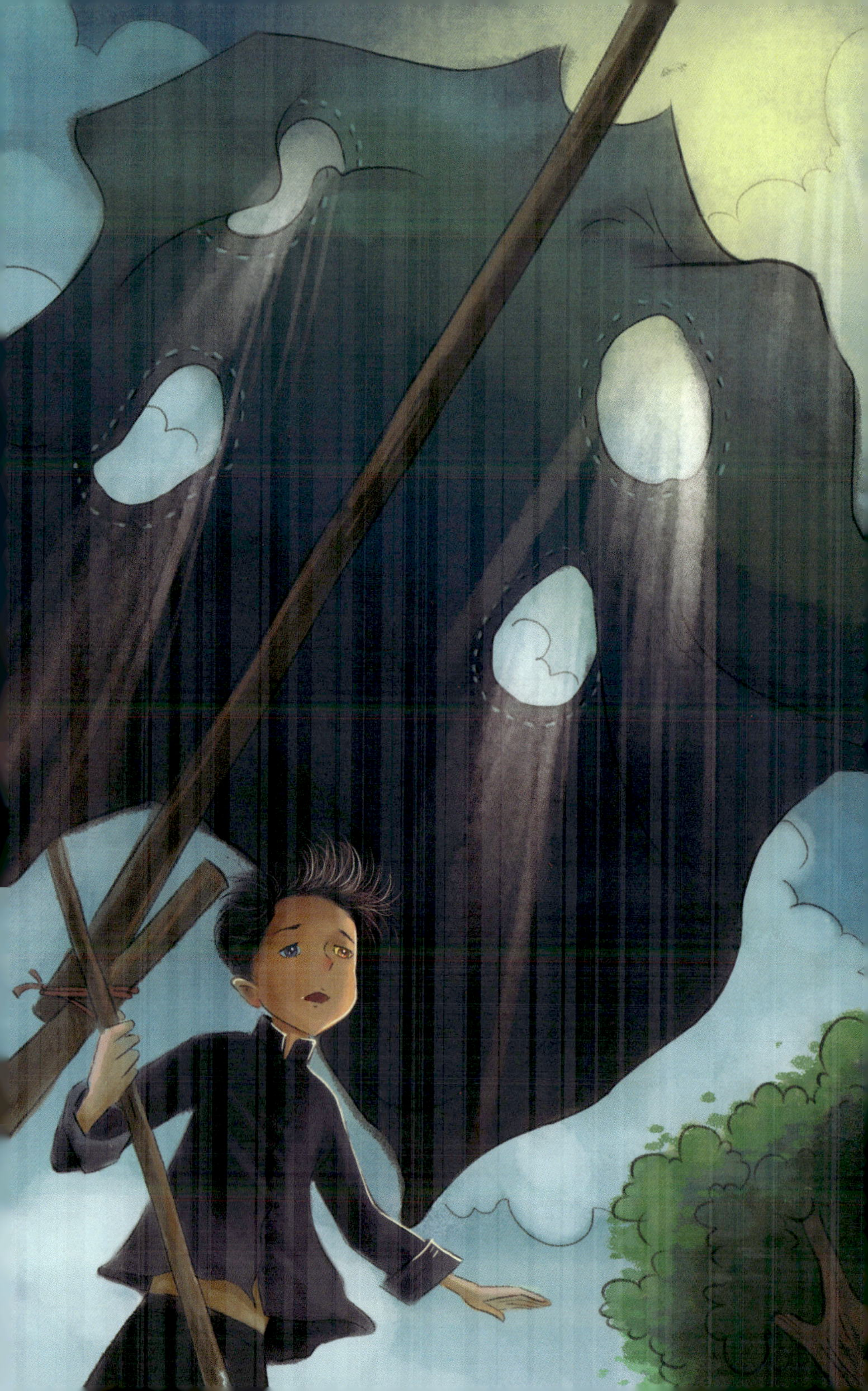

我让朵朵把那块大布摘下来，叠好，放入木盒，收进杂物间。

但是心慌的毛病依然没有消除，到了下午反而越发严重起来。

朵朵担心得要命，叫来团五郎送我去卫生所。

"可能是胡思乱想或者累着了吧。要好好休息的。"医生检查了一番，叹了一口气，开了药。

顺着原路被运回来，躺在平板车上，本少爷心情郁闷。

"哎呀！"刚进门，朵朵大叫起来。

"怎么啦？"团五郎推着车子说。

"咱们家……被贼光顾了！"

"不可能。谁那么大胆敢到这里偷东西！"团五郎不相信。

车子推进院子，我赶紧坐起来。

眼前的情景，让我目瞪口呆——

院子里我精心侍弄的花花草草，倒伏一片，满目狼藉，许多原本绽放的花骨朵被狠狠地折断，辗轧成泥，紫藤、蔷薇、茶花竟然被连根拔起。

桌椅板凳、被褥、书本、衣物……散落得到处都是，简直如同被炸弹炸过一般！

太过分了！

黑蟾镇向来民风淳朴，偷盗这种事情从未发生过。

没想到……

等等！

走廊下，那是个什么东西？！

巨大的肉墩墩的身躯，足有两三米高，全身披满长毛，身下四条梁柱一般粗细的腿,尾巴又长又细,却无头,就好像……一个插着四根筷子的巨大猕猴桃!

巨怪站在那里,明显已经感受到了我们的存在,缓缓迈开腿,上前一步……

嘭。

地面随之震颤起来。

好家伙!

"哪里来的妖怪,竟然敢在这里撒野!我看是活腻了!"咚咚山狸妖首领团五郎沉喝一声,卷起袖子冲了上去。

"团五郎,快回来!"朵朵大声喊了一句。

话音未落,只听一声惨叫,团五郎如同断线的风筝一般,凌空飞了出去。

好厉害!

我根本还没看清那巨怪动手,团五郎就被狠狠教训了一下。

"简直欺人太甚!"辛辛苦苦养的花被糟蹋成这样子,本少爷气破肚皮,抄起立在墙边的扁担就要动手。

"少爷!"朵朵一把拉住我,"打不得!"

"打不得?这家伙把我的花糟蹋成这样子,揍他个生活不能自理都便宜他了!"

"你打不过!别说你,我也打不过。"朵朵急得满头是汗,"雨师妾打不过,就是滕六,恐怕也……打不过!"

什么?!

雨师妾打不过也就算了,滕六可是大天狗!战斗力爆表的大天狗!

"对方,来头很大!"朵朵压低声音,"我们惹不起。"

"惹不起？"本少爷向来是正义的化身，怎么可能这么善罢甘休——

"那就讲道理吧！"

我乖乖放下扁担，双手叉腰："喂，你这家伙，为什么闯入我家里，糟蹋我的这些花？"

巨怪晃动了一下身体："看着好看。"

或许是没有头也没有嘴的原因，这家伙的声音嗡嗡的，像个风箱。

"看着好看？！"

"对呀，这么好看，我就糟蹋了。"

"那又为什么乱翻我的东西？！"

"我喜欢，怎么了？"

嗨！这蛮横的家伙！

"朵朵，我从来没见过这么不讲道理的混账东西！"我气得七窍生烟。

朵朵叹了一口气："很正常呀。"

"啊？"

"对方天生就不讲道理。"朵朵说，"天底下一切美好的事物，他都讨厌，一切不好的东西，他都喜欢。有德行的人，他见到了要胖揍一顿，奸诈作恶之徒，他反而喜欢。"

"竟然还有这样的德行？"

"对呀，要不怎么说是天生的呢。"朵朵摇了摇头，"少爷，毕竟他可是混沌大人呀！"

混沌？！

我的脑袋嗡的一声响。

这个名字，我太熟悉了。

小时候，我跟着爷爷，没事就听他讲故事，其中听得最多的就是"四凶"。

所谓的"四凶"，指的是妖怪中四个最让人头疼的家伙，除了混沌之外，还有饕餮、穷奇和梼杌。

这四个家伙，不仅年月古老、能力巨大，而且是非不分，脾气怪异。

当年，我爷爷经常拿他们来吓唬我。

想不到，今天竟然见到本尊了！

既然对方不好惹，那只有尽可能打发走了。

"请问……你来我这里有什么事情？"我忍住气，礼貌地问。

"巨型猕猴桃"缓慢地蠕动，来到我的跟前。

随着他的动作，我的下巴逐渐抬起来。

好高，好大。

"你是方相家的人，是吧？"他嗡嗡地问。

"在下方相文太。"

"你是好人还是坏人？"

这个问题，让人头疼。

"有什么区别吗？"

"好人的话，我很讨厌，不过因为有事相求，又不能不打交道，只能狠揍你一顿再说；如果是坏人的话，那就简单多了，我喜欢坏人。"

"那个……应该是……坏人吧。"

天底下哪有这样逼着人家说自己是坏人的！

真是过分！

"既然如此……"他两条前腿微微弯曲，看上去是郑重行了一礼，"那就拜托了！"

"拜托……拜托什么？"我有些莫名其妙。

"还请动手吧！"

"动手？"我长这么大还没听过这样的要求。

找揍是吧？满足你！

当我再次顺手把扁担抄起来的时候，听见这家伙说："请赐我双目。"

"双目？"看着这个没有五官的大肉团，我似乎明白了。

"你让我……给你一双眼睛？"

"对！"

"你原本……是没有眼睛的……"

"不光是眼睛，耳朵、鼻子、嘴巴等等，也都没有。其他无所谓，我只想要一双眼睛。"他说。

"可是……我怎么可能给你一双眼睛呢？"

太高看我了！我又不是神仙。

"可是，你们答应给我的！"他重新站直身体，大声说。

"我们？什么时候答应你的？"

"说话不算话，果真是坏人！你们方相家可是答应过我的！"

我有些头疼了。我们方相家如今就这么几个成员，爸爸和哥哥是不会管这种事情的，他们平时连妖怪都碰不到，我一直在黑蟾镇……

等等！

那就只有一个人了！

我那个所谓的爷爷！

一想到前不久那封让人气破肚皮的信，尤其是爷爷在末尾欲言又止的那番话，我算是明白了。

"如果有时间，咱们坐下来说，行不？"我觉得有必要好好问一问了。

院子里的枯枝残花收拾一空，朵朵重新摆放好了桌椅板凳，又泡了壶好茶。

基本的待客之道我还是知道的，忙活了一番，自认为很满意。

可混沌一直纹丝不动地杵在那里，圆滚滚的身体对着我。

我突然明白过来，对于一个没有五官的人来说，泡茶这些事儿，简直就是白痴才能干得出来的。

"咳咳咳……"我清了一下嗓子，道，"混沌……大人……"

"你叫我混沌就行。"他说。

"到底是怎么一回事呀？"

"说来话长。"他后腿弯曲，一屁股坐在地上，长长的尾巴将身体裹住，"这么多年，我都没有眼睛，没有五官。一直混混沌沌，所以人家叫我混沌。早就习惯了。"

"那怎么突然想起要眼睛呢？"

"这个暂且不说，总之，就是突然想要了。"他晃动了一下身体，"普天之下，能重新给我一双眼睛的，思来想去，恐怕没几个人。要么早就不在了，要么隐匿世外。只有你们方相家可以试一试。"

他顿了顿，又说："毕竟你们方相家从我爹那时候起就是妖怪的统领，你们有世代相传的绝技。"

"你爹……"

"就是黄帝啦。"朵朵赶紧小声提醒我。

不愧是名列"四凶"的大妖怪，出身极其了不得。

"然后呢？"

"这些年，我四处寻找方相家的后人。历尽千辛万苦，前段日子总算是在一家小酒馆里找到了。"接着，混沌发出兴奋的感慨，"那可是我见过的天底下最坏、最狡猾、最混账的家伙！哈哈哈，我很喜欢他！"

"一个很不正经的老头儿吧。"我问。

"这家伙吃霸王餐，给人看手相骗钱，敲诈当官的，拍街头混混的黑砖……总之，所做的一切很有趣。"混沌应该是在笑，身上的肥肉跟着抖动，"叫方相慕白。"

那肯定没错了。

"这家伙听了我的请求之后，很诚恳地答应了，然后……"混沌顿了顿，"把我骗了。"

"怎么骗了？"

"骗光了我身上所有的东西，连我最珍贵的'蚩尤衣'都被他骗走了。"混沌笑着说，"真是厉害。"

像我爷爷的作风。

"然后这家伙甩掉我，连夜逃跑，不过最终还是被我抓到了。"混沌道，"我很欣赏他，但我拜托的这件事极其重要，所以，即便我喜欢他，也得揍他。"

"你……揍了他？"

"没有。"混沌哼哼了一声，"我还没动手，这家伙就服软了，说骗我的东西已经寄回家了，我拜托的事，他的孙子也能完成。他所说的孙子指的就是你，对吧？"

我简直要爆炸啦!

听说我被送回这里,连夜逃跑;出去这么长时间,对我从来不问一声;好不容易寄一封信回来,原本以为是嘘寒问暖,现在想想,是捅了娄子让我给他擦屁股!

真是天下无二的爷爷呀!

"的确……是在下。"尽管一肚子火,但我还是点了点头。

没办法呀,孙子始终都是孙子。

"那就请动手吧。"混沌说。

"抱歉,在下……并没有这个本事。"我说。

"果然有其爷必有其孙。你也很坏哦。"混沌说,"我浑身上下已经没有任何珍贵的东西了……"

"倒不是那个意思。"

"这样吧,如果你能帮我,我答应……"混沌沉思了一下,"从今以后,你的吩咐……我言听计从。"

坐在我旁边的朵朵听了这句话,手一抖差点儿把茶壶给扔了。

天下"四凶"之一的混沌能当我的手下!这诱惑,的确大。

"有件事,在下很困惑。"我决定转移话题。

"说。"

"你原先就没有五官,一直好好的,为什么突然要眼睛呢?这里头,总有原因吧?"

混沌沉默了很久,嗡嗡地叹了口气。

"你对我,了解多少?"他问。

"略知一二,但也不是太清楚。"

"我是'四凶'之一,你知道吧?"

我点点头。

"很久很久以前,我就被父亲放逐了,自此之后,人人唾弃,甚至连我的名字都被视为'是非不分'的代名词。但我从不后悔。"他说,"恰恰相反,从始至终,我都为自己感到骄傲。"

从堂堂黄帝的儿子,变成"四凶"之一,这其中定然有许多不为人知的秘密。

"我是父亲的爱子。"混沌说,"父亲有许多妃子,也有许多儿女。但父亲最宠爱的是我。"

"为什么偏偏宠爱你?"

"因为我诞生的那一天,他继承了部落的君位。所以,他把我视为好运的象征。"混沌嗤笑了一声,"从小,我便和那些兄弟姐妹不同。父亲这个人,不仅极有城府,而且雄心万丈,野心勃勃。继承君位之后,他想尽各种方法壮大部落,拉拢其他部落,不听话的就直接吞并,所以势力迅速壮大起来。他对待属下极为严厉,有能力的就恩宠有加,无用的便弃如敝屣,即便是儿女,也如同臣属一般对待。在他的逼迫下,我的兄弟们一个个或者成为英勇善战的猛士,或者成为冶炼、种植、医药等方面的能人,姐妹们则被他嫁给别的部落或者自己的爱将,成为政治婚姻的牺牲品,至于乐不乐意,他从不问。"

混沌说的黄帝,让我吃惊不小。

因为这和我了解到的黄帝,截然不同。

"我不愿意待在部落里,不愿意见到那些心烦的事。我不喜欢打仗,也不喜欢成为他战争机器的一部分。"混沌说,"相比之下,我更喜欢山山水水,部落之外的广阔天地。那些山川、林木、走兽、飞鸟、日月星辰,亘古以来就存在,无拘无束。我和它们对话,随意安歇,看云起,听风吹,与那些精怪做朋友。在我看来,他们虽然被称为妖怪,但敢爱敢恨,自由自在,远比人要值得尊重。"

"父亲的部落不断扩张,地盘越来越大,生活和用于战争的必需品越来越多,许多千年的大树被砍伐,投入滚滚的炼铜炉之中,许多飞鸟走兽被射猎,许多妖精鬼怪被驱除、诛杀,其中很多都是我的朋友。"混沌沉默了一会儿,"我理解不了,世界那么大,为什么要这样呢?大家一起平静地生活,多好。"

"是呀。"我说。

"父亲逐渐看不惯我,屡次训斥、责罚我。"混沌道,"在他眼里,我已经成了不务正业的家伙。我们的关系越来越差。"

混沌巨大的身体晃了晃:"所以我干脆去了伯父那里。"

"伯父?"

"我的祖母,名附宝。伯父和父亲,是同母异父的兄弟。伯父的部落距离父亲的部落并不远,他也是首领。哦,后来的人们称他为炎帝。"

炎帝?!

我的嘴巴不由自主张开了。

"伯父这个人,性格和父亲完全不一样。为人谦和、慈祥、善良,整日带领族人劳作,区分百草,种植粮食,不管是谁,只要向他求助,他总是会竭尽所能帮忙。他不仅对人很好,对待山川林木间的精怪也一视同仁。"混沌淡淡道,"在伯父那里,我体验到了从未有过的理解和快乐。我们一同劳作,一同在星空下漫步,谈论庄稼的生长,谈论粮食,把酒言欢,直到……那场战争。"

"战争？"我皱起眉头。

"阪泉之战。"混沌道，"父亲的部落逐渐膨胀，人多马壮，不断扩张地盘，终于到了要和伯父摊牌的时刻。父亲派人向伯父提出臣服的要求，态度强硬。伯父原本对父亲的统治方式就不认同，所以一口拒绝。他说他只希望所有人能够按照自己的意愿幸福生活，不想要压迫，更不想做什么天下共主。"

混沌顿了一下，接着道："为了这场战争，父亲早就准备充足，所以结果可想而知……阪泉之战，血流漂杵。伯父大败，不仅部落全部被父亲吞并，伯父也被父亲囚禁起来，不见日月。"

"我也被父亲抓住，遭鞭笞之刑。从那时起，我和父亲彻底决裂。"混沌道，"当我看到伯父被打入水牢生不如死时，当我看到原本的幸福家园转眼之间成了墙倒屋塌、尸体狼藉之地时，我成了反抗者。在一个夜晚，我逃掉了，一直奔跑，一心想离父亲越远越好。父亲派出追兵，紧追不舍，我受了伤，不知逃出了多远，昏倒了。"

院子里一片寂静。我听得入神。

"等我醒来时，发现在另外一个部落。"混沌道，"这个部落，人们称之为九黎。救我的人是这个部落的首领，名蚩尤。"

又是一个如雷贯耳的名字。

"这个家伙呀……"混沌笑了起来，"在我醒了的第一天，就要杀我。"

"为什么？"我问。

"他听说我是黄帝的儿子。"混沌笑道，"要为伯父报仇。"

"报仇？"

"蚩尤很小的时候，跟着他的父亲进行部落贸易，生了重病，辗转到伯父的部落，是伯父救了他。伯父战败的消息，他很快就收到了，所以正在磨刀霍霍，准备带领他的人救出伯父。"混沌道，"九黎部落民风彪悍，人口众多，但凭借我的观察，一旦开战，绝对打不过父亲。所以我劝阻了他。"

"为什么？"

"后来不是有一句话嘛，君子报仇，十年不晚。"混沌道，"父亲的势力如日中天，要想打倒他，需要充足的准备。首先，要招兵买马，壮大势力；其次，要冶炼兵器，修整甲胄，准备充足的粮食；最后，还要尽可能地寻找外援。"

"你站在了你父亲的对立面？"我问道。

"嗯。"混沌哼了一声，"按照父亲的性格，他肯定还会继续扩张，给周围的各个部落带去战争。我再也不想看到有人流血牺牲了。所以对我来说，打倒他，是最好的解决办法。"

我沉默了。

"我从未想过能和蚩尤成为肝胆相照的挚友。"混沌道，"这个人，任何一方面都和我截然不同。"

"我听爷爷讲过蚩尤的故事。"我插话道，"传说蚩尤有八只脚，三头六臂，面如牛首，背生双翅，铜头铁额，刀枪不入。善于使用刀、斧、戈作战，不死不休，勇猛无比。"

"胡说八道。"混沌道，"他和寻常人一样，一个脑袋，两个鼻孔。不过他的确是天生的战士，身高九尺，虎背熊腰，力大无穷，性格呢，桀骜不驯，疾恶如仇，暴烈如火。"

"我很喜欢这样的人，想做什么就去做什么，一旦认定目标，百折不挠。为人呢，又很单纯，想哭就哭，想笑就笑，而不是整天面无表情，让人捉摸不透，就像我父亲那样。"混沌继续道，"我们两个一起合作，为这个目标忙活着。我出谋划策，蚩尤去付诸实施。九黎部落很快招揽了八十一个小部落，成为庞大的部落联盟，同时劈山炼石，打造兵器铠甲，开垦田地，储备粮食。最后几年，我们两个一起纵马山林之间，寻找帮手。"

"帮手？"

"魑魅魍魉、草木精怪，只要认同我们想法的，都能够做朋友。"混沌道，"我们两个，骑行天下，快意恩仇，情同手足。"

想一想，也是令人羡慕。

"时光倏忽而过，那个时刻终于到来了。"混沌道，"那一天，蚩尤亲自吹起了螺号，敲响战鼓，竖起了鲜红的战旗。大军威武，士气如虹。出发的那一天，他让我走。"

"让你走？"

"对。"混沌道，"蚩尤说，这场战争，是你死我亡的争斗，胜了倒还好说，如果败了，性命不保。他不想让我死。"

"你呢？"

"当然是拒绝了。我们是兄弟，同生共死。"混沌道，"我和他一起，带领军队，向父亲所在的地方，进攻！"

即便是远古的事情，因为混沌的讲述，我也变得兴奋起来。

"真是前所未有的血战呀！"混沌道，"因为准备充足，加上我对父亲的熟悉，九黎联军势如破竹，九战九胜，父亲被迫退入轩辕城。眼见着就要胜利，但，天不佑我等……"

混沌道："父亲不仅求得了援军，更得到了九天玄女的帮助，重振旗鼓，在涿鹿之野，和蚩尤展开了决战。"

"那场决战,天昏地暗。"混沌道,"先是双方士卒厮杀,尸山血海,接着魑魅魍魉、妖精鬼怪全都上了战场。"

混沌沉默了一会儿,道:"我方制造大雾三天三夜,父亲被困,后来他的臣下风后制作出指南车,逃出一劫。接着,父亲在九天玄女的指导下,杀夔兽,用其皮蒙鼓,用雷兽之骨作鼓槌,声闻五百里,以威天下。我方则在风伯、雨师的率领下,制造大风雨,使父亲的军队大乱。关键时刻,父亲请出了女魃,息停了风雨,然后率军突袭,我军大败。父亲穷追不舍,令应龙率领精锐,对我们围追堵截。"

在混沌的讲述下,我能够想象出那场战争的腥风血雨。

"我们失败了……"混沌的声音变得异常凝重,"蚩尤受了重伤,我带着他,逃入大泽,躲避追兵。'咱们两个不能一起死,你走吧。'蚩尤把身上的衣服脱给我,'这件衣服,是魑魅魍魉为我做的,水不可浸火不可焚,你穿着,就当是我们友谊的见证!'"

"然后呢?"我问。

"我不想走,但蚩尤以死相逼。"混沌颤声道,"我抱着那件衣服,刚刚离开,就看到应龙带着士兵围住了他。"

混沌闷声如雷:"父亲,杀了他!他将蚩尤身体斩为八段,传送各处,以示惩戒,随后征伐四方,彻底统一了中原,成为天下共主!而我……"

混沌摆动着身体:"不忍看到挚友尸骨分散,冒险收拢,结果被抓。"

我惊叫起来。

"父亲亲自审问了我。我的所作所为,他都知晓。"混沌笑道，"他斥责我，说我不忠不孝不仁不义，好坏不分，是非不分。我当面顶撞了他——我的所作所为，都是出于我的内心，自认为并无任何过错。难道不愿意看到战争，想人人过上自由的生活，想万物和谐相处，错了吗？！"

"可是父亲完全听不进去，他说我简直就是耻辱，是不肖子。"混沌笑道，"他并没有杀我，而是当众鞭笞羞辱之后，将我放逐到蛮荒之地，再也不问死活。"

"蛮荒之地……"混沌冷声道，"只有无尽的黑暗和寒冷，无尽的孤独和寂寞，猛兽横行，朔风销骨。我在那里度过了许多年，渐渐地，有许多消息传了过来——我的父亲，成了有德明君，成了圣人一样的存在，而我的挚友蚩尤，在人们口中，成了怪物、残暴的象征。"

混沌长长的尾巴狠狠地捶击着地面："天下人！这就是天下人！这就是他们认为的好坏、是非！既然如此，那我就不认这样的是非、这样的好坏！我向上苍祈祷，再不要这眼，去看那乌烟瘴气；再不要这嘴，尝那腌臜滋味；再不用这鼻，闻那人间烟火；再不用这耳，听那虚言假语！他们认为是好的，我就唾弃，他们认为是坏的，我就欢喜！"

混沌哼哼哼大笑起来："文太少爷，我，终于变成了如今的这副模样！成了天下闻名的'四凶'之首！"

"既然天下人是非不分，那我要是非何用？！"混沌如此咆哮道。

混沌的话，让我无言以对。

长久以来，我们就被教育什么是好的、什么是坏的，但其实想一想，除了人们共同认定的一些普世价值之外，是非真的是我们认为的那样吗?

同一个人,同一件事,若是从不同的角度去看,可能会得出不一样的结论吧。

就像混沌说的黄帝和蚩尤,就像他自己。

"那为什么现在想要一双眼睛呢?"我再次将话题转回来,"既然你之前不想看到这世界的乌烟瘴气。"

混沌不说话了。

他站起身,走到院子中间,对着湛蓝的天空。

"几千年了。"他说,"几千年那么漫长的时光里,我熟悉的人,化为了尘土,那些经历过的事,成为历史,然后历史成为传说,传说成为神话。"

"于我而言,一切都不重要了。可能唯一让我在意的,是和蚩尤的那段友情。"混沌转过身,"他是我的兄长,我的战友,我的知己,或者说,是另一个自己。"

混沌缓缓走过来:"但是,有一天,我发现自己……忘记了蚩尤的脸。"

"忘记了蚩尤的脸?"我问。

"是的。那张脸,我原先是那么熟悉,眉目、笑容,甚至是脸上的一颗黑痣、一道皱纹,都记得清清楚楚。它一直都牢牢地印在我的心里。但是现在,我竟然……竟然忘记了!他的那张脸,在我的心里,一片模糊!"混沌大声道,"这是一件绝对不能原谅的事!我怎么能把他的脸都忘记了呢?"

"但是这和你需要一双眼睛,有什么关系?"

"在涿鹿,当年决战的那地方,有一块石碑,上面刻下了蚩尤的容貌,那是他死后,部族的人偷偷留下来的。"

"现在还留存于世？"

"是的。只要我有一双眼睛，去那地方看一下，就能瞬间记起来。"混沌匍匐在地，"文太少爷，这件事对我意义重大，请你务必帮忙！拜托啦！"

混沌的请求，我无法拒绝。

事实上，我特别想助他一臂之力。

"混沌，恕我无能。"我艰难地开口，"我没有这样的本事，能给你一双眼睛。"

"但是你爷爷说，你会的！"

"我爷爷的本事肯定比我大，他若是能够帮你，我想早就帮了。"我说，"他都没办法的事情，我怎么可能呢？我不过是个……笨蛋少爷呀。"

"真的不行吗？"混沌失望之极。

我转脸看着朵朵。她一直跟随爷爷，守护这个家，对于家族的历史知之甚深。

"少爷，我也没听过有这样的法术。但方相一族身为妖怪的大统领之一，有很多秘法，可能是我孤陋寡闻。"朵朵说道。

趴在地上的混沌，发出了一阵嗡嗡的哭泣之声。

"不过，说不定有个家伙，可以帮上忙。"朵朵说。

哭声戛然而止。

"谁？"我和混沌异口同声。

"老白呀。"

朵朵说的老白，就是般若寺的那个假和尚，一把年纪的不正经老头儿。

"那家伙能有什么本事？"我顿时泄气。

"老白?难道是……那位大人?!"混沌听了,却分外激动。

"正是。"朵朵说。

"哎呀呀,想不到,他竟然还在这世上!"混沌声音颤抖,"他老人家在哪里?"

"离此不远的山寺之中。"

"还请带我去见他!"混沌恳求道。

"这个容易。见到你这样的老朋友,我想他也会很高兴的。"朵朵说。

我被他们两个搞得有些迷糊——老白那家伙有那么大能耐吗?为何混沌这样的大妖怪一脸的崇拜和敬佩呢?

"混沌,你为什么称呼老白为大人?难道他比你还——"我刚问了一半,就被混沌打断了。

"文太少爷竟然不知他的底细?"混沌惊讶地问。

"不过是一个老头儿……"

"他可是白泽大人!"混沌道,"妖怪只有两位大统领,除了你们方相家族,就是他了!"

"白泽?大统领?"

"当年,我父亲巡游,在东海有异兽现身,不仅介绍了天下鬼神之事,还将自古以来精气为物、游魂为变的一万一千五百二十种妖怪详细告诉了父亲。父亲令人将这些妖怪画成图册,以示天下,亲自写文章祭祀,这本图册,便是《白泽图》。"混沌激动道,"天下所有妖怪中,白泽大人资历最老,也最神秘,地位崇高。时光荏苒,我们都以为白泽大人已经离开了这世界,想不到……"

我瞠目结舌——那个不正经的老家伙，竟然是这么厉害的存在？！

我转过脸看着朵朵。

朵朵有些不好意思："对不起少爷，这件事，大老爷和白泽大人都不想让你知道。"

"为什么？"

"没什么益处。"朵朵说，"说不定还会惹来麻烦。大老爷和白泽大人，一向行事低调。"

"这件事以后再说，赶紧去找那个老家伙吧。"我有些生气。

站起身，准备离开，我突然想起一件事。

"混沌，你之前说你的蚩尤衣被我爷爷骗走了，是怎样的一件衣服？"

"看起来很普通，但是材质极为特殊，不仅可以避水火刀兵，还能隐身。"混沌说。

"爷爷寄回来的东西中，倒是有一块大布。"我皱着眉头说，"一块让我看一眼就心慌、眩晕的大布。"

"哦？"混沌来了兴趣，"怪不得我能在此隐约感受到它的存在。实不相瞒，将院子和家里搞得一片狼藉，是因为之前我试图找这东西。"

我冲朵朵点了点头。朵朵从仓库中将那块大布取了出来。

"正是此物！"混沌说，"蚩尤赠给我的友谊的象征！"

"那就物归原主吧。"我把蚩尤衣交给混沌，然后收拾一番，取来手杖。

混沌穿上蚩尤衣，隐身不见。

"还请文太少爷带路。"只能听到他嗡嗡的声音。

这衣服真不错。我心想。

出了家门,迎着初夏的阳光去般若山。

山林青翠,微风和煦。

沿着山道行进,两旁皆是繁花高树。

林荫道旁,漫山遍野开着暗紫色的花朵,随风摇曳。

哦,是我最喜欢的桔梗花呢。

抵达般若寺的山门,已近中午。

阳光白花花洒下来,隐约听到布谷鸟的鸣啼。

跨过高高的门槛,来到院子。

"老白,在吗?"我高喊一声。

"不在!笨蛋少爷,老子不在!"

"你又在偷吃麻婆豆腐吧?"

"没有!没有麻婆豆腐!"

从旁边的偏殿里走出个老头儿,干瘪消瘦,山羊胡,三角眼,一边走一边慌慌张张地抹掉嘴角的油水。

"你来我这儿干什么?有事?"他警惕地盯着我。

"没事就不能来了?"我绕过他,进了屋,把剩下的大半盆麻婆豆腐端出来,放在院中的桌子上,坐下吃。

老白发出一声哀号。

"有个老朋友找你。"我说。

"那就赶紧出来吧,我早就闻到味道了。"老白说。

混沌在眼前显现。

"晚辈拜见白泽大人。"混沌说。

"谁是白泽呀?"老头儿装模作样。

"别骗我了，我都知道了。"我笑了笑。

"不是故意的，其实是为了你好。"老白叹了一口气，坐下，昂头看混沌，"这么多年没见，你胖了。"

"托前辈的福。"闻名天下的"四凶"之首，在老白面前毕恭毕敬。

"怎么跑到这里来了？"老白问。

我把事情的来龙去脉说了一遍。

"就这么件破事？"老白翻了个白眼。

"我没本事给它一双眼睛。要是有这能耐，我早就开个医馆，天底下估计就没有盲人了。"我说。

"几千年都没眼睛了，现在要那东西干啥？"老白吐了口唾沫，道，"你们还没吃饭吧？"

"没。"

"我给你们做饭去。"老白站起身。

"吃什么？"我问。

"等会儿你就知道了。"老白走向厨房。

倒腾了一番，很快，老白端着盆、拿着碗出来。

瓷盆咣当一声放在桌子上，我伸头看了看。

"中午就吃这个呀？！"我有些火大。

"怎么了？"

"哪有中午吃馄饨的呀？"

"怎么就不能吃馄饨了？不吃拉倒。"老白拿起碗，自己盛了几个，又给混沌盛了一碗。

混沌站在那里，一动不动。

这家伙没有嘴巴，我很好奇他是怎么吃饭的。

"我不吃东西。"可能意识到了我的目光,混沌说。

"老子吃。刚做好的馄饨,可香了。"老白一口一个,连吃了七八个。

"混沌的那事,怎么办呢?"我问。

"你真想要眼睛?"老白端着碗,看着混沌。

混沌"嗯"了一声。

"本来嘛,这不是难事,但你不行。"老白说,"我不能这么做。"

"为什么?"我问。

"看到这儿没有?"老白从盆里捞了个馄饨放在自己碗里。

雪白的馄饨,漂浮于清汤之中。

"这东西,囫囵个儿,没嘴没眼没五官七窍,正因为如此,才叫馄饨吧?"他喃喃自语。

这不废话嘛。

老白拿起一根筷子,狠狠戳在馄饨上。

馄饨皮顿时稀烂,里面的馅儿挤出来。

"看见没有,开了个眼儿,这玩意儿就烂了。"

老白说完这句话,看着混沌:"你还要眼睛吗?"

我倒吸了一口凉气。

"天地万物,讲究的是个阴阳平衡。气、形表里如一,方才能长久。若是强行打破这种平衡,那就麻烦了。"老白说,"多年前,你在大荒之地发出诅咒,舍弃五官,不分是非,现在若想要眼睛,那就会自食苦果。"

"可是……"混沌想要插话,被老白强行打断。

"不过是记不得一个人的面目而已。"老白摇头。

"那是我的挚友！"混沌说。

"挚友又如何？"老白道，"尘世里走一遭，凡事皆是过往云烟。父母成枯骨，亲朋成尘土，斗转星移，沧海桑田，一个人的面目，有那么重要吗？"

"对我来说，很重要！"

"为什么呢？"

"那是我的挚友！"混沌重复着这句话。

"不是。"老白道，"你不愿意忘记蚩尤的脸，不是因为他是你的挚友。"

"还能是因为什么？"

"因为你还在执着。"老白沉声说。

"执着？"

"嗯。执着于那些往事，执着于对父亲的憎恨，执着于自己的念念不忘！执着于自己的是非！"

"我都是非不分了，还能有什么执着？"

老白大声道："你说你是非不分，其实，长久的是非不分，本身就是执着呀！"

混沌沉默不语。

"几千年是非不分，你难道不累吗？"老白问。

混沌没有回答。

"难道你真的是非不分吗？真的不知道什么是好、什么是坏？"

混沌依然沉默。

"你的父亲，到底是圣人还是浑蛋，你的挚友到底是坏人还是好人，重要吗？"老白呵呵一笑，"早就随清风而散，早就成了故事,你还在意这些干什么?几千年,独自品尝痛苦、愤怒和仇恨,这滋味,真的就那么好受?"

混沌无言。

"你说你记不起蚩尤的面目了,说不定,那是蚩尤不愿意让你记住呢?"老白顿了顿,道,"他都在告诫你,放下。"

"混沌,只有懂得放下,才能重新发现世界的美。否则,你永远是那个在黑暗中吞噬自己苦果的凶物!"

老白说完这些话,打了个哈欠:"别的我没什么可说的,老子要睡觉,不招待了。"

言罢,这家伙走进屋里,咣当一声关了门,很快传出来呼噜声。

"怎么办?"朵朵愕然地看着我。

…………

夜已深。

白日的炎热退去,晚风凉爽。

林间隐约有光点闪烁,应该是萤火虫。

蛙声也响起来,刚开始只是一两声,逐渐连绵成片。

安逸的夜晚。

但本少爷的心情一点儿都轻松不起来。

从般若寺回来之后,混沌便一言不发杵在院子里,一动不动,像块石头。

"看来被老白打击了。"朵朵说。

真是可怜。

原本我想陪着他一起坐坐,分担一些他的忧伤和郁闷,但发现似乎帮不上什么忙。

"混沌。"我喊了一声,混沌听见了,转过身。

"有事情那就慢慢解决。这么美的夜晚,是欣赏美好的时候。"我站起身,从屋里拿出一样东西。

是大鼓。

本少爷擅长的大鼓。

"我给你敲鼓吧,听一听这慷慨激昂的鼓声,或许能暂时忘记你的忧愁。"我说。

咚!

咚咚!

咚咚咚!

我将大鼓架在肩头,一手扶着鼓身,一手击打着鼓面。

铿锵的鼓声,响彻庭院。

"少爷击得一手好鼓,精彩!"混沌走过来,赞赏地说。

"是呀,人生得意须尽欢。"

"李白的诗,我喜欢。"它说。

"我和你不一样,你的出身、经历,什么我都比不了。"我说,"我就是个普通的少年,他们都叫我笨蛋少爷。"

混沌发出嗡嗡的轻笑声。

"我也有烦恼,愤怒呀,仇恨呀,懊悔呀,自怨自艾呀,都有。"我说,"但是相比之下,我更喜欢这夜色,喜欢夜半开放的花,喜欢这月光,喜欢林间的虫鸣,喜欢这世界。"

"混沌,老白今天说的话很有道理。当你特别执着于一件事或者一个念头的时候,你就会陷入沼泽,忘记了世间的美好。"

混沌无言。

"我讲不出什么大道理,只是觉得,有时候,人不能被这种执念塞得满满的。"我指着手里的大鼓,"你看,这种东西,外面是坚硬的中空的鼓身,蒙上了薄薄的鼓皮,正是因为内部是空的,它才能发出铿锵有力的鼓声。"

"少爷……言之有理。"

"空,有时候并不是空无一物。"我挠了挠头,说,"这空中,反而蕴藏着生机勃勃的世界,蕴藏着无限的可能。"

混沌又沉默了。

"比如天空。我无数次仰望过,空空荡荡,看上去什么东西都没有,但是会孕育云朵、大风、闪电、雷雨、霜雪,然后护佑芸芸众生。"

"再比如……"我看了看四周,道,"能不能借你的衣服一用?"

混沌把身上那件蚩尤衣脱下来,递给我。

我随手将其搭在院子里的晾衣绳上。

宽大的衣服,薄而坚韧,架在空中,映照着月光。

青黑、青黛、淡青、湛蓝、月白……月光的映衬之下,这美丽过渡的颜色,让人目眩。

"当年,蚩尤赠你这件衣裳的时候,你仔细观察过吗?"我问。

"看过,不止一次。"混沌说。

"没有任何的装饰,没有任何的花纹,只是最为简单的颜色。从青黑一直到月白,就像从黑夜到黎明的天空,空空荡荡,却又蕴含着世间最真挚、最博大的美。"

我转过脸,盯着混沌:"混沌,蚩尤将这件衣服送给你的时候,或许就带着这样的想法吧。"

"什么想法?"

"让你忘记那些事,忘记仇恨,放下执着,带着这样的纯粹,像普通人一样安静生活,自由自在地徜徉于天地之中,和飞鸟走兽对话,欣赏春花秋月,看花开花落。"

混沌的身体抖动了一下。

"该反击的时候奋力反击,失败了,就接受命运。他接受了属于他的命运,不管后世评价如何,他成了不朽,而对于你,他希望你重新回归自己,做你自己,那个与自然万物和谐相处的无比单纯的少年。就像这衣服,看起来空空荡荡,却无比纯粹,无比美丽,像天空,蕴藏着无限的生机。"

混沌站起身来,面对那件衣服,发出了一声长叹:"少爷,你说得很对。其实……"

"其实什么?"

"这件衣服,原本就叫'空之衣'呀!"

…………

那天晚上,混沌离开了我的宅子。

他走的时候,清风徐徐,星光灿烂。

我没有给他一双眼睛。

但是我觉得,从那天晚上开始,他会"看到"一个全新的世界。

一个纯粹、美丽、温暖的世界。

就像那件衣裳。

老吊爷

庭之照

河南省城有所谓老吊爷者,缢死鬼也。其人姓张,名子和,生时以卖布为业。一日,负布数匹,售之于市,为贼所窃,愤而缢死。死后颇著灵异,县中捕役奉以为神,尊之曰老吊爷,为之立庙。凡捕盗贼不得,则祷之,辄有应。其始惟祥符县有庙,后中牟县捕役祷而应。神像高才二尺许,立而不坐,手执雨伞,背负布数短,宛然一市井中人也。

——清·俞樾《右台仙馆笔记》

"你们两个,给我站住!"

一声厉喝传来,我不由自主打了个寒战。

之所以颤抖,除了这句带着满腔愤怒的话语之外,主要是因为风。

虽然是初夏,但阳光炙热,强风从山林中吹拂过来,排山倒海一般,若是寻常,倒称得上舒适,但是本少爷我刚和团五郎从河里偷偷游泳回来,光着膀子,赤着脚,全身湿透,就像清晨一条带着花、挂着露珠的毛茸茸的黄瓜,迎面撞上这么大的风——

阿嚏!

"少爷,能不能让人省省心呀!"刚做完午饭的朵朵面色凝重地走过来,手里头拎着擀面杖,"上周感冒才好,昨天又开始哮喘,今天竟然偷偷去河里游泳!还没到三伏天,水多凉呀!"

"但是的确很热。"我分辩道。

"能热死吗?心静自然凉,坐在走廊上,看看书,吃我给你用井水泡的水果，多好？你竟如此胡闹，一点儿都不在意自己的身体！"

"这个……的确是……有些过分了。"我耷拉下脑袋，老实承认错误。

"也就一次……"团五郎在旁边赶紧帮腔。

"还有你！"朵朵一把拧住团五郎的耳朵。

院子里一声惨叫。

"臭狸妖，肯定是你撺掇少爷去的！他是笨蛋，你也是吗？"朵朵双目圆睁，简直就像是个暴走的朝天椒，"水那么凉，而且深，如果少爷生病了，或者淹到了，你能负责得了吗？"

"我……我再也不敢了。"

"没有下次！再这样，我扒了你的狸猫皮！"

"明白！"我和团五郎大声回应。

"赶紧去换衣服！"朵朵摇着头。

我和团五郎吐了吐舌头，溜进屋里换衣服。

"少爷，朵朵现在变了。"团五郎说。

"怎么了？"

"原先又可爱又温柔，现在简直就是女魔王。"

"可能……因为雨师妾的原因。"

"是呀，近朱者赤，近墨者黑。"

"然也。"

我塞塞窣窣穿好衣服，来到饭桌前，拿起筷子，风卷残云。

在河里折腾那么久，消耗很大，饿得够呛。

"刚刚邮差送来一封信。"朵朵解下围裙，顺手递过来。

"信？不会又是爷爷的吧？"我皱起眉头。

我那个不靠谱的爷爷,前段时间寄回来一封信,差点儿惹出大乱子。

"不是大老爷,是老爷寄过来的。"朵朵说。

所谓的老爷,指的是我爹。

真是太阳从西边出来了。

自从去年被我爹和我妈丢在黑蟾镇,这两口子基本就没有管过我,不仅没来探望过,连联系都很少。

尤其是我爹,马大哈一个,一生中除了追我妈时写了几封肉麻得让人掉一地鸡皮疙瘩的情书之外,从来没见他写过信。

稀罕了。

我放下碗筷,拆开信封。

那么难看的字,绝对是他的手笔。

文太我儿:

现在,还活着吧?活着就行。自从你回老家之后,我和你妈以及你的哥哥姐姐,简直幸福死了!哎呀呀,没你可真好!你妈说你决定在老家上学,不回来了,听到这个消息,我很欣慰。你长大了,懂事了。虽然又笨又蠢,但你毕竟是我儿子,为父还是爱你的。黑蟾镇那破地方,我是待不下去,估计你过得也很艰难。一想到这儿,为父就忍不住挤出几滴豆大的眼泪。为表为父的舐犊之情,特寄去相机一台给你玩。那东西挺贵的,害得为父的私房钱都用光了,真是惨。这事儿,千万别告诉你妈。

就写到这里了。你妈喊我去跳舞了。

你玉树临风、风流倜傥的老爹

另:没事儿别打扰我和你妈,我们快活着呢!

看完了这信，我恨不得立马把它丢进火堆里。

简直是让人义愤填膺！

太过分啦！

团五郎拿过去，一边看一边笑，差点儿乐死。

"少爷，尽管令尊令堂有些过分，但还是爱你的，还特意送你个礼物。"团五郎用手指点了点信，"相机，是个什么东西？"

"你连相机都不知道？"

"少爷，我可是穷乡僻壤的小妖怪。"团五郎委屈道。

"就是那种……"我想了想，形容说，"一个盒子，里面装上胶卷，咔嚓一下，然后就能把景色、人物都拍摄出来。"

"这不就是画画吗？"

"和画画完全不同。"我真不知道怎么说下去了。

想一想，老爹对我的确不薄。在省城上学时，学校有摄影社，我去参加了几次活动，立马迷上了摄影，先生也说我在这方面很有天赋。自那之后，我就缠着老爸和老妈给我买一台相机。

这东西太贵了，一般人家根本承担不起。老爸老妈想都没想便一口拒绝了，让我伤心了很长时间。

想不到这一次老爸竟然主动给我买了。

看在相机的分儿上，只好原谅老爸了。

"相机呢？"我问朵朵。

"邮差说因为是贵重物品，没法送过来，让你带上取货凭证，亲自去县城邮局取。"朵朵递过来个条子。

"也罢，那本少爷就去县城走一趟。"

来了黑蟾镇这么久，县城还没去过呢。借此机会，还能玩一趟。真好。

"那团五郎我，便陪着少爷走一趟吧。"团五郎学着我的口气说道。

"你们两个，不要贪玩，取了东西，立马回来。"朵朵深知我俩的心思，告诫道，"不要惹麻烦。"

"明白！"我和团五郎齐齐点了点头。

吃完饭，我简单收拾了一下，就和团五郎上路了。

从黑蟾镇到县城，有八十里山路，走到那儿估计天都要黑了，要在县城过一宿。所以我的包裹毫不意外地被朵朵塞得满满的。

"少爷，这么重的包裹我背着，你空着两只手，似乎有些过分呢。"行进的路上，团五郎抗议道。

"谁让你是跟班呢，跟班都这样。"

"好吧。"

山道在林海中蜿蜒，两旁是各种高树，泡桐、杉树、桦树、椴树、山毛榉……挤在一起，争先恐后吸收着阳光，各种藤蔓在枝干上缠绕，地上是厚厚的碧绿苔藓，雪白的蘑菇一簇簇散落，至于各种野花，姹紫嫣红，织成了一张锦绣地毯。

我们兴致勃勃地走了三十里山路，来到渡口，乘船晃晃悠悠渡过大湖，又花些钱坐了一趟大车，黄昏时，总算是到了县城的大门。

一座小城，坐落于群山中的盆地，被山守护着，被水滋润着。放眼望去，一片片的白墙黑瓦，景色很美。

接受了盘查之后，我和团五郎进入城中，顺着石板路的大街往前，一边走一边打听邮局的所在。

"过两个路口，前面那栋小楼看到了没，那就是了。"

顺着路人的指点,我们来到这栋二层小楼跟前。

木质结构,不知何年何月所建,颤颤巍巍,门楣上有精巧的砖雕,挂着一块斜斜的牌子。

走进去,高高的柜台后,一个穿着制服的中年男人在呼呼大睡。

"取东西。"我把凭证的条子放在柜台上。

对方毫无反应,凑过去一看,口水流得老长。

"喂!取东西!"团五郎使劲敲了敲柜台。

"哦哦哦。"男人醒来,揉了揉惺忪的睡眼,看了看我们俩,接过凭条,"哦,来取相机的呀!"

"是的。"

"一直等你呢。"男人笑着说,"鄙局自开设以来,还从来没有收到过这么贵重的邮件,真是稀罕呀。"

我不知道怎么回答。

"文太少爷是吧?请稍等。"他仔细核对过凭证,然后转身走进屋里,抱出了一个包裹。

那小心翼翼的姿势,仿佛抱着一个随时引爆的炸弹。

"请您检查。"他说。

我拆开包装,打开里面的盒子。

一台崭新的相机展现在暖暖的阳光下。

我不由自主地吸了一口气。

美国柯达公司的相机,比一般影楼那种"大盒子"小巧多了,虽然有些重,但抱在手里四处走没有任何问题。崭新的金属散发出好闻的味道,触感很好。

"美国货?"男人问。

"嗯。"我点头。

"可值不少钱呢。"男人呵呵一笑,"令尊混得很好,他是我们那群人中最有出息的一个了。"

"你认识我爸?"

"小学的时候,是同学。"他咧着嘴,露出雪白的牙齿,"鄙姓陈,陈三平。"

因为这个关系,不得不寒暄了一会儿。

"天晚了,你们是连夜赶回去还是……"熟络了之后,陈三平说话随意了许多。

"住一宿,明天再回。"我说。

"住的地方找好了吗?"

"没有。"

"这样呀……"陈三平皱了皱眉头,"文太少爷呀,此事欠妥。"

"怎么了?"

"现在不是太平年月,县城里鱼龙混杂,治安很不好。前段时间,还有山里的土匪混进来抢劫。你们两个小家伙,带着贵重的东西到处跑,很危险呀。如果遇到强盗或者小偷……"陈三平搓着手,看起来很担心。

这事情,还真没有想过。

"回是回不去了。这样,我推荐一家旅馆给你,那地方倒是很安全。"陈三平指了指外面,"街尾有家名为'云来客栈'的旅馆,虽然不大,但十分干净。老板娘是个寡妇,性格泼辣,对投宿的客人要求很高,不接待乱七八糟的人,住在那里很安全。我带你们过去。"

"不过，你不用上班的吗？"我说。

"可以下班啦。"他领我们出去，呼啦一下关上门，上了锁。

云来客栈是个小院子，院子里种着花，一棵高大的桂花树枝繁叶茂。巨大的青瓷缸中，养着几条肥硕的锦鲤，几只母鸡咯咯咯地带着鸡雏吃食。

主房是老板娘居住，两侧的偏房用于招待客人，房间不大，但干净整洁。

老板娘年过三十，但风韵犹存，是个美人儿。我们到时，房间都已经住满，在陈三平的帮助下，老板娘将主房腾出来，倒是给她添了不少麻烦。

"没事，就喜欢你这样的学生，有文化，又懂礼貌，长得也俊。"一身碎花裙的老板娘笑靥如花，"晚饭就在这里吃，我给你们做。"

奔波了一天，的确饿了。

夜幕四合。

"文太少爷，晚饭准备好了。"我和团五郎正在房间里摆弄着相机，一个小伙计走了进来。

年纪十二三岁吧，吸溜着鼻涕，看着灵动可爱，就是瘦，显得脑袋特别大。

"谢谢。在哪儿吃？"我问。

"就在院子里。"小伙计指了指外面。

庭院之中，那棵桂花树下，已经摆放好了桌椅。

"少爷，这相机真的能把人拍出来吗？"团五郎把脸凑到相机跟前，问。

"那还有假？真真的。"我说。

"这是相机？"小伙计愣了愣。

"嗯。"

"不对吧，相机我见过，不是这样的。"小伙计摇了摇头，"我爹、我娘以前带着我和哥哥拍过照片，在许歪脖的照相馆，相机好大的，蒙着布。拍一次好贵的，要两块大洋呢……"

"那是另一种型号，我这个是可以移动的。"我说。

"一样可以用吗？"他好奇地问。

"你看，把它举起来，调整好焦距，然后按这个按钮，咔嚓一下，就可以了。"

"就这么简单？"

"就这么简单。很容易上手，即便没学过摄影的人，也能拍出来照片。"我说。

"真好！"他啧啧称赞。

"久安呀，让你请少爷出来吃饭，怎么这么磨蹭！"正说着话，老板娘风风火火走进来，"哟，这是相机吧？"

"是。老板娘见多识广。"

"啥见多识广呀，我去年到省城，看到个什么记者拿着这玩意儿，还拍了我呢。可惜没留下照片。少爷这个能拍吗？"老板娘道。

"能呀。"

"能不能给我拍一张？"

"可以呀。"我说，"而且免费哦。"

"哎呀呀，那真是太好了！少爷就是少爷。咱们吃饭去吧。"老板娘开心无比。

我放下相机,和团五郎到外面吃饭。

或许是我答应拍照的原因,老板娘特意多添了几个菜,坐下来和我们一起吃喝。

菜香,景美,人美,我和团五郎都有些飘飘然。

"咱们这里虽然是小县城,但是别有风味,不比省城差。"老板娘喝了酒,脸色酡红,宛若盛开的桃花,"外面的胭脂巷,少爷你要去看看。"

"胭脂巷?"

"嗯,两边都是各色各样的店铺,售卖各种特产,吃的、喝的、玩的都有,最好的是胭脂,连省城的客人都来买呢。"

挺不错,出来一趟,带些特产回去,再给朵朵、雨师妾买点儿胭脂,她们一定很高兴。

"我带你们去。"老板娘拍了拍胸脯。

自然再好不过了。

吃饱喝足,我和团五郎跟着老板娘去了胭脂巷。

果真是名不虚传,虽然是条小小的巷子,但各式店铺鳞次栉比,货物更是琳琅满目,我和团五郎买了一大堆,最后在老板娘的推荐下,买了几盒上好的胭脂,满载而归。

"已经很晚了,回去我给你们烧洗澡水,早点儿歇息。"老板娘说。

"不急,明天早晨我们睡个懒觉,老板娘你也打扮打扮,上午咱们好好拍一拍。"我说,"拍出来的照片,包你满意。"

"咯咯咯,好嘞。"

回到了院子,老板娘去烧洗澡水,我跟团五郎回屋。

"真是累死了。不过这老板娘真是好,长得美,人也热情。

咱们黑蟾镇怎么就没有这样的人呢。"团五郎说。

"你这话千万别在朵朵面前说,不然死定了。"我笑着坐下来,然后愣住了,"哎呀!"

"怎么了,少爷?"

"团五郎,咱们的相机呢?"

"相机?之前你不是放在屋子里的吗?"

"是呀,我记得随手放在桌子上了。你没收起来吧?"

"没有呀,我光顾着和老板娘说话了。真的没了?"

"没了。"

我急得脑门儿上冒冷汗,和团五郎将房间里翻了个底朝天,根本没有发现相机的踪影。

"你们这是干什么呢?"老板娘走进来,"洗澡水烧好了。"

"老板娘,不好了,我的相机不见了。"

"啊?之前不是还有吗?"

"是呀,我放在这里就去吃饭了。回来就不见了。"

"天!这么贵的东西,你随手一放?!"

"你这里治安好呀。"

"那也不能这么干呀!虽说我对住宿的客人要求很高,可……"老板娘也有些慌了,出门将所有的客人问了一遍,确定都没有看到相机之后,让我报警。

"只能让巡警来处理了。"老板娘说,"很有可能是被偷了。"

我耷拉着脑袋,心情黯然。

朝思暮想的相机,在手里还没焐热乎就不翼而飞,着实令人沮丧。

看来也只有这么办了。

我叹着气,跟着老板娘沿着街道往前走,不到半个小时,便到了警察局。

拉开门,只见破旧昏暗的房间里坐着四五个家伙,正在乌烟瘴气地打麻将。

"哟,老板娘怎么来了?"为首的一个,年纪四十多岁,胖乎乎的,一笑起来眼睛就眯成一条缝。

"馒头,找你有事。"老板娘说。

馒头?这名字真是……恰如其分。

"你的事就是我的事。"馒头笑了笑,放下手里的牌,走过来。

老板娘一五一十地将事情的来龙去脉说了。

馒头警官顿时皱起眉头:"丢了照相机?这可是贵重物品。我们局好多年没碰到这样的大案了!弟兄们,别玩了,赶紧给文太少爷找去。"

一帮巡警迅速丢了牌,穿上衣衫。

客栈的小院乱成一锅粥——在馒头警官的指挥下,所有住宿的客人被召集到庭院,挨个接受讯问,有的警察开始逐屋仔细搜查,有的到外面隔壁的店铺、民宅调查情况……

至于我和团五郎,则被丢在一旁。

"馒头办案有一手,别担心。"老板娘安慰我。

等了大概两个小时,眼见得快要半夜了,馒头警官满头是汗地走进来。

"怎么样了?"老板娘着急地问。

馒头警官坐下来,咕嘟咕嘟喝了一碗凉茶,道:"情况有些不妙。"

"什么意思？"老板娘问。

"我们对所有投宿的人进行了仔细的盘问，虽说有一两个不太正经的家伙，但他们都有不在场的证据，基本上可以排除。"馒头顿了顿，又道，"案发前后，附近店铺和居民也并没有看到可疑人物出入你这里，更别说看到照相机这么稀罕的东西了。我又让人到附近的当铺、商店查了查，如果是小偷，偷到东西会急于出手，大概率会卖了，可也没有收到这样的报告……"

馒头警官站起来："现在看来，这起案件进入了死胡同。那台相机简直如同人间蒸发一般。"

"的确是丢了。"我说。

"我当然相信文太少爷。"馒头警官搓着手，"可目前的形势……我也无能为力。"

"那也得想办法呀！"老板娘有些火大，"文太少爷的照相机是在我这里丢的，你们破不了案，以后还有谁愿意到我这里来投宿？"

"是这么个道理。可是……"馒头警官长吁短叹，十分为难，"也只能找他老人家帮忙了。"

老板娘闻听此言，微微一愣："你是说，去找……"

"对。这种情况，或许只有他老人家能帮忙。"

"看来也只有如此了。"老板娘点头表示同意。

我和团五郎相互看了一眼，疑惑不已。

老板娘起身收拾一番，拎了个竹篮子，里头放了两瓶好酒，想了想，又从厨房端出几盘菜，一并放好了。

"走吧。"老板娘说。

"去哪里？"

"当然是去他老人家那里了。"馒头警官抢着答道。

"你们警察局还有高手？"我问。

馒头呵呵一笑："说是高手，也对。但他老人家不是我们警察局的人。"

不是警察局的人？我更困惑了。

"平时我们有些破不了的案子，尤其是盗窃案，都会去找他老人家，一般都能解决。"馒头双手合十，"所以他老人家是我们最大的依靠。"

这么厉害？看来是个相当神奇的存在。

馒头和老板娘在前，我和团五郎在后，出了门，往后面拐去。

小旅馆的后面是一片小小的丘陵，长着些高树。走了一段距离，树林中隐隐露出了庙宇的檐角。

很小的庙宇，之前应该是土地祠之类的，但年久失修，庙门已经倒塌了。

走进院落，只见正殿和左边的偏房都破败不堪，倒是右边的小殿修葺得干干净净。

"老板娘，怎么来到庙里面了？"我丈二和尚摸不着头脑。

"对呀，他老人家就住在这里。"老板娘指了指小殿，"我们都称他为老吊爷。"

老吊爷？这名字有些奇怪。

"其实……是个妖怪啦。"馒头警官小声说。

"妖怪？"

"嗯。"馒头警官压低声音，"老吊爷是很久很久之前的人,生前姓张,至于叫什么就没人知道了。他家生活贫困,靠织布为生。有一次,老吊爷将家里仅剩的几匹布带到城里卖,想着能卖个好价钱,买些米面回去,毕竟一家人饿了好几天了。哪料想,小偷趁着他不注意,把布偷走了。"

"这可是救命的布呀,老吊爷去报官,衙门不管,给轰了出来,他自己去找,人生地不熟,终究是没寻回失物。一来二去,他又气又恼,就解下腰带在这里吊死了。"馒头警官指了指小殿。

"从此之后,他就留在了这里。或许是因为能够切身体会被人偷去东西的痛苦吧,他经常现身帮助别人。如果有人丢了东西,只要虔诚地向他祈祷,一般都能找回来。因为他很灵验,所以大家都很喜欢他。尤其是我们巡警,破不了的案子也会来找他,大家都尊称他为老吊爷。"馒头警官道,"等会儿你自己进去,好好跟他老人家说说。"

说话间,已经来到了殿门口。老板娘把竹篮递给我,示意我进去。

接过沉重的篮子,我心里直打鼓。

虽然馒头警官说得轻松,但是黑灯瞎火让我一个人进去,和一个……吊死的人说话,想一想鸡皮疙瘩就起了一身。

"进去吧,没事的。他老人家很好的。"馒头警官说。

唉。没办法。

叹了一口气,想想我那台崭新的照相机,我硬着头皮跨进了门槛。

里头并不大,也就十来平方米,充斥着一股霉味。好在窗户挺大,皎洁的月光照进来,能够隐约看清楚状况。

走到供案前，我拿起火柴，点亮了蜡烛。

供案的对面有座小小的神像。

泥塑，高不过一米多，虽然出自无名工匠之手，但是栩栩如生。

和我想象的不同，这尊神像既不高大威严，也不狰狞恐怖，看上去就是个六十多岁的老头儿，赤脚站立着，背着布，拿着雨伞，跟平时田里头看到的老农没什么不同，和蔼可亲。

我吸了一口气，将酒菜从竹篮里拿出来，摆在供案上。

"那个……"我双手合十，不知道说什么，想了想，道，"老吊爷在上，我叫方相文太，此次路过……宝地，在小旅馆丢了照相机。这东西很珍贵，也报了案，但是……找不到。无奈之下，只能来找您老人家了，希望您能帮帮忙。感激不尽！"

结结巴巴说完了，我又双手合十拜了拜。

没有动静。

周围死寂一片，只能听到自己的心跳声。

难道说得不够诚恳？

我不得不又重复了一遍刚才的话语，态度更加恭敬起来。

唉，求人帮忙，真不是一件轻松的事。

"你就是文太少爷？"心里正胡思乱想，突然有个声音从供案对面传过来，吓得我差点儿跳起来。

"是，我是。"我赶紧道。

"哎呀，终于见到了传说中的文太少爷，太好啦。"对方笑起来。

声音有些沙哑，偶尔还咳嗽几下。

我四处看了看，想找到对方。

"在这里。"供案后面,缓缓走出来一个身影。

一个老头儿,赤着脚,背着布,拿着伞。

和那尊泥塑一模一样。

"您就是……老吊爷?"我睁大了眼睛。

"就是我啦。"他笑起来,饶有兴趣地打量着我,"果然不愧是方相家的少爷,一表人才,最近老是听人说起你。"

"听说我?"

"嗯。不光是黑蟾镇,如今,周围方圆几百里,文太少爷的大名可是越传越远。"

是吗?我怎么不知道自己这么出名呢?

"一直想有机会去和你见一面,想不到文太少爷这次主动找上门来了。真是让人开心。"老吊爷把布和伞放下,笑呵呵地看着我,"来城里玩?"

"也可以说是玩,不过丢了照相机。"我说。

一提起照相机,我的心情简直糟糕透了。

我把事情说了一遍,又道:"馒头警官他们没办法了,只能找您。"

"馒头?"老吊爷呵呵大笑,"那帮家伙,办事情不靠谱。"

"不靠谱?"

"嗯。太粗心,当然不会发现。"

听他这么一说,我心里暗喜,看来老吊爷已经胸有成竹了。

"还请您老人家帮帮忙。"我说。

"不用客气啦。"他点点头,然后道,"文太少爷,其实,并没有人偷你的照相机哦。"

没人偷?那就是我自己放错地方了?

"不可能吧，能找的地方我都找了。"我着急起来。

"不是这个意思。"老吊爷摆摆手，"照相机的确不在小旅馆，被人拿走了，但那不是偷。"

"被人拿走了，不是偷，还能是什么？"我张大嘴巴。

"不是偷。"老吊爷强调了一下，"偷和拿，还是有区别的。"

"有什么区别？"在我看来，结果是一样的。

"偷东西是恶意的，拿就不一样了，比如需要用……对，借用一下，应该这么说。不过有时候，即便是偷，也可能并不是出于本意，是有原因的。毕竟天底下，没人愿意去做一个小偷。"老吊爷笑了一声。

我沉默了起来。

见我有些想不通，老吊爷叹了一口气，道："文太少爷，我的事情，你知道吗？"

"听馒头警官说了一些。"

"哦。"老吊爷看着外面的夜色，道，"我的一辈子，够苦。文太少爷，你知道吗？从我记事开始，就没有吃过一顿饱饭。我们没有土地，是佃户，父亲做长工，母亲给人缝缝补补，补贴家用，家中的兄弟姐妹们，放羊、种地，很小的年纪就要一起奔波。大荒之年，我爹我娘都饿死了，后来，只剩下我一个人……"

"辛辛苦苦没日没夜地干，总算是有了两三亩自己的地，一半种粮食，一半栽桑树。我那女人能干，养蚕、织布，跟着我没少吃苦。那一年，年景不好，起了蝗灾，粮食早就吃完了，家里只剩下几匹布。"老吊爷说，"我带着这几匹布来到城里，打算卖了布买点儿粗粮带回去。女人、孩子都眼巴巴等着呢。万没想到我上个茅厕，把布放在茅厕门口，转眼的工夫就不见了。衙门不管，别人不问。找不回布，买不到粮食，一家老小都要饿死。我没脸回去，气得要命，便在庙里上了吊。那时候，我想，我就是死了，也不会放过那个小偷！可是结果呢……"

"结果怎样？"我问。

"那个小偷比我更惨。"老吊爷叹了口气，"天底下的穷苦人，都一样。那家人，先前饿死了不少，只剩下个老妇人和小孙子。小孙子害了病，老妇人实在没办法，才偷了布。"

老吊爷顿了顿，道："刚开始，我真想狠狠报复一番，但是当我看到那个家，看到哭喊着的小孙子，看到唉声叹气的老妇人，也就释然了。我若报复了老妇人，那孩子怎么办？"

"老吊爷，你做得对……"我说。

"对不对，不敢说。凡事讲个良心吧。"老吊爷说，"自那之后，我就在庙里住了下来，遇到穷人有难处，能帮忙的我就帮忙。文太少爷，人生来便是受苦的，穷人不帮穷人，还有谁帮我们呢？"

"你的相机，不是被人偷了，是借用。"老吊爷说，"放心吧。"

"那是谁借用了呢？"我长出了一口气。

老吊爷笑了笑，道："你出去，在庙门口左边斜坡上的大槐树下等我。馒头和老板娘，就别让他们掺和了。"

"好。"

走出庙门，馒头警官和老板娘等得着急，忙问我具体情况。我找了个理由把他们打发了，然后和团五郎去大槐树下等老吊爷。

等到了地方,老吊爷已经在那里等候多时了。

"咱们去哪儿?"我问。

"跟我来。"他转过身,走下斜坡。

沿着小土坡往北,是一片低矮的房舍。

这些房舍没有任何的规划,胡乱用木头、茅草、土坯垒成,低矮、潮湿。街巷之中污水横流,臭气熏天。

夜已深,周围万籁俱寂,只有零星的几盏灯火亮着,隐约能够听到婴儿的呓语和低低的抽泣声。

老吊爷在前,我和团五郎在后,曲曲折折走了一顿饭的工夫,来到了一间小茅屋跟前。

很小的房子,屋顶有些地方露出了大洞,长满了野草,外面用树枝简单围成了篱笆。

老吊爷示意我们安静,领着我们跨过篱笆,来到窗户跟前。

里面亮着灯,坐着两个孩子。

我吃了一惊。

小的这个孩子我认得,是旅馆里的那个叫久安的小伙计。

大的孩子看起来十四五岁,应该是他的哥哥吧。

屋里家徒四壁,除了一张床和一套桌椅之外,啥都没有。

哥哥坐着,满脸愤怒,久安低着头,抹着眼泪。

桌子上,赫然放着我的那台照相机。

"你做出这样的事情,爸爸妈妈会生气的!"哥哥一边说一边敲着桌子,"我们再穷,也不能偷东西。"

"我不是偷……"久安哭着说。

"不是偷,还能是什么?东西在这儿呢!"哥哥指着相机,"你就是小偷。"

"我不是小偷!"久安站起来,大声说,"我不是!"

"你不打招呼,把别人的东西拿回来了,不是偷?"

"不是!我就是想用一下!"

"那也不行!"

"我想爸妈了!"久安哇哇哭起来。

哥哥愣了,他站起来,搂住久安,大颗大颗的眼泪从眼眶滚落。

我转脸看了看老吊爷,发现他的眼睛也湿润了。

"怎么回事?"我小声问。

"大的孩子叫长治,小的那个叫久安。"老吊爷说,"先前是幸福的一家哦。"

我再次看了看房间,里面只有他们兄弟俩。

"他们家原先住在旅馆前面的那条街,久安他爹是个读书人,与人为善,开了家小小的古董店,久安他娘是外地人,听说是他父亲的同学,长得好看,贤惠得很。这一家在城里算得上是中等之家,夫妻和睦,对孩子也很关爱,令人羡慕。"

"后来呢?"我问。

"久安他爹的店里有个家传之宝,是一对羊脂玉如意。前年,省城有个大官来这里游玩,进了店,打眼就看中了,让久安他爹卖。那东西,久安他爹怎么可能卖?结果得罪了那个大官⋯⋯"老吊爷叹了口气,"过了一两个月,久安他爹被绑走了,说是勾结乱党。久安他娘抱着玉如意去探望,也一去不归。后来才知道,那帮混账东西将久安他爹活活打死在狱中,又骗走了久安他娘的玉如意,久安他娘绝望之下,投河了。"

"原本幸福的一家子,转眼只剩下一对可怜的孩子。"老吊爷摇了摇头，"房子、铺子都被占了，他们只能流落到这里。久安很小，长治拉扯着他，为了生活，长治给人当童工、擦鞋、送报、干苦力，什么活都干过。久安呢，也帮着哥哥四处找活，有时候，兄弟俩还要乞讨。"

"这两个孩子虽然年纪小，但有志气。即便再苦再累，也从来不偷奸耍滑。这一次，久安拿了你的照相机，估计是有原因的。"老吊爷说。

"久安，不管你有什么理由，拿人家东西，就是不对！"屋里面，长治为久安抹去了泪水，大声道，"爸妈在的时候告诉过我们，人得争气，坏事不能干，不能祸害人。你现在跟着我一起去旅馆，向那位少爷赔礼道歉！如果人家追究下来，咱们必须承担。"

"我要用一下。"久安指着相机，"用完了我就还回去，一人做事一人当！"

"你怎么不讲道理呢！我生气了！"长治说。

看着兄弟俩吵得很凶，我忍不住走到门前，推开了门。

"谁？"长治愣住。

"哥，这就是……那位少爷。"久安说。

"少爷，实在是对不住，我弟弟不是故意的，他不是偷……"长治双膝跪地，赶紧解释，"少爷，要追究就怪我吧，我弟弟太小……"

"起来吧。"我把长治拉起来，看了看久安，"我来可不是追究的。久安，你借用相机，恐怕有自己的理由吧。"

"是的。"久安使劲点头，流着泪。

"那就说说吧。"我拍了拍久安的肩膀，"我也很想听听呢。"

"我想爸妈了。"久安说。

"你这家伙!"生气的长治瞪着久安,"这跟爸妈有什么关系?"

"哥,你忘了?明天是我的生日,他们原来说过,等我十三了,我们一起拍张全家福!明天我就十三了!"久安哭道。

长治,呆住了。

"我老是梦见爸妈,哥,老是梦到。我梦到先前的那个家,梦见爸爸看着店,妈妈在院子里的桂花树下给我们洗衣服,我俩背着书包去上学。"久安说,"我真想和他们在一起呀,哥。"

屋子里安静了下来。

"家被别人占了,我什么东西都没带出来,只带了爸妈的照片。"久安抽泣道,"哥,你不知道,晚上你哄我睡了,自己出去工作,其实我那是假睡,是为了让你安心。你走之后,家里黑黑的,我害怕,就抱着爸妈的照片睡觉。哥,我好想爸妈呀!"

呜呜呜。久安号啕大哭。

长治默默流着泪,把久安一把拉进怀里。

"妈答应等我十三岁了,一起拍张全家福,爸在,她在,我们都在,一家人的全家福。这件事情,我一直都记得。"久安说。

"久安,爸妈……不在了,全家福拍不成了。"长治说。

"在!爸和妈在。"久安指着床边方桌上放的两张用木框装裱好的照片,指了指自己的胸口,"一直都在。"

"你拿走照相机,想拍一张全家福,对吧?"我说。

"是的。文太少爷,我不是偷,我打算拍了之后,还给你。许歪脖的照相馆,我们拍不起……"久安说。

长治连忙道:"实在对不起,文太少爷,久安不懂事。"

我站起身,拿起照相机:"长治,久安,明天请你们到小旅馆去。"

他们两个看着我,顿时紧张起来。

"没事啦。久安不是要拍全家福嘛,咱们好好拍一拍。"我说。

"真是……太谢谢文太少爷了。"久安又哭起来。

…………

第二天,天还没亮,我便早早起床了。

吃完早饭,收拾好东西,团五郎从外面一路小跑进来。

"怎么样了?"我问。

"办妥了。"团五郎点了点头,道,"长治和久安原先的家,先是被霸占,然后被卖给了一家做皮毛生意的,我过去商量了很久,花了两块大洋,对方才答应借用庭院,真是掉到钱眼儿里了。"

"办妥了就行。"我笑道。

"文太少爷!"正说着话,长治和久安出现在门口。

两个男孩儿的打扮,和昨晚完全不同——穿着一身整整齐齐的学生装,脚下的皮鞋擦得锃亮,只是有些不合身,想必是他们保管下来的多年前的衣装。

"哟,长治,久安,你们这是要娶媳妇吗?"老板娘笑道。

"是去拍全家福啦!"久安指了指怀中抱着的父母的照片。

"走吧。"我拿起照相机。

他们原先的家,距离小旅馆并不远。

一个幽静的庭院,青砖白墙,恬静典雅,院中有一棵桂花树，高大粗壮。

"在树下拍吧，爸妈最喜欢的庭院，最喜欢的桂花树。"久安说。

"好。"

两个人小心翼翼搬来板凳，坐在树下，怀抱着爸妈的照片。

"爸爸，妈妈，我十三岁了，长大了，我很想你们。"久安对着照片低声说。

"爸爸，妈妈，我和久安很好，你们不要挂念，我会好好带他，把他养大。"长治如此说。

"来吧，一家人快乐地拍张全家福吧。"我举起照相机，"多美的庭院呀。"

"是哦。"长治和久安抬起了头。

"笑一个！"我说。

两个人紧紧抱着父母的遗像，露出了笑容。

灿烂的阳光，穿过桂花树丛，洒在他们的脸上。

咔嚓。

我有幸记录了这个瞬间。

在这个美丽的庭院中。

…………

"文太少爷，欢迎再来哦！"老板娘站在小旅馆的门口，和长治、久安一起热情地挥手。

他们后面的巷口，是同样跟我作别的老吊爷。

"好哦！一定再来！"我笑着回应，依依不舍地离开。

火车马上就要开动了。

"少爷真是的！"团五郎鼓着脸，"辛辛苦苦跑一趟，为的

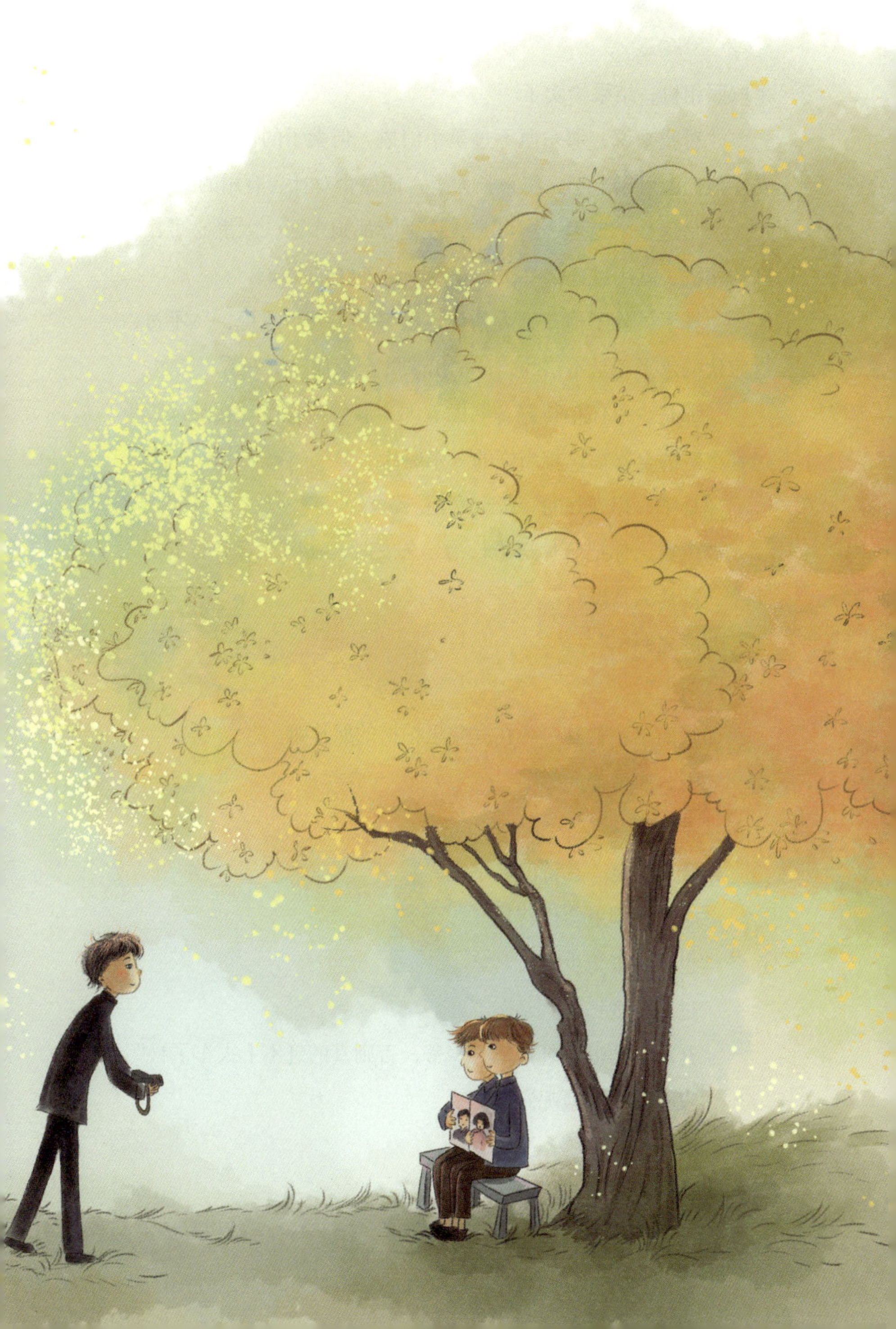

是取照相机，结果给卖了。"

"对我来说，那东西不过是个消遣，但卖了的钱给长治和久安，他们就可以上学，将来长大了，能做个对社会有用的人。"

"是这么个道理……可是，许歪脖那狗东西，太黑心了，崭新的相机，就用过这么一次，竟然少给了好些大洋！"

"算了，除了他，别人估计也没兴趣买。"我说，"不过，这家伙的水平还是不错的，冲洗出来的全家福，挺好看。"

"那是少爷你拍得好。"团五郎不服气地说，"我从来没看过那么好的全家福，相当好的一张照片。"

"是哦，相当好的一张全家福。"

"少爷，你把照片送给长治、久安时，在照片背后写的那三个字，是什么意思？"

"庭之照？"

"对。"

"很简单，就是……在庭院里拍摄的照片嘛。"

"哦，原来如此。"

"不然呢？"

"我以为是一首诗的名字呢。"

"本少爷哪里会作诗！"

"也是。笨蛋少爷。"

"过分了哦！"

"开玩笑的啦。赶紧吧，少爷，否则真的赶不上火车了！"

"哎呀，火车票呢？"

"少爷！不要闹！"

"真的没有了。"

"刚才不是还在吗？"

"是呀，但是现在兜里没有了。"

"不会丢了吧？"

"不急，丢了的话，咱们再去找老吊爷就行。"

"笨蛋少爷！即便是找到火车票，火车早就开走啦！真是服了你！"

"那怎么办？"

"让你小心些……哎，好像在我兜里。"

"笨蛋五郎！"

船山藏

山之藏

　　五代离乱，兵革纷扰，豪商大贾往往以珍宝委弃深山大泽中，免罹丧乱，不可胜数。绵历岁月，乃成变怪。今建州浦城县之船山，一藏是也。山有赤人、赤马、白人、白马、牛羊之类，左右罗列，动以千百数，杂陈金宝，长亘数百步，而人未有得之者。山之垠常有字隐隐出于石间，村甿不能辨书者多见。之后有人见而记曰："船山有一藏，或在南，或在北，有人拾得，富得一国。"至今存焉。胡人过是山，必拜而去。

——宋·章炳文《搜神秘览》

"真是太美味了!"

狠狠咬上一口,我发出由衷的感叹!

一堆干柴,噼里啪啦地烧着,周边架着十几根柳条枝,每根柳条上都插着又肥又大的泥鳅,撒上一点点盐巴,烤得吱吱冒油,香气扑鼻,咬一口,肥而不腻,全身的毛孔都战栗起来。

美味!

到了享受美味的季节啦。

天气一天天热起来,群山葱翠,流水潺潺,花草繁盛,一切变得生动可爱。

布谷鸟的啼叫声传来,婉转悠扬。

每年这声音一出现,稻香便随之飘来。

人们辛勤耕作的稻田开始泛黄,风吹过来,稻浪滚滚。

稻子在拼命喝水、抽穗,抓紧最后的时间让稻穗饱满起来。

细小的稻花落在水面上,引来了很多平时潜伏的小东西。

黑蟾镇一带，有大片大片的稻田。

这里河流、小溪丰富，引水十分方便。除了种稻，大家也在稻田里养鱼，比如鲤鱼、鲫鱼，这些鱼吃着稻花、杂草，长得肥硕无比，排出来的粪便又能给稻子提供养分，可谓一举多得。等稻子丰收了，大家就把鱼打捞出来，或煮或蒸，鱼肉又鲜又香。

这种鱼，我们称为"稻花鱼"，因为产量很少，所以宝贝得很，农民们看管得很严，若是去偷被抓到了，少不了挨一顿胖揍。

但是泥鳅，他们是不管的。

稻田里的淤泥是泥鳅的乐园。这些小东西不仅数量多，而且很狡猾，不容易被抓住。不过论味道的鲜美，我觉得比鱼更好吃。

泥鳅被农民们认为是有害之物，它们在泥地里乱钻，损伤稻子的根系。因为这个原因，小孩子去稻田抓泥鳅，农民们不但不阻止，反而很欢迎。

抓"稻花泥鳅"是有技巧的。不能徒手扒开淤泥，那样的话，会伤到稻子，一般有两个方法：一个是鳅叉——站在阳光下静静等待，泥鳅露头的时候，将鳅叉狠狠地插过去，便可抓上来；另外一个是鳅钩——一端是挂上蚯蚓的特殊的鱼钩，另一端的细线拴在小木棍上，晚上插在稻田里，早晨就可以去收钩了，虽然不是每一个鳅钩都能钓到泥鳅，但也能收获颇丰。

像我这样的懒人，不可能站在大太阳下叉泥鳅，所以鳅钩是最佳选择。

前段时间，为了吃上又肥又美的泥鳅，我拿出零花钱，和石楠生、野叉花了一天的时间做了上百个鳅钩，插在稻田里，每一次起码能钓上二三十条，打打牙祭足够了。

"要是每天都能吃上这样的盐烤泥鳅，该多好。"我一边狼吞虎咽一边说。

"那的确是好。"野叉抹去嘴角的油，说道，"刨蚯蚓，穿钩，到稻田里插鳅钩，收钩，忙活得累死，也不过二三十条。少爷你啥都不干，只知道吃，一大半的泥鳅都进了你的肚子。"

"哎呀！"我立马生气起来，"本少爷虽然吃得多了点儿，但是鳅钩的钱都是我出的呀。你们跑跑腿，也能吃上泥鳅，知足吧。"

"真是恬不知耻。"野叉嘀咕道。

石楠生在旁边闷笑。

"明天再继续吧。"吃完了泥鳅，我觉得很不过瘾。

"继续不了。"野叉摇了摇头。

"为什么呀？"

"少爷，你光知道吃！这些天，周围的稻田被我们祸害得差不多了，泥鳅不愿意再吃钩，而且你几次三番大喊大叫地冲进稻田，踩坏了不少稻子，田主对你很有意见，让我们不要再下钩了。"

"是这样吗？"我不相信野叉的话。

石楠生使劲点了点头。

"那怎么办？吃不到喷香喷香的泥鳅，本少爷心情会不好的！"我说。

"谁管你好不好！就是搞不了了。"野叉说。

"得想个办法呀！"我看了看周围，"稻田里没有，那河里、溪流里呢？"

"河里、溪流里的确有泥鳅,不过那些泥鳅的味道比不上稻田里的……"

"只要是泥鳅就行!本少爷就要吃盐烤泥鳅!"我说。

"河里的、溪流里的泥鳅聪明得很,一晚上能抓三四条就已经很不错了,不够你塞牙缝的,我看还是算了。"石楠生说。

我简直要崩溃了。

"有个地方倒是能抓到又大又肥的泥鳅。"野叉抢先一步,将最后一条泥鳅塞进嘴里。

我眼巴巴地看着,咽着口水:"哪里?"

"船山。"

"船山?"

这地方我倒是没听说过。

"是距离我们这里四五十里的一座大山,因为外形奇特,远看像一艘大船,所以取名叫船山。"野叉解释道,"那里溪流密布,因为不宽也不深,所以溪水流得很缓,河底堆积了厚厚的淤泥,是泥鳅藏身的好地方。船山一带没有人家,更没人去捉,所以那里的泥鳅又肥又大,而且呆头呆脑,像我们这样的鳅钩,绝对一钩一个。"

"那你不早说!"我使劲拍了一下腿,"晚上去船山下鳅钩,明天吃一顿烤泥鳅大餐,就这么定了!"

一个鳅钩一条泥鳅,那就是上百条,哈哈哈!一百条吱吱冒油的烤泥鳅……天呀,口水都要流出来了。

野叉沉默着,像看白痴一样看着我。

"怎么了?"我问。

"少爷,那地方,去不得。"

"怎么去不得了？"

"你没听过那首歌谣吗？"

"什么歌谣？"

"'没事不要去船山，去了隔日不回还。'小时候我们都会唱的。"

"我没唱过。为什么不能去？"

"那边……闹妖怪。"

"闹妖怪？怎么回事？"听到妖怪，我就来劲。

"说来话长了。"野叉站起来去取水，把火堆熄灭，"船山那边，有'船山藏'。"

"船山藏是什么东西？"

"据说，满月的晚上，山里头会出现很多奇怪的东西，穿着黑衣服白衣服的人、红色的马，还有牛羊都齐齐出动，中间有乱七八糟的各种小东西，队伍拖得老长，是隐藏在山里的金银宝贝。"

"金银宝贝变成的妖怪？"

"是了。山底下有块石碑，上面写着一句话：'船山有一藏，或在南，或在北，有人拾得，富得一国。'"野叉说，"意思就是，山里藏着许多宝贝，如果有人得到了，立马就能变成有钱人。"

"这是好事呀。"我说，"有金银宝贝，自然更要去了。万一捡到了呢。"

野叉鄙视地看着我："少爷，这事周围的人都知道，但是从来就没人敢去，因为没那个命，即便是走运得到了宝贝，恐怕也无福消受。"

"哦？怎么回事？"

"前几年，咱们镇的贾老六……"

贾老六是黑蟾镇唯一的铁匠，小气鬼一个。

"有天晚上从外面做工回来，那天正好是满月。当时贾老六喝醉了酒，稀里糊涂地进了船山。山风一吹，贾老六抵不住酒劲儿，躺在一棵老树下睡着了，不知道睡了多久，恍恍惚惚听到了歌声。他睁开眼睛一看，发现面前有几个娃娃，手拉着手唱歌跳舞。贾老六刚开始以为是山里人家的孩子，但是仔细一瞅，发现几个孩子长得一模一样，而且白白胖胖、全身赤裸，无比可爱。"

我听得入了神。

"贾老六酒也醒了，发现原来自己跑到了船山，一想到船山藏的故事，觉得眼前的这几个娃娃恐怕有问题，就偷偷脱下了棉袄，趁着他们不注意，猛地扑倒了一个娃娃。其他几个娃娃吓得哇哇哇跑掉了。贾老六掀开棉袄，发现娃娃不见了，地下是一锭白花花的银子！"野叉比画了一下，"足足有二十两！"

二十两的银锭，值不少钱。

"贾老六高兴得手舞足蹈，抱着银锭回到了家。"野叉说，"结果第二天，就得了怪病。"

"什么怪病？"

"浑身上下起怪斑，然后变大变厚，简直像老树皮一样，又痒又疼，蜕了一层又起一层，很快奄奄一息。"野叉说，"而且他老是梦到一个黑衣大汉，面目狰狞，向自己要东西。当时我爷爷听了之后，就找人把贾老六得来的那块银锭送回了船山，又过了几天，贾老六病才好。"

"不光贾老六……"野叉说,"我爹也碰到了。"

野叉的老爹竹茂,是黑蟾镇唯一的巡警。

"我爹有次去城里办案子,回来晚了,经过船山。那天也是满月,他累坏了,见路边有一片残垣断壁,就找了个地方窝进去,想睡一会儿,结果听到了动静。他睁开眼一看,发现是一支长长的队伍,有人、有马、有牛、有羊,还有小娃娃抬着金银宝贝。当时天寒地冻,风一吹,我爹打了个喷嚏,被领头的黑大汉发现了。那黑大汉又高又壮,转过身直奔我爹而来,直接开揍。他那两只手,看不出有什么特别之处,但碰到身上就是一道伤口,疼得厉害。我爹招架不住,拼命逃,黑大汉在后头追,眼见追上了,我爹从山崖上跳到河里,才捡回了一条性命,回到家,几个月没起来床。"

野叉说完了这些,我的一颗心拔凉拔凉的。

如果真的是这样,我的盐烤泥鳅怎么办?

"少爷,泥鳅可以不吃,但船山一定不能去。"野叉谆谆告诫。

从稻田回来,与野叉、石楠生告别,我垂头丧气地回了家。

"怎么了少爷,没精打采的?"朵朵见到我这样子,有些担心。

"没事。"我嘀咕道,"只是吃不到泥鳅了而已。"

"哦,竹茂找你有事,在百货店等了很长时间了。"

"他找我?"

这倒是挺稀奇。

我快步进了百货店,果然见竹茂坐在椅子上打瞌睡。

"找我啥事?"我摇醒了他。

竹茂揉了揉眼睛，道："哦，回来啦？也没啥事。"

这话说的……

"最近要提高警惕。"他站起身，整理了一下警服，"这几天，周围的几个村子都反映，说有奇奇怪怪的人出没，虽然没造成大的损失，但是有的人家丢了东西。"

"小偷？"

"不是。丢的东西都是馒头、干粮、铁叉、用了很久的棒槌之类的。"竹茂道，"反正很奇怪的。你家的杂货店很惹眼，所以保不齐会来你这里。了解到情况后，我挺担心你的，特意跑一趟。"

"谢谢。我会注意的。"

"行啦，那我走了。"竹茂取过警帽戴上，准备离开。

"等等。我有件事问你。"我把野叉说的他在船山的遭遇讲了一遍。

"是真的吗？"我问。

竹茂不太好意思地挠挠头："是真的。"

我最后的一点希望也破灭了，喃喃道："看来船山是真的不能去了。"

"你想去船山？"竹茂有些惊讶。

"本来想去抓泥鳅的。"

竹茂忍住笑，道："还是别去了。船山藏可不是闹着玩的。毕竟那是山贼留下来的。"

"山贼？"

"是呀。"竹茂说，"是很久很久以前的事情了，具体什么时候，我也说不清楚。老辈人讲过，说船山那边有一群山贼，不仅人数众多，而且十分厉害，打家劫舍，无恶不作，连官府都无可奈何。他们在船山修建寨子，招兵买马，整座山都成了他们的据点，当然了，里面也有抢劫而来的巨大财富。"

"后来呢？"

"后来，好像一夜之间就消失了。"

"怎么可能呢？势力庞大的山贼，一夜之间就……"

"的确是这样。"竹茂说，"一夜之间，山寨里的人几乎全死了，寨子也被一把大火烧成了残垣断壁。"

"这中间肯定发生了什么。"我皱着眉头说。

竹茂笑了一声："谁知道呢。正是因为事发突然，所以强盗们埋藏的那些宝贝下落不明，留在了船山，时间长了，就成了妖怪。人们都说，那些珍宝是被诅咒过的，所以大多数人不会去找，后来连船山那边也没人愿意去。少爷，我劝你还是不要去那边钓泥鳅。"

"这个……知道了。"我失望地点了点头。

竹茂起身告辞。

他走了之后，我收拾百货店，做完作业，又和朵朵吃了晚饭，眼见得夜色渐浓。

累了一天，伸个懒腰，站起来想关门打烊，却见门口光影一闪，进来了一个人。

看到这人的第一眼，我心里就咯噔一下。

来人年纪五六十岁，又矮又瘦，简直是皮包骨头，这么热的天，竟然穿着一件黑色的油光锃亮的皮袄，申字脸，山羊胡，脸上满是皱纹，一双眸子呈现出少见的暗灰之色。左手拿着烟锅，背着一个鼓鼓囊囊的黑色包裹。

家里来人向来不多,大部分都是来百货店买针头线脑的村民。这老头儿,我第一次见,完全是个生面孔。

"要买东西吗?"我一边说一边打量他。

老头儿满脸堆笑,道:"掌柜的,我先看看,看看……"

那就看吧。我坐下来,拿过算盘装模作样地拨着,偷偷观察他。

老头儿点了烟袋,眯起眼睛,眼神在货架上游移。

我们家的百货店,货架高大,乱七八糟的什么都有。

老头儿寻摸了一番,笑起来,露出一口黄牙:"掌柜的,来两封洋火,二十根蜡烛,五条麻绳,铁铲来两把。"

洋火,指的是火柴。虽说他要的都是寻常之物,但这些东西组合在一起,有些奇怪。

我把东西取出来,放在柜台上,报了价钱,他倒是没有任何的迟疑,掏出钱付了。

那双手令我印象深刻,一只手满是老茧、皲裂,另外一只手却是白白净净,保养得很好。

"你这店别看不大,东西倒是挺全。"他寒暄道。

"开了好多年了。"我说,"老人家不是本地人吧?"

"不是。我是跑船的。"他说。

黑蟾镇一带河道发达,很大一部分运输靠船,尤其是从去年开始,来来往往的船很多,其中就有不少是外地前来采购山货的。

但这个人的话让我产生了怀疑。

可能他觉得我年纪小,随口一说就能糊弄过去。但是本少爷没事就喜欢去外面溜达,跑船的人我见过,别的不说,他们身上会散发出一种若有若无的水腥气,那是长年累月在水上生活浸染来的,这老头儿根本没有。

这人,有些怪。

"来收货?"我不动声色地说。

"也算是吧。"他呵呵笑起来,将东西收好了,准备要走,转身的时候,停了下来,"掌柜的,那盏灯,卖不卖?"

灯?

顺着他手指的方向望去,柜台的一角,放置着一盏灯。

黑蟾镇一带的人家都会用这样的灯,人们称之为"提灯"。说白了,就是用木头做成方形,里头放上蜡烛,外面糊上一层纸,夜间风大的时候,不至于被吹灭。

他要买的这灯,我有些印象。

在我的记忆里,这盏灯一直在我们家。虽然形制上和一般的提灯没多大区别,但灯架并不是木头,而是一种雪白坚硬的类似于骨头的东西,摸起来凉凉的、润润的,外面糊的也不是纸,而是一种我没见过的薄如蝉翼的皮。最有特色的,就是在这皮上用鲜艳的颜料画了几朵硕大的牡丹,惟妙惟肖。

这盏灯,我小时候很喜欢,经常提着出去玩,称之为"牡丹灯笼",有一次丢了,爷爷大为恼火,带着我找到半夜才找回来。

过了这么多年,灯笼早就不用了,放在那里,蒙着一层灰尘。

"对不住,这灯笼家里用的,不卖。"我说。

"哦。"老头儿点了点头,道,"实不相瞒,最近几天老是跑夜路收货,山里头黑咕隆咚的,没个灯笼实在不方便。掌柜的，你行个方便，卖给我得了，价格你说。"

他一边说一边从口袋里摸出三块大洋："这些钱，够了吧？"

我吸了一口气。

一盏灯笼，便宜得很。三块大洋，能买一头牛了！

这里头有蹊跷。

"真不卖。灯是我爷爷的，他不在，回头发现没了，我肯定要挨一顿胖揍。实在是对不住。"我笑着说。

"这些，够了吧？"他又从口袋里摸出一叠大洋，足有十几块。

越是如此，我心中的疑惑越重。

看来老头儿买其他的东西是假，主要目的就是这个灯笼。

"一个灯笼而已，卖就卖了，你不说，你爷爷肯定不知道。十几块大洋，全是你的零花钱。"老头儿舔了舔嘴唇，看着那灯，目光里终于流露出了强烈的渴望。

我呵呵一笑："是呀，一个灯笼，老人家竟然愿意出十几块大洋，看来不是普通的灯笼呀。"

老头儿听了这话，脸色微微一变。

"你不是跑船的。"我盯着他，"至于干什么，我管不着，灯笼呢，不卖。"

老头儿见我态度坚决，讪讪地收起了大洋，道："你好好想想，过几天，我再来。"

"慢走。"我站起来送客。

打发走了老头儿，我把那盏提灯取下来，掸去灰尘，用毛巾清理了一下。

这么多年过去了，灯笼没有任何的虫蛀、霉变，不管是灯架还是灯皮，都发出油润的光芒，那几朵牡丹花更是艳丽无比。

我的判断没错——小时候被我胡乱挑着玩的灯笼，不是寻常之物。

"少爷，你从哪里把这东西给掏出来了？"朵朵进来，见我对着灯笼发呆，咯咯咯笑起来，"小时候一到晚上就挑着这玩意儿到处跑，大老爷训斥过你不少回，还打过你一次屁股。"

"刚才有个人出十几块大洋要买呢。"我说。

"十几块大洋？"朵朵冷笑一声，"十几块大洋就想买这灯笼，简直是痴心妄想。"

"怎么了？"我问。

"大老爷当年走南闯北，这盏灯笼跟随左右，护他周全，立下了不少功劳呢。"

"灯笼护身？"

"是的。这个灯笼非同凡响，灯罩用夔兽肋骨制成，灯罩是火鼠皮，上面的牡丹，乃是用老白的舌尖血所画，灯内的蜡烛，则是人鱼膏。提着它上路，诸邪回避，神鬼不侵，若是有胆大妄为的凑上来，烛光一照，立刻现出原形，所以名为'落妖灯'，乃是方相家族第一代祖先流传下来的法宝。"

朵朵这么一介绍，我呆若木鸡。

"灯笼放在家里这么多年，有人要买还是第一次。看来这人也不一般。少爷，那是个什么人？"

我把老头儿的情况给朵朵描述了一遍。

"倒是不曾碰到过这样的人。少爷，还是小心点儿好。"朵朵提醒道。

"是了。竹茂也说最近有蹊跷的人出没，有可能就是那老头儿。"我把灯笼收起来，准备带回自己的卧室。放在百货店，相当不安全。

安上门板，关了百货店的门，在院子里喝了一会儿茶，正要回屋，门外浩浩荡荡进来一帮家伙。

"文太少爷！"为首的一个晃晃悠悠走过来。

"原来是笨蛋五郎呀。这是怎么了？"我惊讶道。

咚咚山狸妖首领团五郎，此刻鼻青脸肿，身后跟着一帮小狸猫，一个个也是惨不忍睹，很多都打上了绷带。这样的情景倒是头一回见。

"文太少爷，这一次，还请你为我们主持公道！"团五郎大声说。

"请少爷为我们主持公道！"圆滚滚的小狸猫们齐齐鞠躬施礼。

"让我主持公道？团五郎，你是首领，这种事情轮不到我吧？"不知道为何，看着他们那样子，我想笑。

"少爷！连我都被打啦。"

"哟，大名鼎鼎的团五郎都挨揍了，少见呀。"

"别开玩笑了，少爷，被揍得可惨了。"团五郎唉声叹气，"我们这日子没法过了！"

"到底怎么回事呀？"

"船山那帮家伙，太可恶了！"

船山？

这两个字让我来了兴趣。

"快说说。"我让朵朵给团五郎搬了个凳子。

团五郎坐下，道："本来呀，我们咚咚山和船山离得挺远的，一直井水不犯河水。过几个月，就是狸猫幻术大赛了，各地的狸猫汇聚一堂，表演幻术。我们按照以往的规矩开始做准备。所谓的准备，除了增强法术之外，还需要锻炼体力，其中一项就是长途跑步。"

"长跑呀，这个我懂，在学校里练过。"我说。

"长跑的路线就经过船山。"团五郎道，"以往我们跟那边打好招呼之后，就没啥问题了，这一次不知道怎么的，那边突然不答应了，说什么也不让我们经过船山。我很生气，便带着大家过去了，结果……"

"就被揍了？"

"嗯！那帮家伙态度强横，见我们进山，二话不说就开打。"

"是有些过分呢。"我点了点头，"你说的那帮家伙，什么来头呀。"

"倒是没什么来头，一帮铜臭味的家伙。别的都还好说，唯独'出云'那个混账东西，十分厉害，我就是被他揍的。"

"对方也是妖怪？"

"当然啦！"

"船山的妖怪……难不成是船山藏？"

"哎呀，少爷也听说过？"

"今天被这事闹腾得够呛，我连泥鳅都没法钓了。"我说，"对方真的是一群珍宝变化成的妖怪？"

"嗯。"团五郎使劲点了点头，"除了出云，这家伙是把年代久远的横刀所化。"

"横刀？"

"就是唐代的人喜欢用的一种兵器。"

刀变成的妖怪,怪不得这么厉害。

"连你都打不过,本少爷怎么去主持公道?"我有些头皮发麻。

"讲道理呀。少爷,你平时讲道理很厉害的。"

"你没听过那句话吗?秀才遇到兵,有理说不清。"

"可是……少爷,除了你,怕是没人能帮忙了。我们长跑必须要经过那座山。"

"换个地方不行吗?"

"不行!这是狸猫家族祖祖辈辈流传下来的规矩和路线,不能变的!"

真是一根筋!

"我过去,那个叫出云的要揍我,怎么办?"

"应该不成问题吧。少爷,你逃跑一向都是最快的。"

…………

思来想去,本少爷决定去一趟船山。

原因有很多:第一,团五郎虽然是个混账东西,但是作为我手下小弟,一直以来忠心耿耿,他的忙我不能不帮;第二,船山藏这事,我很有兴趣,很想去开开眼界,看看珍宝变成的妖怪到底是啥样;第三,也是最重要的原因,这一次如果能够达到目的,那对方可能会成为我的朋友,如此一来,本少爷去船山钓泥鳅应该不成问题,也就意味着本少爷往后可以大口大口地享受盐烤泥鳅啦!

见我决定出手,团五郎和小狸猫们群情激昂,高呼万岁。朵朵劝我不要蹚浑水,可我心意已决,她也没办法。

"家里不能没人，朵朵你看家。我这次去是谈判，不是打架，谈不好就跑。"我坐在椅子上，开始人事安排。

"少爷，得叫足人手才行。人多力量大，我把崽子们都叫上。"团五郎说。

"得了吧，你的这帮小狸猫，只会添乱。"我说，"你，我，再把蛤蟆吉和庆忌叫上，应该够了。"

可惜滕六和雨师妾不在，否则有这俩能打的出手，也用不着我们这些人。

召集人手，做足准备，已经是半夜了。

"出发吧。"我全身上下收拾得干净利索，拿起手杖。

"少爷，把这灯笼带上吧。"朵朵说。

"对对对，天黑路滑，有灯笼好。"蛤蟆吉说。

"防身用。"朵朵低声道，"危急时刻才能点亮，记住啦。"

"好。"我把灯笼接过来，转身就走。

"少爷，灯笼怎么不点上呀？"团五郎道。

"点个屁呀，这么好的月光！"我狠狠敲了一下团五郎的脑门儿。

风吹稻香。

白天的炎热已经退去，晚风习习，凉爽无比。夜空如洗，一丝浮云都没有，白玉盘一般的月亮挂在天上。

在林莽中行进，蛙声一片。

在月光之下，林间小道泛出洁白的光，像是一条蜿蜒的小溪。

一路向南，倒也不觉得辛苦。

走了两三个小时，到了船山。

一座大山！野叉说得没错，远远看去，这座山的形状和一艘大船几乎一模一样。

进了山里，大家都小心翼翼起来。

"等会儿如果谈不拢，庆忌脚快，赶紧回去喊人帮忙，蛤蟆吉土遁带我们逃跑。"我一边走一边布置战术，"还有多久能到？"

"往前再走五里地，山中有个小小的盆地，盆地里有个高台，是原先山贼们的寨子。"团五郎对地形很熟悉。

在他的带领下，我们很快穿过一道峡谷，进入盆地。

放眼望去，到处都是残垣断壁。

这个寨子尽管已经成为遗迹，但可以看出当年气势恢宏，起码能住好几百人。

"他们在哪里？"我问。

"具体位置不知道，就在周围。"团五郎紧张地看着四周。

我抬头看了看。

满月。不知何时，几片云彩在空中聚集起来，逐渐遮盖住了月光。

周围寂静无声，盆地里开始升腾起雾气。

"四处看看。"我说。

走了一会儿，依然不见动静。

"分开找找。"我说。

团五郎等人点了点头。

我提着灯笼，往前行走。走了大概几十步，脚下一个趔趄，差点被绊倒。

站起身，看见一块青石墓碑倒在地上，长满苔藓，上面的字经过风吹雨打早已模糊不清。

我道了声倒霉,刚想站直身体,突然听得破空之音传来,一道劲风直击脑后。

有人!

来不及多想,我迅速偏了下身子,那道冰凉而冷冽的气息顺着头皮擦了过去!

"谁?"我急忙喊道。

嗖嗖嗖!

对方一声不吭,麻利地展开进攻。

我左躲右闪,狼狈至极,虽说躲过了前两次进攻,但第三次大腿被擦了下,裤子被割开,皮肉火辣辣地疼,肯定被划了一道大口子。

"抓住你了!"对方将我一脚踹倒,冷冷地盯着我。

此人一袭黑衣,身形消瘦,戴着斗笠,看不清面目,站在雾气里,全身散发出一股浓烈的肃杀之气。

好吓人!

"把我的同伴还回来!"他沉声说。

"什么同伴?我听不懂……"

"竟然还敢嘴硬!"他大手一挥,我觉得自己的胳膊上又多了个伤口。

好疼!

眼泪都快下来了。

"我真的不知道……"我不争气地哭起来。

"这段日子,你一直在暗中晃悠、盘算、布置陷阱,三日前,终于抓走了我的几个同伴!难道不是如此吗?今日竟然又来了！饶你不得！"

"我没有！救命呀！"我大喊起来。

"别伤害少爷！"危急时刻，蛤蟆吉从土中跳出来。

"少爷，没事吧？"庆忌也及时赶到。

"你这家伙，揍我也就算了，竟然敢打少爷！太过分了！"最后来的是团五郎。

三个家伙围着黑衣人，一番乱斗。我爬起来，很快发现情形不妙——三个家伙联手都不是人家的对手。

"怎么办？"急得满头是汗的我，看到地上的牡丹灯笼，立刻有了主意。

我弯腰捡起灯笼，取出火柴，噌的一下点亮了里面的蜡烛。

"穿黑衣服的那家伙，看看这是什么？"我把灯笼高高举起，炫目的光芒顿时照亮了周边。

噗！

噗噗噗！

几声闷响随即传来。

接下来的一幕，让我哭笑不得。

在灯光的照耀之下，团五郎仰面朝天倒下去，变成了一只肥胖的狸猫，蛤蟆吉伸着四条腿儿，嘴歪眼斜地躺在地上，庆忌则坦然在地，变成了一摊晶莹剔透的水。

至于那黑汉，一头栽倒，当啷一声，化为一柄寒光闪闪的横刀。

看来朵朵没有骗我，这牡丹灯笼的确好用。

我找来绳索，把那横刀仔仔细细捆住了，然后熄灭了灯。

过了好一会儿，团五郎、蛤蟆吉、庆忌苏醒，跳了起来。

"不愧是少爷！"看着五花大绑的黑汉，团五郎呵呵一笑，"当场拿下！"

"你是何人？"黑汉挣扎着，愤怒无比。

"竟然

连文太少爷都不认识，亏你还是个妖怪。"蛤蟆吉摇了摇头，又看着我道，"少爷，怎么处理这家伙？"

"落到你们手里，要杀要剐随你们。唉，只是我的那些朋友……"黑汉连连叹息。

"押到那边的树下，我先问问清楚。"我想了想说。

几个人将黑汉押到旁边的一棵参天大树下，我找了个树根坐下，黑汉被团五郎摁倒在对面。

"你叫出云是吧？"我问。

"是！"黑汉昂着头，翻了个白眼。

"为什么袭击人？先是团五郎他们，今天又是我。我和你无冤无仇，为何袭击我？"

"你们没一个好人，想来偷我守护的宝贝，当然要对你不客气！"

"你说的宝贝，指的是船山藏吧？"

"是！主人不在了，我要一直守护它们！"

"主人？你的主人是谁？"

"为什么要告诉你？"这家伙很嚣张。

"你如果不告诉我，也行，那就把你给丢进铁匠炉里熔了，然后把船山埋的这些宝贝，全部挖出来。"我大声说。

本少爷很少玩恐吓这种游戏。

"如果实话实说，本少爷倒是可以考虑放你一马。"我昂起头，瞪着双眼。

这家伙耷拉着脑袋，想了一会儿："我说。"

真是不见棺材不掉泪的家伙。

"我的主人，姓魏，名无极，长安人，生在官宦之家，自小武艺超群,剑术出众,后来得罪了朝廷,父亲被斩首,全家流放。我主人流落四方,最终在魏博节度使手下当差,成为贴身侍卫的头领。他不仅剑术好,生得英俊潇洒,还写得一手好文章,时间长了,便和节度使的小女儿璎珞互生情愫。"出云说得很慢。

"一个是侍卫头领,又是戴罪之身,一个则是节度使的千金,这段姻缘注定不可能得到承认。所以……"出云沉吟片刻,"一个月黑风高的夜晚,主人带着璎珞,私奔了……"

嚯!果真是艺高胆大。

"节度使得知后,勃然大怒,派出军队缉拿,后又源源不断派出刺客。主人和璎珞一路躲躲藏藏,凭着我这口横刀,所向无敌,远远逃出了魏博镇的范围,最终来到了这一带。"出云微微一笑,"那段时光,是主人和璎珞最幸福的时光。两个人在山间搭建起房屋,虽然只是茅舍,但男耕女织,郎情妾意。这样的日子,过了一两年吧……"

出云顿了顿,道:"有一日,主人去集市买东西,回来发现房舍被一把火烧了,璎珞也不见了。"

"怎么回事?"我急忙问。

"主人多方打探,得知璎珞被一伙山贼抢走了。"

"住在船山的那帮山贼?"我问。

"嗯。"出云点了点头,"主人拎着我,连夜入山,见对方人多势众,而且个个都是穷凶极恶之徒,无法力取,便装作亡命徒,加入了山寨,成为他们其中的一员。"

"凭借着刀法和为人,主人很快成为山寨的小头领,但是不管如何打探,就是找不到璎珞。"出云说,"后来主人和二头领喝酒，从他那里才得知璎珞的下落——原来抢璎珞的乃是大头领，此人见璎珞貌美如花，抢进山寨之后便要她做压寨夫人。璎珞不从，以死相逼，大头领便将璎珞关进牢房，逼她就范。已经三个月了，璎珞依然倔强不屈。"

"后来呢？"我问。

"大头领为人刚愎自用、粗暴无比，仗着武艺高超，平时对手下也是呼来喝去，作威作福，因此山寨之中很多人对他不服。主人暗中撺掇、拉拢，半个月后的一天晚上，率领众人和大头领火并。那场厮杀中，整个船山乱了套，山寨众人一分为二，拔刀搏命，尸体横陈。黎明时分，大头领退入牢房，将璎珞带了出来，以她为人质，要求主人放下武器。双方始终势均力敌，那时候主人若是放下武器，肯定会被剁成肉酱。璎珞见此，哭喊了一声主人的名字，迎着大头领的剑撞去……"

"那场内讧，大头领及手下全部被杀，整个山寨毁于一旦。事情结束后，主人将山寨财物取出，分给诸位小头领和喽啰们，遣散了山寨。"出云含泪道，"在众人走了之后，主人为璎珞挖了坟墓，然后抱着璎珞躺入棺中后自刎。他的几个手下感念二人的情谊，将剩下的诸多珍宝放入二人棺椁之中，作为陪葬。"

出云道："这么多年来，我一直守护着主人和璎珞，守护着这些珍宝。屡屡有恶徒为财宝而来，为寻找财宝，必然会破坏主人和璎珞的安宁，所以我想方设法阻止，虽然经历了很多危险，但幸不辱命。"

听了出云这番话，我对魏无极和璎珞的事分外感动。

"最近一段时间，情况很糟。"出云道，"来了一个很厉害的憋宝人，已经'憋'走了几个同伴。"

"憋宝人？"

我还是头一次听说。

"这是江湖上的一个古老行当，就是用一些特殊手段来寻找、获取天灵异宝的人。这种人，不仅心思缜密，而且手法高超，我虽然有些能耐，但不是他的对手。所以这段日子，我只能竭尽全力不让任何人进山。因此，才和你们有了冲突。"

"那个憋宝人，你见过？"我问。

"见过。此人年纪五六十岁，模样奇怪，穿着件棉袄……"出云道。

难道……是那个人？！

"事情我说完了，少爷你要杀要剐都行，只求别打扰我主人和璎珞的安宁。"出云正色道。

"团五郎，给他松绑。"我说。

团五郎走过去，解开了出云身上的绳索。

"我对珍宝没啥兴趣，对魏无极和璎珞很敬佩。放心吧，我不会对你怎样。"我扶起出云，道，"至于那个憋宝人，我倒是见过，会帮你留心。"

"多谢文太少爷！"出云深深施了一礼。

"不用谢，以后允许我来船山钓泥鳅就行了。"我笑道。

哈哈哈。

团五郎、庆忌、蛤蟆吉都笑起来。

这时候，突然一股奇异的香气传了过来。

这种香气，若有若无，吸上一口，却又浓郁无比。

"真香……"我感叹了一句，正要说话，突然觉得双腿一软，扑通一声倒在地上。

"少爷!"

"笨蛋少爷!"

团五郎等人赶紧过来。

我此时全身瘫软,无法动弹。

怎么回事?

正疑惑时,突然一道黑影从荆棘之中窜出,捡起地上的牡丹灯笼,点亮了,高高举起。

瞬间,团五郎、蛤蟆吉、庆忌和出云在光芒之下现出了原形。

"哈哈哈,踏破铁鞋无觅处,得来全不费工夫。"那人发出了一声坏笑。

"是你!"看清那身影,我闷哼了一声。

是那个光临百货店的奇怪老头儿,出云说的憋宝人。

"是呀,文太少爷,我出十几块大洋,这灯笼你都不愿意卖给我,如今倒是一分钱不用花就到手了。"憋宝人笑出声来,道,"迷魂香的滋味如何?"

原来刚才我闻到的竟然是迷魂香。

"放心吧,这香两个时辰之后就会失效,你自会平安无事。当然啦,两个时辰,足够我挖开坟墓,把那些宝贝弄走啦。哈哈哈。"憋宝人踢了一脚地上的横刀,"要不是这混账东西,老子早得手了。"

"你敢!"我大喝一声,"如果这样,本少爷和你没完!"

"一个毛都没长齐的雏儿,别在老子面前说大话了。再啰唆,老子把你埋起来!"憋宝人冷冷道。

"哟,这话说的,挺吓人呀。"就在我气得七窍生烟的时候，头顶传来一阵银铃般的笑声。

"谁？！"憨宝人面色一沉。

"你姑奶奶我！"

只见从树上飞下一个身影，一脚踹在憨宝人脸上，将这家伙踢得横飞出去，那灯笼也叽里

咕噜滚出老远,熄灭了。

"阿妾!你怎么来了?"见到那个身影,我大喜。

哈哈哈,我家头号打手、无敌暴躁女雨师妾驾到。

"刚回家,就听朵朵说你来了船山,我不放心,跟过来看看,没想到刚到这里,便看到这混账东西……"雨师妾那张倾国倾城的脸气鼓鼓的,"少爷,你先躺会儿,我去玩玩……"

"你个混账东西,竟然敢迷我家少爷!"

"还敢打我们家灯笼的主意!"

"憋宝人?老娘最讨厌的就是你们憋宝人!"

"还长得这么丑!"

…………

雨师妾骑在憋宝人身上,一边骂一边举起拳头,噼里啪啦砸下去。

我赶紧闭上眼。

她那拳头的威力我见过,一拳打过去,巨石都能被击得粉碎!

"啊!"

"哎呀!"

"姑奶奶饶命呀!"

"我再也不敢啦!"

惨叫声,响彻船山。

…………

"真是太美味了!"

我狠狠咬了一口盐烤泥鳅,享受地闭上眼睛。

又肥又美的泥鳅,那股清香留在唇齿之间,久久不散。

"比稻田里的泥鳅好吃多了！"团五郎如此说。

"当然了，这些泥鳅长年生活在无人打扰的溪流之中，不仅个头大，你看看脂肪也多，哎呀呀，真是……"蛤蟆吉一边说一边舔着嘴唇。

"我最讨厌这种滑唧唧的玩意儿……不过，味道还行。"雨师妾捏着柳树枝，一副勉勉强强的样子。

其实她比我们所有人吃得都多。

凉风习习的庭院，生起一堆篝火，周围密密麻麻的红柳枝上，穿的全是大大的泥鳅。

"出云说了，少爷要是想吃，继续送。"庆忌说。

"目前足够了，水缸里还养着两三百条呢。"我笑道。

"怪可惜的。"团五郎道，"少爷，那么多金银财宝，你真的一点儿都不动心吗？"

团五郎说的金银财宝，指的是船山藏。

那天晚上，憋宝人被雨师妾狠狠修理了一顿，不仅没收了他所有的东西，还把他赶出了山林。

"要敢再来，见一次打一次！"

雨师妾当时咬牙切齿地说。

估计憋宝人肯定不会再来了——当时如果我不去拦着，雨师妾能把这家伙活活揍死。

因为感激，出云把船山藏的那些宝贝们都叫了起来，林林总总足有几百件之多。

在好奇心的驱使下，我用牡丹灯笼照了一下——我的天，顿时一地的金牛、银马、珍珠、白玉……看得我眼花缭乱。

见到这么多的珍宝，说不动心，那是假的。

不过相比之下,我更喜欢看到这些精灵们在满月的夜晚出来,唱着歌,于林间游荡。

那场景,一定很美好。

就像随风飘荡而来的稻香。

就像本少爷大快朵颐的盐烤泥鳅。

人的一生,其实很短。几十年倏忽而过。金钱也好,权势也罢,不过是过眼云烟。

而那些美好的事情,却亘古永恒,让这世界变得活色生香。

车辐

车之翳

蒋惟岳,不惧鬼神。常独卧窗下,闻外有人声,岳祝云:"汝是冤魂,可入相见。若是闹鬼,无宜相惊。"于是窣然排户,而欲升其床。见岳不惧,旋立壁下,有七人焉。问其所为,立而不对。岳以枕击之,皆走出户。因走趁没于庭中。明日掘之,得破车辐七枚,其怪遂绝。

——唐·戴孚《广异记》

华阴县七级赵村,村路因啮成谷,梁之以济往来。有村正常夜渡桥,见群小儿聚火为戏。村正知甚魅,射之,若中木声,火即灭。闻啾啾曰:"射著我阿连头。"村正上县回,寻之,见破车轮六七片,有头杪尚衔其箭者。

——唐·段成式《酉阳杂俎》

咯吱吱……

一阵细微的声响从屁股底下传来。

虽说不太真切,但听得清清楚楚,而且身体也随之晃动了起来。

"怎么回事?"坐在车上的我赶紧抬起头问野叉。

这次出门,本少爷极为不情愿。

好不容易学校放了两天假,本少爷原本打算美美地睡个懒觉,然后起来和野叉一起去森林深处的沼泽里钓鱼。听野叉说,那里的鱼吃了一个春天的草虫,肥硕得很,做成煎鱼,蘸上野韭菜做的酱,特别美味!

本来计划得好好的,可当我们两个扛着鱼竿出门时,被滕六拦住了。

"把这车干货送到云麓村去,人家急着要。"滕六指着车对我说。

我们家的这间百货店，要是光凭着前来光顾的那几个客人，估计早就倒闭了，所以滕六不得不到处谈生意，给人家送货，以此勉强维持，辛苦得很。

我看了一眼车子，年头久远的四轮马车，包括车轮在内全部用木头造成，已经很破败了，像个佝偻喘息的老头儿，摇摇欲坠。

尽管如此，上面大包小包地放着十几个沉重的麻袋，里头装着鼓鼓囊囊的干货。

"你怎么不自己去？"我十分生气，"我和野叉要去钓鱼呢！"

"我要是能去，用得着你吗？"滕六态度很强硬，"刚收到口信，县城的一家大酒馆需要山货，我得赶紧去谈，谈成了，就是一笔大生意。少爷，咱家的百货店啥情况你不是不清楚，再这样下去，就得关门大吉了。"

关门就关门呗。我心里嘀咕着，嘴上却不敢说。

"不指望你能帮上什么大忙，但是一天到晚游手好闲、好吃懒做，实在是不像话。"滕六叉着腰继续说道，"大老爷不在，你就是方相家的一家之主，应该拿出些担当和责任来……"

"好了好了，我去，我去。"我立刻打断这家伙的话。

滕六是个碎嘴子，要是不阻拦他，估计能说一两个小时，喷我一脸口水。

"这样才对嘛！送到云麓村的大客栈里，你知道的。"见我答应了，滕六这才满意地点点头，拎起包裹，急匆匆赶去县城。

"倒霉呀！"放下渔竿，我心情沮丧。

于是，我和野叉只得赶着马车上路了。

当然啦，赶车的是野叉，本少爷只负责坐在车上咔嚓咔嚓吃苹果。

车子沿着曲折的山路缓慢前行,两匹老马累得够呛,这车子也是一路晃晃荡荡,让人心惊胆战。

刚出镇子不远,屁股底下便传出了这样的一阵怪声,本少爷难免心里发毛。

"应该是车子发出来的吧。"野叉回头看了看,"车子很老了,货物又这么重,不会散架吧……"

咔嚓!

轰隆!

哎哟!

野叉这个乌鸦嘴呀!

他话还没说完,一阵剧烈的晃动下,整个车子彻底垮了。

要不是本少爷眼疾手快,麻利地跳了出来,估计能被那些麻袋压成肉饼!

我晕头转向地爬起来,发现是车轮坏了。

用了不知道多少年的木车轮,车条崩坏,导致整辆车子塌了下来。

"好险!"灰头土脸的野叉看着我,"少爷你没事吧?"

"没事。"我来到车子跟前,"这都什么年月了,竟然还用木车轮!用铁的,绝对不会这样!"

"是呀。这么古老的车子,即便是黑蟾镇,也仅此一辆。"野叉双手合十,"劳作了这么多年,你辛苦啦马车,可以寿终正寝了。"

"你还有心思祈祷。"我白了野叉一眼,"车子在半道上坏了,接下来怎么办?"

前不着村后不着店，一车的货物在这儿……

"只能喊人帮忙了。"野叉挠着头说，"我去云麓村大客栈，让他们重新弄一辆车子，把货带走。"

"行。去吧。"我坐在路边的石头上，从兜里掏出个苹果。

"你不去呀？"

"废话！我去了，这些干货怎么办？得有人看着！"

"真是……好吃懒做的少爷。"野叉嘟囔了一句，大步流星地走了。

吃完了苹果，吹着山风，感觉眼皮很沉，我躺在厚厚的草丛里，慢慢睡了过去。

"哟！这不是笨蛋少爷嘛！一个人躺在这里干什么？很容易着凉的！哎呀，这车怎么了？"

不知道睡了多久，被一阵大呼小叫惊醒。

睁开眼，看见团五郎戴着草帽站在跟前。

"你怎么在这儿？"我问。

"出了趟远门，刚回来。"团五郎挨着我坐下，"车子怎么坏了？"

"货物太多，车子太老，结果轮子咣当一下……"我做了个手势，"报废了。"

"这车子……的确挺老的。"团五郎说。

"野叉去搬救兵了。我在这儿看着。"

"我陪你一起吧，反正也没事，有苹果吗？"

"有！"

两个家伙咔嚓咔嚓吃起苹果来。

等了一两个小时，野叉终于带着大客栈的人来了。

一帮人把货物搬到崭新的有着铁轮子的马车上，打了招呼，走了。

"接下来怎么办？"野叉说。

"当然是回家啦。"我拍了拍屁股。

"车子呢？"野叉指了指。

"都坏掉了，当然是扔了。"我说。

"少爷，你不光好吃懒做，还挺败家的。"野叉说，"车架什么的都是好的，只不过坏了两个轮子而已，你就扔了？找人把轮子修好，组装一下，还是能用的。"

想想也是，这是家里唯一的一辆马车，如果扔了……我不由自主想起滕六的那张臭脸。

"那怎么办？"

"只能辛苦这两匹马了。"野叉拍了拍马，"让它们托着空车架回去，应该可以。"

"好吧。"

野叉挥舞着鞭子，两匹老马吃力地托着车架在前头走，我和团五郎一人扛着一个车轮跟在后面。

"这玩意儿还能修好吗？"我一边走一边说。

车轮虽然是木头的，但是很重。

我仔细打量了下，不知道是什么木头，泛出淡淡的青色，纹理细腻，材质坚硬。我从来没见过这样的木材，应该是一种极为稀少的树木做成的吧。

等回到家，两匹老马累得直接瘫倒，我、野叉和团五郎也是汗流浃背。

"怎么了这是？"朵朵从屋里出来，见到我们这副"惨状",吃了一惊。

"别提了,快给我一杯水喝。"我无力地摆摆手。

朵朵忙去端茶倒水。

一杯水下肚,我恢复了点儿力气:"滕六也真是的,早该换一辆新车了!"

"换车?"朵朵看了看我,"这车在咱们家,快有一百多年了吧,又结实又稳当,比外头那种铁做的马车好用多了。"

"一百多年了?!"我张大嘴巴,"一百多年了还不换?!"

"是呀,大老爷可宝贝着呢。"朵朵心疼地围着车子转悠,"想不到轮子竟然坏了。"

"一百多年,早该坏了。"我说,"明天去找贾老六,让他给做俩铁轮子装上,比这破木轮子强多了。"

我踢了一脚木轮:"这俩东西,只能当柴火烧。"

"当柴火烧?"朵朵笑了一声,"少爷你真逗,这车轮可不能烧,得送回去。"

"送回去?送去哪里?"我问。

"送回翳之谷。"朵朵说,"当年这辆车就是翳之谷那边做出来送给老太爷的。按照规矩,车子损坏了,尤其是车轮,必须得送回去。"

朵朵说的老太爷,指的是我爷爷的父亲。

"翳之谷在哪里?为什么坏了的车轮要送回去?"我十分好奇。

朵朵沉吟了一下:"这种事,我恐怕不能给你说得太详细,大老爷吩咐过尽量不要让你知道。"

她越是这样说,我越是好奇。

"对于车子来说,最重要的是车轮。车轮不仅承载着全车的重量，而且关系着车子的平稳。这辆车的车轮不是一般的车轮，是用特殊的材质制作的。当年翳之谷那边特意交代过，如果车轮坏了，必须得送回去。这是约定。"朵朵说，"至于其中的缘由，少爷你就别问了。"

不管我用什么方法，朵朵就是不说。

本少爷刨根问底的本性暴露无遗，急得抓耳挠腮。

这里头肯定藏着好玩的事！

既然朵朵不说，本少爷也没办法。

但是即便是没办法，本少爷也能曲线救国！

"翳之谷，在哪里？"我问。

"干吗？"

"送车轮呀！你刚才说要送回去。"我赶紧道，"滕六不在，你得看家，只能我去。"

"绝对不行！你不能去！还是等滕六回来吧，让他去。"

"我为什么就不能去？滕六还不知道什么时候回来呢。既然你说送回车轮是很重要的约定，晚了的话，恐怕不太好吧。"我说。

"这个……就是不行啦。"朵朵皱起眉头，很为难。

"怎么就不行呢？"

"那地方……有些危险，而且，一般人进不去。"

"本少爷不是一般人。"我说。

"如果朵朵担心少爷的安全，我可以陪着他，反正我最近也没什么事。"团五郎赶紧说。

不愧是我手底下最得力的小跟班。

"这个……"朵朵还在犹豫。

"别这个那个的了，就这么定了。团五郎，收拾东西，准备出发。"我大喊一声。

"少爷别急，我得跟你说清楚怎么去，还有很多禁忌……少爷！"朵朵忙喊道。

…………

"少爷，我现在后悔了！"团五郎一边走一边说。

此刻，我们行进在山道的密林中。

所谓的山道，不过是人兽踩出来的路径，不仅窄，而且崎岖难行。

团五郎牵着马走在前头，马背上放着那两个大车轮。

天气炎热，草木疯长，森林之中密不透风，简直就是个大蒸笼。

团五郎的衣服皆被汗水浸湿，两旁的藤蔓、枝条抽打过来，搞得这家伙脸上、手臂上伤痕累累。

"我在前面忙活，你一个人背着双手在后头闲逛，太不公平。"团五郎说。

"本少爷可没闲逛，我也累得要死。"我一边摘着树林里的野果子一边说。

"唉。"团五郎叹了一口气，道，"咱们坐下来歇歇吧。"

"可以。"

在溪边停下来，卸下两个大车轮，让马喝水、吃草，我们两个也拿出了带的干粮。

"距离翳之谷还有多远？"我抬头看了看，已经到了下午三四点钟。

"我们只走了三分之一的路，按照朵朵画的地图，应该还有一百五十里。"

"看来晚上得在山里过夜了。"我说。

对于很少在外过夜的我来说,这种经历很刺激。

"是呀。没想到这么远。"团五郎说。

"你在咚咚山这么多年,没听说过翳之谷?"

"听说过,但这地方十分神秘,没多少人知道具体的地点。"

"为什么说神秘?"

"传说,翳之谷是隐藏之地,一般人根本发现不了。进入翳之谷的人,也是寥寥可数。"

"里头住的都是什么人?"

"一个神秘的部落,据说历史极为悠久。他们离群索居,与世隔绝,不和外面的人交往,唯一打交道的,就是车。"

"车?"

"嗯。"团五郎说,"这个部落拥有造车的绝技,传说这绝技是从黄帝那时候传下来的。他们造的车经久耐用,尤其是车轮,十分奇妙。"

"奇妙?"

"嗯。乘坐翳之谷造出来的车,赶车或乘车之人,不会遇到毒虫猛兽,不会受到烟瘴毒气的侵犯,而且车子有灵性,危险时刻,还能保护主人。"

"这么神奇?"

"是呀。所以很久以来,他们造的车被称为'神车'。"团五郎说,"如果能得到他们造的一辆车,那真是莫大的机缘。因此,翳之谷造出来的车极为昂贵,很久很久以前,只有宫廷以及王公大臣才能得到。翳之谷以此来换取生活所需。"

"原来如此。"

"不过这一两百年来,时代变化太快了,已经好久没有听说有人得到他们的车了。至于这个部落,再也没有和外界来往过。有些人说可能是因为发生了某些变故,也有人说他们迁徙了。"

"这么神秘,那一定得去看看了。"我拍了拍车轮。

怪不得这车轮的材质和一般的木材不一样。

吃饱喝足,我们继续上路。

天黑之后,团五郎和我按图索骥,在山腰找到了一处猎人搭建的临时住所,胡乱对付了一宿。

第二天早晨,我们起了个大早,继续赶路。

一直走到天黑,团五郎停下来,看看地图:"少爷,应该就在前方了。"

顺着他手指的方向望去,连绵的山脉铺展开去,崇山峻岭,一片苍茫,交叠出一个深邃的山谷。

"这就是翳之谷?"

"应该是。咱们抓紧时间,争取去那里过夜。"

翳之谷就在眼前,身心疲惫的我振奋不已,和团五郎深一脚浅一脚来到了谷口。

天已经完全黑了下来。虽然有月光,可山谷里升腾起雾气,视线变得模糊不清。

已经到了夏天,可山风吹拂,雾气卷涌,还是有些凉气逼人。

我们两个牵着马,沿着山谷深入,走了差不多十里地,依然没有发现任何人迹。

快到后半夜,人困马乏,我变得焦急起来。

"团五郎,地图没错吧?"

"没错,就是这里。"

"那为什么鬼影子都没有?"

"不知道呀。"团五郎说,"翳之谷异常神秘,如果这么简单地进来就能发现他们,反而不正常了。他们肯定是藏在了什么地方。"

"隐藏之地。"我看了看周围,密林、河流、山石,根本没有人烟。

"怎么办?"我问。

"咱们往前走走,实在不行,只能先在这里过夜,明天再说。"

我点点头,和团五郎一起又走了五六里,发现山谷前方有一座黑黝黝的山体,挡住了去路。

"怎么……到头了?"团五郎不敢相信自己的眼睛。

"咱们赶紧找个地方歇息吧。"我又困又累。

团五郎牵着马,沿着山体向右,一路走过去。

我困得眼睛都要睁不开,手牵着马尾巴,跌跌撞撞跟在后面。

"少爷!少爷!"前头传来团五郎的声音。

"怎么了?"

"你看,有桥!"团五郎说。

前方果然有座桥。

一座小小的石桥,横跨在一条溪流之上。不过溪流已经干涸,水落石出。

有桥,那就代表有人家。有人家,就可以借宿!

我们快步踏过小桥,往前走,不由得失望起来。

小桥那一侧根本没有房舍、田地,只有一片开阔地,生长着参天的古木。

"少爷,这地方咱们不熟悉,不知道有没有猛兽,去树上睡觉吧?"

"树上睡觉?亏你想得出来!我睡觉不老实,万一从树上掉下来,岂不是要摔死?"我指了指那座小桥,"我刚才看了,桥底下不错,没有水,山风吹不着,即便是下雨,上头也有桥给挡着,那地方好。"

"行。"

我们俩到了桥底,把马拴好,取下行李,铺好铺盖,又点起一堆篝火,吃了干粮,赶紧躺下。

累了一天,躺在硬邦邦的河床上,我感觉全身的骨头都要散架了。虽说我无比想念家里的那张柔软的大床,可还是很快睡着了。

不知道睡了多久,我打了个寒战,被冻醒了。

睁开眼,发现篝火早已经熄灭,山风呼呼地吹过来,寒气逼人。

正想叫团五郎起来重新生火,突然觉得情况有些不对劲。

在火堆的不远处,出现了几个身影。

八九个孩子,十来岁的年纪吧,穿着青色的衣服,光着脚,头发用红色头绳扎成双髻,十分可爱,蹦蹦跳跳地在玩耍。

荒山野岭的,没有一处人家,这些孩子是哪儿来的?

我捅了捅团五郎,这家伙睁开眼,刚要说话被我制止了。

"你看看那边。"我低声说。

"有些奇怪。"团五郎很快就看出了问题,"不像是人类的孩子。"

"我也这么想。"

"抓过来,然后问问情况。"团五郎道,"说不定能打探出来翳之谷的线索呢。"

"行。"

我捡起一块小石头,瞄准距离自己最近的一个,用力丢过去。

咣当一声,正中那家伙的脑袋。

"哎呀!打到我阿连的头了!"他

捂着脑袋说。

与此同时，团五郎一个纵身扑过去，将那家伙摁倒。

其他的孩子吓得够呛，一哄而散。

"抓住了！"团五郎大叫。

脑袋上鼓着大包的孩子被带到我跟前。

"你们是什么人？为什么打我、抓我？"他气鼓鼓地问。

看起来相当可爱。

"实在是对不起，我跟你道歉。"我笑着说，"半夜三更，荒山野岭，我以为你们是鬼怪呢。"

"我可不是鬼怪！"他昂着头，"我叫阿连！"

"你家在这里？"

"当然了！"

"但是我们在周围没看到有房舍呀。"

"我们没有房舍。"阿连指了指桥后方的那片开阔地，"那就是我们的家。"

这就奇怪了，那片开阔地，除了参天的树木，什么东西都没有。

"你们住在哪里？"

"林子里呀。"阿连看着我，"你们俩是什么人？"

"哦，我是黑蟾镇的方相文太，这位是咚咚山的团五郎。我们来这里寻找翳之谷，结果转了半天也没找到。"

"你们找翳之谷干什么？"阿连变得警惕起来。

"送东西。"我指了指旁边的车轮，"把这个送回去，之前有约定。"

"哦，原来是这么回事。"阿连看了看车轮，点了点头，

"有这个,就说明你们不是坏人了。"

"当然不是坏人。"

"翳之谷,一般人是找不到的,必须有我们接应才行。"阿连说。

"你们接应?你的意思是说,你是翳之谷的人?"

"当然。"阿连说,"不过我现在已经不是人了。"

"啊?"

"这个讲起来有点儿麻烦。"阿连挠了挠头,"你们跟我走吧。"

我和团五郎收拾东西,跟着阿连从桥下爬上去。

阿连领着我们,穿过那片开阔地,来到一块巨大的黑色岩体跟前。

他先是唱了一段我们根本听不懂的歌谣,然后使劲敲了敲岩体。

咯咯咯咯,岩体上发出耀眼的光芒,奇迹般地出现了一道石门。

"走吧。"阿连推开石门,领我们进去。

穿过悠长的隧道,走了十几分钟,眼前豁然开朗。

竟然是一个四面封闭的小盆地,房舍、农田、牲畜,井然有序,简直是世外桃源。

怪不得朵朵说这里是隐藏之地。

"我们翳之谷许久以来就极少和外界联系,最近一两百年彻底断绝了。你们可真幸运。"阿连领着我们穿过街道和房舍来到一座巨大的建筑跟前。

这座建筑是整个翳之谷的中心。

"你们在这里等着。"阿连推开沉重的木门进去,过了二三十分钟,蹦蹦跳跳地出来,"我们长老答应见你们。"

长老?这称呼可真够怪的。

我们走进去,只见里头空间广阔,地面用石板铺就,周围放着很多的蒲团,像是座位,看起来是整个部落的议事大厅。

在最前方,一张木椅上,坐着一位老人。

看清楚情况后,我吓了一跳。

木椅很大,看起来很像是车轮的那种木材,有着淡淡的青色,奇怪的是,木椅似乎是活的,不仅长着枝叶,还开出了花。那个老头儿,年纪很老很老了,几乎和木椅融为一体,身上、手上都长出了枝丫,就像是个……树人!

他不仅全身长满枝叶,而且覆盖了很多藤蔓,皮肤皲裂,和树皮没什么区别。

只有那双眼睛,深邃得如同夜空,死死盯着我。

"你叫方相文太?"他的声音低沉、沙哑。

"是。"

"好,好。"他笑起来,全身颤动,那些枝叶和藤蔓也跟着动,"没想到方相家现在还有传人,真好。方相若虚,是你什么人?"

"我太爷爷。"我老实回答,"不过他死得早,我没见过。我爷爷叫方相慕白。"

"哈哈哈,原来是那个捣蛋鬼的孙子。"他笑得更开心了,"能见到故人之后,我很开心。坐吧。"

我和团五郎找了椅子坐下。

"你是咚咚山的狸妖吧?"他看了看团五郎,"也很好。真是长江后浪推前浪。"

我和团五郎相互看了看，不知道说什么好。

"听阿连说，你们是来还车轮的？"他问。

"嗯。"我点点头。

阿连哼哧哼哧地把两个车轮从外头搬进来，放在地上。

"实在对不起，给弄坏了。"我说。

"非也非也。"老头儿摆了摆手，"对于它们来说，这是一种解脱，是件很值得庆祝的事情哦。"

"车轮坏了，值得庆祝？"我有些莫名其妙。

"是呀。"他笑了一声，"你爷爷没有跟你说过我们翳之谷？"

我摇摇头："没说，但是我很想知道。"

"哈哈哈，你应该知道。毕竟你是方相家的人。"老头儿顿了顿，道，"那是很久很久以前的事情了。"

大厅里安静下来，只能听到外面传来的风声。

"那时候，人类还很弱小，茹毛饮血，而大自然十分强大、繁盛，到处都是飞禽猛兽，一不小心就活不下去。"老头儿道，"后来慢慢有了部落，部落大了，通过征战、联合，就成了联盟。"

"这个我知道。炎帝、黄帝、蚩尤。"我说。

上次混沌的事，我了解得很清楚。

"是的。黄帝老祖，姓姬，很伟大，不仅统一了各个部落，而且播百谷草木，始制衣冠、建舟车、制音律、创医学，人类才慢慢壮大。"老头儿笑道，"我也姓姬。"

难道这老头儿和黄帝还有关系？我心里嘀咕道。

"当时，一切都是草创阶段，什么都要去摸索，其中就包括各种工具。"老头儿道，"黄帝老祖发明了车子，后来他的后代中,专门有一支研究造车,人们称之为造车姬氏。部落越来越大,征战越来越多,车子的需求量也越来越大。为了造出更大、更好、更先进的车子,造车姬氏发展成一个部落,延续下来,便是我们这个部落。"

"造车,需要上好的木材,而那些大车,自然需要更优质的木材。所以,部落砍伐了许多树木,其中就有不少千年,甚至万年的古木。一开始规模不大,后来则越来越厉害,有时候整片森林都会被砍伐殆尽。倒在刀斧之下的古木,不计其数。接着,灾祸就发生了……"老头儿咳嗽了一下,道,"天地为万物之母,万物有灵,只有相互和善对待,才能够达到平衡。我们滥伐森林,自然就受到了惩罚。"

"惩罚?"

"嗯。天地降下了一种诅咒。我们部落里,每一代人中都会出现一些人,生怪病。"

"什么样的怪病?"

"这些人生下来还是活蹦乱跳的孩子,和其他的孩子没什么不同。但随着他们慢慢长大,成年之后,皮肤会发生异变,变厚,变粗,奇痒无比,就像树皮一样。等到四五十岁,遍布全身,连路都走不了。"老头儿道,"到了六十岁,便……彻底成为一棵树了。"

"成为一棵树?!"我大吃一惊。

"是的。"老头儿道,"当他不能行走时,我们就会把他的双脚埋入地下,他会慢慢长出枝叶,长大,成为一棵树。"

"然后呢?"

"树长得比一般的树都要快,二十年之后,我们就要将树砍下来，造成车轮。"

"砍下来造车？！"我越发不能理解了。

"是的。"老头儿说，"我们砍伐了太多的森林，让那些古木遭受肢解、斧劈之苦，作为惩罚，我们自己也要承受这种痛苦，而且要化身为车轮，承载重物，为人类搬运、劳作。这就是诅咒。"

原来如此。

"我们造出来的这种车，不仅经久耐用，还有很多奇妙之处。因为这个原因，朝廷也罢，王公贵族也罢，都想要这样的车子，我们也以此换取生存所需，繁衍部落。可以说，受到诅咒的这些族人，是整个部落的功臣，他们不仅为部落扛起了责任，更让部落可以一直延续下来。他们是我们的英雄。"

"但是这听起来，很……残酷。"我说。

"这就是诅咒呀，是我们当年对大自然犯下的错误的惩罚。这个诅咒，一直会延续到人类不再用木车木轮的时候。"老头儿道，"许多许多年以来，我们都是这样过的。"

"现在很少有人用木车木轮了。"我说。

"是呀，世界变化太快，我想可能真的有一天，木车、木轮会从这个世界上消失，那时候，就是我们彻底摆脱诅咒的时候。但现在还不行。"老头儿说。

"这些族人化身的木轮一旦坏了，他们岂不是就真的死了？"我问。

老头儿摇摇头："没有，是解脱。"

"解脱？"

"嗯。或者说，是重生。"他解释道，"化身车轮，承受了百年的痛苦，最终坏了，他们便可以从这痛苦中解脱出来。坏了的车轮被送回翳之谷后，我们会举行隆重的仪式，然后把车轮埋在翳之林中。"

"翳之林？"

"你们在外面是不是见过一座小桥？"

"对。"

"桥那边是一片开阔地，长着一片苍茫的林海。"

"的确。很多参天大树。"

"那就是翳之林。"老头儿道，"车轮被埋下之后，吸收天地灵气，慢慢地，就会成为阿连这样的家伙。"

我张大了嘴巴。

"他们成为精灵。"老头儿笑道，"自由自在玩耍的精灵，这是对他们所承受的痛苦的回报。"

车轮变成了精灵，也就是妖怪了。

"时光荏苒，埋在地里的车轮会生根发芽，长成参天大树，这个时候，他们便获得了永远的安宁。"老头儿看着我，"你看到的那片林海，便是长久以来我们部落为此牺牲的一代代先人们。他们可以永远游弋在星空之下，行走于群山之中，彻底解脱了。"

那么大的一片林海……

我被彻底震撼了。

"这也是为什么我们送出去每一辆车，都会与对方有个约定——一旦车子坏掉，必须将车轮送回翳之谷。"老头儿道，"多年前，你太爷爷和我是好友，帮了我们翳之谷很多忙，所以大家决定送他一辆车。当年带着车出谷的是个少年，如今带着车轮回来的，又是个少年，物是人非，真让人感叹。"

"我想太爷爷他,也早已解脱了吧。"我笑道,"在世间生活,不管是人还是妖怪,都很辛苦呢。"

"哈哈哈哈!"老头儿也大笑,"说得是呀!感谢你们把车轮送回来,今晚就在翳之谷歇息吧。"

结束了谈话,我和团五郎由阿连领着,吃了一顿丰盛的晚餐,然后在柔软、舒服的大床上沉沉睡去。

第二天,被林莽之声唤醒。

起床,推开房门,看见林海在风中摇曳。

翳之谷里,整齐的房舍上炊烟袅袅,男人们在田地里劳作,女人们忙着操持家务,孩子们则在晨光中嬉戏玩耍,一片安静祥和。

我们没有和那个老头儿再见面,而是被一个腼腆的中年男人邀请吃了早饭之后,客客气气送出谷。

"往前走,就是你们来时的路了。"过了那座小石桥,男人往前指了指,然后郑重地取出了一件东西。

一棵种植在小瓦盆中的小苗。

"长老送你的。"他把瓦盆递给我。

灿烂的阳光下,通体碧绿的小苗十分好看。

"这是什么?"

"树苗。"他说,"只有我们翳之谷才有的树,我们叫它翳树。"

翳树?我从来没听过有这么一种树。

或许意识到了我的疑惑,男人指着小桥对面的林海:"文太少爷请看!"

昨晚因为夜色沉沉,那片林海我并没有仔细看清楚,现在顺着他手指的方向望去，发现那片林海延绵开去，巨木累累，枝叶茂盛。而在那些巨木的荫翳之下，在覆盖着落叶、长着花草的地面上，生长着许多小小的树苗。

"是那些大树落下来的种子生发的。"男人感慨地说，"一代一代的先人们，为了部落的繁衍，做出了巨大的牺牲，就像大树那样，守护着我们，投下荫翳庇护着我们。我们就像那些小树苗。"

说得真好。

"文太少爷，翳树很容易活，长大之后，不仅木材坚硬，而且有奇用。"

"什么奇用？"

"栽在家里，不会有蚊虫、白蚁之类的东西出现，摘下树叶放在身上，出入山林可以不受瘴气的侵犯。哦，据说有的翳树还会成为可爱的小精灵，夜深人静时，在月华之下唱歌呢。"

"哎呀，真是太谢谢了。"捧着瓦盆，看着那棵翠绿的小苗，我的心微微颤抖起来。

呼！

大风吹过来。

那片林海起伏晃动，仿佛在窃窃私语。

而它们的荫翳，给翳之谷以无限的阴凉。

真是让人敬佩。

快回家把我的这棵翳树种上吧！

我多么希望某一天的晚上，月华朗照之时，能听到悦耳的歌声。

再见，车之翳！

九尾狐

狐之雨

青丘之山，其阳多玉，其阴多青䨼。有兽焉，其状如狐而九尾，其音如婴儿，能食人，食者不蛊。

——战国·《山海经》

九尾狐者，神兽也。其状赤色，四足九尾。出青丘之国。音如婴儿。食者令人不逢妖邪之气，及蛊毒之类。

——宋·李昉《太平广记》

桑葚真是太好吃啦!

我坐在树上,对着天空大声喊。

对于一个吃货来说,夏季的山林,简直就是天堂。

天气一天天热起来,草木疯长,除了大片的花海之外,各种野果也开始成熟。

这段日子,只要有空,我便会大呼小叫地张罗进山,寻找各种野果打牙祭。

这些东西和省城菜市场里的水果截然不同,虽说个头、外观不太好看,但滋味甚足,好吃得很。

昨天晚上,我和野叉在镇子旁边的树林捉知了猴,提着灯笼看着这些小家伙从地里爬出来,密密麻麻的,装上一袋子,洗干净,泡上盐水,用油炸着吃或者煎着吃,又脆又香。

当我们坐在庭院里吃着知了猴的时候,野叉突然说蜈蚣岭的野桑葚应该熟了。

野桑葚？

这玩意儿我还从来没吃过。

"蜈蚣岭半山腰有一片野桑林，不知道从什么时候就有了，树又粗又大，长出来的桑葚比一般的桑葚大好几倍，手指头粗细，紫红紫红的，汁水也多，咬上一口……又甜又酸，哎呀呀，那个滋味呀……"

他这一番描述，让我无法自拔，所以今天早晨一起床，我便闹着要来蜈蚣岭。

野叉今天不能陪我，听说他爹竹茂上山受了伤，需要照顾。当我正在考虑要不要自己去的时候，正好滕六背着包裹回来了。

"进完货了？"我问。

"嗯。"他点点头，洗了一把脸。

"今天没别的事情了吧？"我问。

"歇息一天，这几天累死了。"

"太好了，陪我去蜈蚣岭一趟。"

"蜈蚣岭？你去那里干什么？"

"野叉说有一片野桑葚！"我两眼冒光，"我还从来没吃过呢。"

"那东西有什么好吃的？"滕六一脸鄙视地看着我，"酸得掉牙，吃一筐也吃不饱，而且稍微一碰就汁水四溅，弄到衣服上也不好洗……"

"又不让你洗！"我白了他一眼，"你要不去，本少爷自己去！"

"哎呀，滕六，你就陪少爷去吧。"刚刚洗完衣服的朵朵说，"难得他高兴。"

"你太惯着他了！"滕六有些生气，"天天好吃懒做，正经事不干……"

"劳逸结合，少爷读书很辛苦的。"朵朵叉着腰，"你要不去，中午别吃我做的饭。"

"你们真是要造反了。"滕六站起来，拿过草帽，"走吧！"

"哈哈哈，这样才对嘛。"我开始收拾行装。

"去可以，但是咱们有言在先。"滕六道，"蜈蚣岭那地方虽说不远，但山道不好走，没人背你驮你。"

"我自己长脚了。"

"那地方，毒虫很多，得小心，什么事情都得听我的！"

"行啦！真是啰唆。"

就这样，我们俩兴冲冲地来到了蜈蚣岭。

蜈蚣岭是距离黑蟾镇三四十里的一座山，山势陡峭，才跑到半山腰就差点儿把我累死。

翻过一段陡崖，眼前豁然开朗，一片蔚为壮观的桑树林出现在视野里。

野叉说得不错，这片林子年代久远，桑树粗壮，又高又大。

这些树，根系深深扎在山岩之中，吸收着雨露和阳光，枝繁叶茂。

在绿色的叶片之中，一嘟噜紫红色的硕大野桑葚随风摇曳。

我脱掉鞋，爬上树，舒舒服服躺在枝丫上，随手扯过枝条，摘下桑葚塞进嘴里。

咬上一口，哎呀，好酸！酸得牙都快掉了，不过短暂的酸麻之后，一股奇异的香甜回荡在口腔之中，夹杂着山野的清香！

美味！果然是美味！

刚开始是一个一个吃,后来觉得不过瘾,干脆一把一把往嘴里塞。

紫红色的汁水顺着唇角往下流,衣服上、裤子上,染出一团团红霞。

"吃相太难看啦,饿殍一般!"滕六纵身一跃,飞到我对面的一棵树上。

"好吃,好吃!"我大声道,"你不来点儿?"

"我对这种东西没兴趣。"

滕六不仅是妖怪,还是大名鼎鼎的大天狗,桑葚对他来说,的确不稀罕。

"那我就不客气了。"我说。

"少吃点儿,这东西吃多了,牙会难受,几天都吃不了硬东西。"滕六提醒我。

"不管了。"我摆了摆手。

吃完了周围的桑葚,我又接连换了三棵树,吃得肚子鼓胀,衣服上更是惨不忍睹。

"真舒服呀。"我打了个嗝,抹抹嘴巴,躺在树干上,看着天空上飘荡的云朵,吹着凉爽的山风,真是惬意。

"要是天天这样,多好。"我说。

"天天这样?那你跟猪有什么区别?"滕六说,"我警告你,吃饱喝足千万别睡觉,容易从树上掉下来,而且睡着了吹风,容易感冒,病了的话,又要人照顾你……"

"知道啦!"我翻身从树上跳下来。

其实还真想舒舒服服在树上睡一觉。

我又取出带来的竹筐,采了满满一筐野桑葚,准备带回去给朵朵吃。忙活了一番,滕六催着下山。

两个人原路返回,走了不远,发现左侧的林地开了一片黄桷兰,清幽甜润的香气远远飘过来。

"咱们去看看花吧。"我吸了吸鼻子。

"真是……麻烦……"滕六摇摇头,还是答应了。

我跳跃着跑过去,昂着头欣赏那些雪白素雅的花朵,嗅着沁人心脾的清香,心情很好。

"赶紧下山吧，感觉要变天。"滕六道。

"变天？你真会找理由，这么大的太阳。"我说。

阳光灿烂，除了风大之外，我看不出任何变天的迹象。

"看到那片云了没有？"滕六指了指。

天边飞快地飘来一朵云。

那朵云，体积巨大，在空中飞速长大、上升，如同喷发的火山一般。

"雨很快就要来了。"滕六说。

"赶紧走吧。"我吓了一跳。

我们一溜烟往下跑，行了一里多地，看到那片云压过来，紧接着稀里哗啦下起了大雨。

"真是少见呢！"我大声说。

周围都是阳光灿烂，只有前方二三里之外，那朵云的下方，下起了雨。

强烈的阳光之下，那些雨水折射出美妙的光芒，雨停之后会有彩虹吧。

"日照雨。"滕六说。

"日照雨？"

"嗯，阳光下的雨，便是日照雨。"滕六盯着那边，"看来是有好事呀。"

"什么好事？"

"有人忙着出嫁，所以才会有这样奇异的雨。"

"出嫁？"

"对。现在是出嫁的吉时，他们又不希望别人看到，所以便在出嫁的路上，下起大雨。"

"出嫁多热闹,为什么怕人看到?"我有些不理解。

"因为是……狐狸出嫁呀。"滕六说。

"狐狸出嫁?"我顿时来了兴趣,"狐狸,也能出嫁?"

"废话,狐狸不出嫁,哪儿来的小狐狸?"

"但是山里的狐狸我见过许多,从来没见过……"

"那是一般的狐狸。我说的狐狸,是已经成为妖怪的狐狸。"

"哦。"我应了一声,"咱们快去看看!"

狐狸出嫁,不知道和常人的婚礼有什么区别?哈哈,一定很有趣。

"千万别。"滕六说,"对于狐狸来说,出嫁是无比隆重、重要的事,最讨厌被别人看到或者叨扰,破坏他们的婚礼会被认为是最不可原谅的冒犯,一个家族的狐狸都会报复的!"

"这么严重?"

"当然啦!能招来日照雨的狐狸,修行都是很厉害的。你看看,还有双彩虹呢。"

果然。在那片林地上,出现了一弯绚烂的双彩虹!

好美!

"狐狸出嫁,是个什么样子?"这么难得一遇的事,我竟然无法靠前观看,十分遗憾。

"我见过不少次,哈哈哈,极为特别。"滕六说,"新郎新娘都穿着红色的婚服,上面用银线绣着鸳鸯、瑞鹤、灵芝之类的图案,缓缓行走于道路之中,前头有可爱的小狐妖领路,捧着各色的花篮,一路飘洒着花瓣,还有小狐妖撑着红色的插着孔雀翎毛的合欢伞。后面跟着双方的家人,车上、马上装着陪送的嫁妆,当然了,吹鼓手是少不了的,一个个喜气洋洋……"

听起来，相当诱人！

"我见过最隆重的狐狸出嫁，应该是在四十年前吧。"滕六笑着说，"日照雨将黑蟾镇周围百里都笼罩进去，天空上出现了九道双彩虹，送亲的队伍绵延了百里的山路！送亲的道路上，花瓣堆积到了膝盖，直到婚礼过去了一个月，群山之中还飘荡着清香……"

"这么厉害？"

"当然了。我还是伴郎呢。"滕六笑了一声，"新娘子是我见过的天底下最美的人了！"

"这话不能让阿妾听到哦。"我说。

雨师妾喜欢滕六，要是听到滕六这么夸奖别的女人，估计能揍死他。

"没事的，她听到了也没脾气。"滕六道，"因为这位新娘子不仅是所有妖怪心目中的女神，而且心地纯善。没人不喜欢她。"

"能娶到这样的人，不，能娶到这样的狐妖，新郎实在有福气。"

"呵呵呵。"滕六笑起来，"是呀，当时所有人都说一朵鲜花插在了牛粪上！毕竟新郎那家伙，简直是个混账。"

"真想到跟前看一看呀。"我爬上一堆乱石，踮着脚又瞅了一会儿，直到那阵日照雨慢慢消失，才恋恋不舍地下来。

哎哟！

我突然感觉脚腕一阵刺痛，像是被钢针狠狠戳了一下。

"怎么了？"滕六问。

"没事，可能是被荆棘刺扎了一下。"我跳下来，说，"赶紧回家吧。"

吃了野桑葚，邂逅了日照雨，这趟旅途挺圆满。

回到家里，已经是黄昏了。

我把桑葚送给朵朵，朵朵喜欢得很。

看来女孩子对这种酸酸甜甜的东西没有什么抵抗力。

"晚饭吃什么？"在走廊的躺椅上舒舒服服躺下来，我问。

"红烧仔鸡、烤翘嘴鱼、野菜蛋汤、凉拌黄瓜。"朵朵在院子的水井旁边洗菜，"少爷，你进屋帮我把炭炉取出来好不好？咱们一会儿烤鱼。"

"好呀，在哪里？"

"储物间，之前冬天给你烤红薯的，天气变暖后我洗刷干净收到那里去了。"

"行。用那东西烤鱼，应该挺好。"我笑着说。

储物间在二楼，平时我是根本不会去的。

沿着老旧的嘎吱嘎吱的木楼梯爬上去，里头又暗又窄，密密麻麻堆放了很多东西。

东西虽然林林总总，但都被精心地收起来。

看着一摞摞的箱子，我直摇头。

起码应该在箱子上写上里面东西的名字吧，这么多箱子，谁知道哪个装着烤炉。

我本想下去问朵朵，可又不愿意费力下楼梯，只能弯下身将箱子一个个打开。

是实话，真是让我大开眼界。

算盘、用布包裹的古籍、奇怪的骨头、木剑、诡异的长袍……里面的东西乱七八糟什么都有。

一连打开十来个箱子，都没找到烤炉，我有些急了。

烤炉并不大，应该是小一点儿的箱子。

左手边有个不大的箱子，用樟木做成，古朴典雅，应该有戏。

揭开箱子上捆着的绳索，打开，里头用厚厚的锦袋装着一样东西。

应该不是烤炉，那玩意儿用不着这么精美的锦袋。

锦袋用丝绸做成，但不是一般的丝绸，鲜艳光亮，上面用金丝银线绣着一棵石榴树，树的叶子、果实都用细小的翡翠和红宝石做成。

光这个锦袋，恐怕就值不少钱。

怀着强烈的好奇心，我把锦袋打开，发现里头竟然是一面葵叶形状的大铜镜。

镜子直径有二三十公分，通体银色，背面铸造出一座巍峨的云雾缭绕的大山，繁花点点，鸟兽成群，嬉戏玩耍，而在山顶的位置，隐约有一只灵兽，应该是……狐狸吧。

但是狐狸的背后鼓鼓囊囊的，仔细看了看，竟然有九条尾巴。

九条尾巴的狐狸！

铜镜外围是优美的蒲草纹，中心写着四个大字"日照青丘"。

镜子很沉，我将它从锦袋中拿出来，手摸上去就如同握住了一块冰，冰冷刺骨。

翻过来，镜面光滑闪烁，如同阳光下荡起涟漪的水面，顿时让昏暗的房间明亮了不少。

这镜子看起来挺稀奇。

我再没心思找什么烤炉了，抱着镜子，噔噔噔下了楼。

"少爷，烤炉呢？"朵朵见我急匆匆的样子，忙问。

"朵朵，这是什么东西呀？"我举了举镜子，"在储藏间发现的，感觉不一般。"

"哎呀！你怎么把日照镜给翻出来了！"滕六见了，急得跳起来，一把夺过镜子，赶紧塞进锦袋里。

"日照镜？什么东西？"我愣道。

朵朵和滕六对视了一眼。

"怎么了？"他们两个人脸上的表情有些奇怪。

"就是一面镜子而已。"滕六说。

"不可能！如果是一面普通的镜子，你们不会这样的。"我笑道，"这里头肯定有事情瞒着我！快说！"

朵朵看了看滕六，点点头。

"哎呀，就是结婚陪嫁的一面镜子。"

"结婚陪嫁？谁结婚呀？"我问道。

"大老爷呀。"

"那这面镜子，是我奶奶的？！"我惊叫起来。

也不怪我如此吃惊。在我的记忆里，从来没有关于奶奶的任何印象。

我出生在省城，是爸妈的意外之物，原本是要打掉的，幸亏爷爷坚持，我才来到世界上。生下来不久，就被爷爷接到这里，一直到七八岁才离开。

我没见过奶奶，连她的照片都没见过。家里也没有任何有关她的信息，连爷爷、爸爸都从来没有说过她的事。

对我而言，奶奶这个称呼、这个人，就是一片巨大的空白。

炭炉立在了院子里。

从湖里打捞出来的雪白肥硕的翘嘴鱼从腹部切开，穿在柳树枝上，放在炭火上烘烤，撒上盐巴和调料，香味扑鼻。

"少爷，你还是不喝酒为好。"朵朵对我说。

酒是自家酿造的米酒，冰镇了之后，清凉可口。

"我只喝一杯。"我说。

朵朵睁大眼睛："一杯也不行！"

好吧，那就不喝吧。

"滕六，我奶奶……到底怎么回事？"我问。

"什么怎么回事？"

"这么多年，家里没人提起过她。这感觉很奇怪。"

"这有什么奇怪的……"滕六看样子很不想继续这个话题。

"我奶奶……已经死了？"我问。

滕六没吭声。

"如果死了的话，坟墓在哪里？应该去祭拜的吧，但从小到大，我好像没有跟着大人去过……"

"哎呀呀，怎么可能死呢！"滕六大声说，"青丘是不可能死的。"

青丘？我奶奶叫青丘？

这名字好听。

"没死？那就是说，还活着？既然活着，为什么不在家里呢？"我打破砂锅问到底。

"这个……"滕六看了朵朵一眼。

"少爷，这件事，大老爷说过，尽量不告诉你。事实上，连老爷都以为她去世了。"

"我爸是我爸，我是我。"我说，"我有权知道！"

"老爷刚生下来没多久,她就走了。"朵朵说,"所以连老爷都没见过她。"

"去哪儿了?和我爷爷离婚了?"

"那倒不是。他们俩感情很好,郎情妾意,如胶似漆。"

"既然如此,那为什么走?"我已经没心思吃烤鱼了。

"这件事情,说起来很复杂。"滕六道,"而且大老爷吩咐不让说……"

"我不跟他说就是了。而且,他现在也不在家。"我给滕六倒了一杯酒,讨好道,"长夜漫漫,正适合说故事。"

"那行。"滕六下定决心,道,"你爷爷和你奶奶走到一起,说真的,简直是不可理解。当年他们俩结婚的喜讯一传出,众多妖怪分为两派,一派认为你奶奶眼瞎了,怎么找了那么一个不着调的家伙;另外一派干脆打算抢亲,结果都被修理了。"

"不过是结个婚而已,值得这么大动静吗?"

"当然了!要知道,你奶奶不仅是大妖怪,而且还是妖怪中第一等的美人,喜欢她的、崇拜她的,多了去了!"滕六摇了摇头,气愤道,"结果谁能想到嫁给了你爷爷那个家伙!"

这家伙绝对酒喝多了。

"我爷爷现在是有些不正经……"我说。

"何止现在不正经?!"滕六瞪了一下眼睛,"他从一生下来,就没有正经过!"

这话说的……

"出生时难产,折腾了整整一个晚上。三岁撵鸡,四岁打狗,不务正业,骗吃溜喝……"滕六一边说一边直摇头,"你曾祖父差点儿没被他气死。"

朵朵在旁边捂着脸，插话道："当年的确有些过分呢，方相家的传家之术从来不学，却花几百块大洋买了一头瞎了一只眼的驴，四处跑，咱们黑蟾镇一带，人见了他人愁，石头见了他冒油，猴子见了他翻跟头。"

"整天吃吃喝喝，结交些狐朋狗友，弄得里里外外乌烟瘴气。"滕六说，"有一次你曾祖父实在气坏了，把他赶出了家门。那一年，他多大来着？"

"二十四。"朵朵说。

"我和朵朵便受苦了。"滕六叹了一口气，"他被赶出去，我们得跟着，毕竟他是你曾祖父唯一的儿子，一棵独苗，他要是有个三长两短，方相家的血脉就断了。所以我和朵朵受你曾祖父的吩咐，贴身保护他。"

朵朵道："那些年，走南闯北，日晒雨淋，的确受了不少苦，可也见识了各地的风光，发生了许多很好玩的故事，真是精彩的旅程呢。"

"哪有什么精彩！回回都是我给他擦屁股。"滕六道。

"等有时间咱们好好声讨他！"我使劲点头，迫不及待地问，"他和我奶奶，到底怎么一回事？"

滕六想了想，道："那一年，我们三个流浪到了终南山。为什么说流浪呢？因为你那个混账爷爷把所有的钱都输光了，而且半路上没把行李看好，让人偷了。我们三个，全身上下没一文钱，衣衫褴褛，跟乞丐没啥区别。你爷爷不要脸，什么都无所谓，可身为大妖怪的我，那副尊容要是被别人看到了，传出去，岂不是笑掉大牙？好在我们在长安那里有老朋友，就想赶紧找过去。不敢走大路，怕被熟人撞着，只能走小路。"

听得我都觉得有些糟心。

"进入终南山后,你爷爷睡懒觉,把那头宝贝驴子弄丢了。我估计是被老虎叼走了。你爷爷呢,非得让我去找回来,找不回来就不走,我只能去找驴。我不在的时候,事情发生了。"滕六指了指朵朵,"你让朵朵跟你说。"

我转身望向朵朵。

朵朵撩了一下头发,说道:"大老爷心情不太好,躺在草地上呼呼大睡,快到中午时分,阳光灿烂,忽然不远处飘来一大片云朵,不仅下雨,还出现了彩虹。"

"日照雨。"我说。

"是。"朵朵说,"也怪我多嘴,提了一句狐狸出嫁的事,大老爷立刻来了兴趣,非要跑去看狐狸新娘。"

我乐了。

"狐狸出嫁,对于它们来说是一生中最重要的时刻,最怕人家去打扰。可我劝不了大老爷,只能陪着他,提醒他看看就行,千万别出声。"朵朵叹了一口气,"他噌噌噌爬到了一棵高树上,等了一顿饭的工夫,队伍过来了。那场面,远比一般的狐狸出嫁要盛大得多。"

"除了新郎、新娘、双方亲朋好友之外,队伍中还有一辆华车。车上,端坐着一个倾国倾城的女子。"朵朵道,"大老爷看了之后,目瞪口呆,大喊一句:'车上那位姐姐好美!我要娶来当媳妇!'"

噗,正喝茶的我忍不住把嘴里的茶水喷了出去。

"大老爷那么大一嗓门儿,简直如同凭空响了一记炸雷,完全破坏了当时的仪式。狐狸们以为有人来破坏,队伍哗的一下大乱，有保护那辆华车的，有保护新郎新娘的，还有拿着武器过来抓人的……"朵朵笑道，"大老爷一点儿都不怕，从树上跳下来，奔着那辆车走过去，一边走还一边喊。"

"喊什么？"

"'喂，姐姐，做我媳妇如何？'"朵朵道，"大老爷说出这样的话，彻底激怒了狐狸们，被当场拿下，连我也被捉了。"

"我回来找不到他们俩，急坏了，四处打探，终于得知他二人的下落。"滕六道，"便赶紧去要人。"

"你去了，事情更糟。"朵朵道。

"是呀，我们天狗一族向来和狐狸一族不睦。"滕六道，"刚开始我以为不过是一群狐狸，结果粗心大意，被人拿了。"

"你也被抓了？"我有些意外，滕六可是战斗力超强的大天狗。

"说起来，一方面怪我粗心大意，另一方面，想不到对方有个即将成为九尾的超级存在。"滕六笑道。

"九尾？"

"狐狸向来就是灵物，法力也各有不同，比如阿紫、天狐等等，都是十分难缠的对手。它们刻苦修行，每渡过一次天劫，就会长出一条尾巴。"

"所谓的九尾……"我沉吟了一下。

"就是拥有九条尾巴的狐狸，是狐妖中最厉害的了。"滕六道，"当时坐在华车里，被你爷爷看上的那位，名叫青丘，虽说拥有八条尾巴，但也即将成为九尾了。"

"接下来呢？"

"破坏了狐狸的婚礼，还敢对它们最尊贵的'女神'出言不逊,自然不会有好下场。"滕六道,"当时狐狸长老们讨论一番,决定将我们三个用狐雷劈死。"

"所谓的狐雷,是狐狸们最厉害的法术,威力巨大,虽说比不上天雷,但轰击下来,会立刻化为飞灰。"朵朵补充道。

"然后呢?"我问。

"我们三个被押赴刑场。你爷爷倒是嬉皮笑脸,要求临死之前见青丘一面。"滕六道,"可能青丘觉得他是条汉子吧,答应了他的请求。哪知道你爷爷当场无赖起来,说什么'喜欢一个人难道有错吗?''喜欢一个人想娶回去当媳妇有错吗?'这类的混账话,说得唾沫飞扬。不过,他的这些歪理邪说,倒是让那群狐狸无言以对。想想也是,喜欢嘛,有错吗?"

"但青丘一句话就让大老爷瘪嘴了。"朵朵顿了顿,"青丘说:'我是妖,不是人。'"

我笑起来。

"大老爷沉默了一会儿,说:'我不管你是人还是妖,见到你的第一眼,我就知道此生唯你不娶。从此之后,生在一起,死在一起,直到海枯石烂。'很感人呢。"

真是肉麻!

"青丘似乎也被他感动了。"朵朵说。

"估计是从来没见过这么厚脸皮而且会甜言蜜语的。"滕六直摇头。

"那还行刑不?"我问。

"当然要行刑了。这可是狐狸长老们的决定。"滕六道,"不过正要行刑之时,出了状况。"

朵朵说道:"当时天空中突然浓云翻滚,降下了天雷。"

"天雷？不是狐雷吗？"

"青丘即将成为九尾，引来了天雷。"朵朵说。

"可真会挑时候。"我说。

"可能冥冥中自有天意吧。"朵朵说，"天雷来了，狐狸们大惊失色，哪里顾得上我们三个，都关心青丘去了。"

滕六道："天雷对于狐妖来说，极为可怕，如果扛过去了，便能修为大长，如果扛不过去，那就是死路一条；狐狸中能拥有九尾的，屈指可数，青丘已有千年修行，到了最关键的时刻，如果扛过去，拥有九尾，她就可以永远摆脱天地责罚，逍遥自在。"

朵朵道："少爷可能没见过天雷，当时天昏地暗，风云失色，滚滚雷霆自九天之上轰然而下，那威力，简直太可怕了。"

"连我都心脏猛跳。"滕六说。

"青丘很厉害，一口气扛过了七道天雷，但全身上下皮开肉绽，奄奄一息。还有两道天雷，看样子是很难抵抗过去。"

"第八道天雷轰隆而下，一道身影蹿到青丘身边，手里举着一面明晃晃的大面具，替她扛了过去。"滕六道。

不用说，肯定是我爷爷。

"我当时都快要吐血了。你爷爷，竟然拿着方相家的传家之宝——黄金四目面具去抵抗天雷，那可是从黄帝时就流传下来的神器，万一有个好歹……"

"虽然扛过去了，可大老爷全身是血，灰头土脸，伤得不轻。"朵朵道，"青丘让他离开，说这是她自己的事。大老爷说：'你是我媳妇，你的事就是我的事！要活一起活，要死一起死。'"

"然后你爷爷光着膀子，戴上黄金面具，抱着青丘，对着天空破口大骂。"

"骂？"

"是呀。也只有他有这么大胆子。"滕六道，"骂得特别难听。说老天不长眼，狐狸们没招谁惹谁，辛辛苦苦自己修行，还要受这样的折磨，而雷公只会欺软怕硬。'你们有本事别欺负女人，去劈龙王呀？龙王你们怎么不敢劈？'诸如此类的话，骂得唾沫横飞。"

"然后呢？"

"或许是被大老爷的话激怒了，威力最大的一记天雷滚滚而下。雷球、闪电、火焰，彻底将他们两个包围，然后轰然炸开！"朵朵道，"当时我们都以为大老爷凶多吉少了。"

"待烟尘散去，你爷爷被雷劈得外焦里嫩，不过没死，还剩一口气，青丘也没死。"滕六道，"我估计，是老天给面子，不为别的，就为那副面具，看在是方相氏后代的分儿上，也得放他们一马。"

"青丘因此顺利渡过天劫，成为狐狸一族中拥有九尾的狐妖。你爷爷也因祸得福，成为狐狸一族的恩人。不仅被迎入洞府当作贵宾一样对待，更是对他嘘寒问暖，为他寻医送药。"滕六道，"你爷爷呢，躺在床上，不吃不喝，一个劲儿要见青丘。"

滕六喷了一声："青丘虽然是修行千年的九尾，可没有经历过多少尘事，又被你爷爷救了性命，哪里经得住他的甜言蜜语，很快两个家伙就相爱了，一个非你不娶，一个非你不嫁，最后狐狸一族只得答应。"

"就这么成了？"我笑道。

"嗯。"滕六道，"那场婚礼，真是盛大呀。哦，今天看到日照雨的时候，我跟你说过。"

"嗯。九道彩虹，群山散花……"

"一朵鲜花插在牛粪上。"滕六道。

"我曾祖父不反对吗？"我问。

"这有什么好反对的。"朵朵道，"老太爷那个人，原本就很开明，而且方相氏一族娶狐狸为妻，之前便有过先例。老太爷不仅给二人大操大办，而且宣布退隐，把家交给大老爷和青丘。老太爷说：'男人结了婚，就不能胡闹了，该做正经事了。'"

"的确，你爷爷结婚之后，收敛了许多，逐渐正经了起来。其实这是你奶奶的功劳。"滕六道。

朵朵小声说："大老爷特别怕青丘。"

哦，原来爷爷是妻管严呀！

"那后来，奶奶为何离开了家？"我问。

"其实也不是离开家。"朵朵说，"身为九尾狐，长时间和人相处并不是一件很好的事，加上狐狸一族也需要她去维系，所以生下老爷之后，她便搬离家中了。即便如此，少爷，青丘也一直在守护着这个家。"

"那我奶奶现在在哪里？"

"不清楚。"

朵朵和滕六说的这些事，对我冲击很大。原本我一直以为奶奶过世了，想不到，她不但还活着，而且还是九尾狐。

"这面镜子，名为日照镜，是你奶奶陪嫁过来的，也算是她和你爷爷的定情信物。"滕六道，"每个女狐都会有这么一面镜子，等出嫁的时候，手捧日照镜，便能迎来日照雨，那是它们一生中最神圣最幸福的时刻。"

"我能见到她吗?"我问滕六。

如果能见到奶奶,多好呀。

"有可能吧。"滕六道,"毕竟你是她亲孙子。时候不早了,赶紧吃完,洗洗睡觉去吧。"

我吃完一条烤鱼,拍了拍圆鼓鼓的肚皮,站起来要回屋。

不料想起身的瞬间,突然两眼发黑,一头栽倒在地。

"怎么了少爷?"朵朵把我抱住。

巨大的眩晕感一阵阵袭来,与此同时,我两眼直冒金星,胸口憋闷喘不过气来。

我睁大眼睛,张大嘴巴,全身抽搐。

"少爷这是怎么了?"朵朵吓坏了。

"怎么腿变得紫黑?!"滕六说。

"这里有……好像是被什么东西咬了?毒蛇?"

"应该不是,这么大的伤口,少爷竟然没吭声!真是笨蛋!"

"怎么办?看来是中了什么东西的毒了!"朵朵说。

他们俩讨论的时候,我的意识逐渐模糊,被黑暗吞噬。

…………

不知道过了多久,我从昏昏沉沉中醒来。

隐约听到了朵朵的抽泣声。

脑袋剧痛,像是被斧头劈开一样,全身麻木,动弹不得。

应该是发烧了吧,一股股寒彻骨髓的气息充斥全身。

喘息困难。每呼吸一口气,都要用尽力气。

"朵朵……"我艰难地张开嘴。

"少爷,你醒了?"朵朵转过身来。

"我……怎么了?"

"中毒了。应该是你和滕六去蜈蚣岭的时候,被什么东西咬了。"朵朵说,"不过你别担心,滕六已经暂时护住你的经脉,现在去云蒙山求药了。"

"严重吗?"

"很严重,如果不是滕六在,少爷你肯定没命了。但他的法术只能护得了一时,不能从根本上解决问题,天亮之前如果找不来药,少爷可就……呜呜呜。"

朵朵又开始哭起来。

看来贪嘴是不好。

想一想,应该是我站在那块石头上看日照雨的时候,被什么东西咬了。

身体很累,很疼,精神也变得恍恍惚惚起来。

我躺在床上,如同太阳下暴晒的一根烂木头,感觉活力一点点从身体中流逝。

真的要死了吗?

不甘心呀。

如此又不知道过了多长时间,突然听到了雨声。

大雨,噼里啪啦地敲打着瓦片。

然后,"叮"的一声。

是门铃声。清脆,悦耳。

"家里有人吗?"一个脆脆的声音问道。

从声音判断,对方是个女孩,年纪不大。

"在。"朵朵出去。

房门虚掩,能听到她们的谈话。

"我叫阿婉,奉青丘大人之命前来。她马上就到。"女孩说。

"青丘大人？我奶奶？"

"夫人来了？"

"嗯。这里有药，赶紧给少爷吃了。"叫阿婉的女孩说，"今天上午，青丘大人便心神不宁，调查了一下，果然出了乱子。"

"少爷被什么东西咬了，危在旦夕。"

"是蜈蚣岭的铁嘴黑背蜈蚣，那东西，咬上一口，刚开始觉察不到，一旦毒发，剧猛无比。赶紧给少爷服药吧。"

"好！"

一阵窸窸窣窣的声音，感觉她们走到了床边。

朵朵抱起我，将一颗药丸塞进我的嘴里。

药丸好苦，但入口即化。

一股暖意顺着喉咙滚滚而下，疼痛消失了，身体变得软绵绵的。

像是躺在云朵中一般。

"少爷会没事吧？"朵朵问。

"这是青丘大人从狐丹上取下来的，少爷会没事的。不过，青丘大人的修为恐怕要减去一两百年。"

"真是过意不去。"

"说哪里话呀，少爷是青丘大人最喜欢的孙子，一家人。哦，青丘大人来了……"

院子里传来车马之声，乱糟糟的，似乎来了许多人。

"夫人！"朵朵喊了一声。

"让你们好好照顾文太，结果出了这么大乱子！"一个愤怒的声音传来。

听起来很威严，不过也很动听。

"抱歉。"

"我最喜欢的就是这个孙子，他自小体弱多病，不让人省心，你们也不让我省心。人呢？"

"在屋子里躺着呢，刚吃下……"

"带我去看看！"

门被推开，感觉一帮人进了屋。

听到环佩叮当之声，一股奇异的香气钻入鼻孔。

真香！

"哎哟哟，我的乖孙子，怎么变成这样了？哎哟哟，我的宝贝文太哦！"

她抱起我，脸贴在我的额头上，轻轻拍着我。

感觉有冰凉的眼泪落下来。

我艰难地睁开眼，不知是因为蜈蚣毒还是药的关系，视线变得很模糊。

只能看到一个大致的轮廓，但那绝对是个美人！

"奶奶……"

"哎哟哟，醒啦？别说话，你看这小脸瘦的，这小身板简直……朵朵呀，你们怎么照顾他的？"

"奶奶，你怎么一直不来看我呀？"我问。

"奶奶虽然不在你身边，但一直都在守护你呀！我的宝贝文太……"奶奶亲了我的脸颊一下，转过身，"那个混账东西呢？"

"啊？"朵朵吓了一跳。

"方相慕白！跑哪儿去了！？孙子变成这样了，他人呢？！"

"大老爷他……出去了。"

"去哪儿了？！"

"奶奶，自从我回来，他就跑了……说是旅行去了……估计是讨厌我……觉得我是个累赘……"我说。

哼哼，当着奶奶的面，我得狠狠告爷爷一状！

"嫌我孙子是累赘？！这么可爱的孙子，天底下难找！这个混账东西，把我的宝贝文太一个人丢在家里，自己出去逍遥快活！太过分了！"

奶奶变得暴怒起来。

美人发威，也很可怕哦。

"朵朵！"

"在。"

"捎信给那个混账家伙，让他三日之内给我滚回来，不然，我对他不客气！"

"好的。"

"等他回来，让他到我那儿去，我要好好跟他算算账！"

"夫人，你可以自己在这儿等他回来呀。"

"我等他回来？不给他这脸！"奶奶拍了拍我，"我的宝贝文太呀，奶奶还有事要去忙，你自己一定要好好听话。朵朵，照顾好他。"

"放心吧。"

"文太呀，这东西拿着，以后想奶奶，就打开它。"奶奶往我手里塞了一个东西，站起身，又在我的脸上亲了一口，出去了。

外面的喧闹声逐渐消失不见，雨也停了。

我幸福地深吸一口气，睡了过去。

…………

"滕六，朵朵，这是什么东西？"

两日后的早晨，阳光很好，我躺在走廊的躺椅上，举着奶奶给我的东西问朵朵和滕六。

一个用整块水晶雕刻的小瓶子，里头装着一种蓝色的液体。

"狐泪。"滕六说。

"什么东西？"

"狐妖流下来的泪，极为珍贵。"

"奶奶说如果我想她了，就打开。"我说。

"那太浪费了。"滕六道，"这东西挂在身上，可以做护身符，一旦遇到危险，打开它，青丘就会收到信息，现身保护。"

"原来如此。看来还是奶奶对我好。"我把瓶子宝贝一样塞进怀里。

"文太呀！我的宝贝孙子！"从大门外，传来了一声喊。

声音很难听，沙哑，破锣一样，带着无比的做作。

我抬起头，看见一个奇丑无比的老头儿，背着巨大的行囊，眉开眼笑地走进来。

"哎呀，我出去这些日子，一直揪心这个家，揪心文太，早想回来了！就是事情太多，脱不开身……"那家伙放下行囊，"听说文太病了，我没日没夜赶回来，一口水都没喝，你看我这瘦成什么样了！哎呀呀，文太呀，我的宝贝孙子呀，咱俩能不能商量个事？"

"什么事？"

"在你奶奶跟前，帮我说两句好话吧！不然我要完蛋了！"

"我生病了,头晕眼花,要去你自己去。奶奶说了,要跟你算账。"

"哎呀,你不能这样对我呀!我可从来没把你当累赘!爷爷多喜欢你呀!对不对?"他蹲下来,昂着头,一副巴结的样子。

我抬起头,晒着太阳,舒舒服服闭上眼睛。

唉。这就是我的那个爷爷。

不正经的、让人无话可说的爷爷。

总算是,回来了。